W0203934

Miracle à Noël

Une famille pour le play-boy

HN

CARRIE NICHOLS

Miracle à Noël

Traduction française de
CAROLE PAUWELS

PASSIONS

HARLEQUIN

Collection : PASSIONS

Titre original :
THE SCROOGE OF LOON LAKE

© 2019, Carol Opalinski.
© 2022, HarperCollins France pour la traduction française.

Ce livre est publié avec l'autorisation de HARLEQUIN BOOKS S.A.

Tous droits réservés, y compris le droit de reproduction de tout ou partie de l'ouvrage, sous quelque forme que ce soit.
Toute représentation ou reproduction, par quelque procédé que ce soit, constituerait une contrefaçon sanctionnée par les articles 425 et suivants du Code pénal.

Si vous achetez ce livre privé de tout ou partie de sa couverture, nous vous signalons qu'il est en vente irrégulière. Il est considéré comme « invendu » et l'éditeur comme l'auteur n'ont reçu aucun paiement pour ce livre « détérioré ».

Cette œuvre est une œuvre de fiction. Les noms propres, les personnages, les lieux, les intrigues sont soit le fruit de l'imagination de l'auteur, soit utilisés dans le cadre d'une œuvre de fiction. Toute ressemblance avec des personnes réelles, vivantes ou décédées, des entreprises, des événements ou des lieux serait une pure coïncidence.

Le visuel de couverture est reproduit avec l'autorisation de :

© CHRIS ADAMS/GETTY IMAGES/WESTEND61/ROYALTY FREE

Tous droits réservés.

HARPERCOLLINS FRANCE
83-85, boulevard Vincent-Auriol, 75646 PARIS CEDEX 13
Service Lectrices — Tél. : 01 45 82 47 47 - www.harlequin.fr
ISBN 978-2-2804-5396-7 — ISSN 1950-2761

Composé et édité par HarperCollins France.
Imprimé en septembre 2022 par CPI Black Print (Barcelone)
en utilisant 100% d'électricité renouvelable.
Dépôt légal : octobre 2022.

MIXTE
Papier issu de sources responsables
FSC® C159065

Pour limiter l'empreinte environnementale de ses livres, HarperCollins France s'engage à n'utiliser que du papier fabriqué à partir de bois provenant de forêts gérées durablement et de manière responsable.

- 1 -

Desmond Gallagher laissa échapper un soupir de frustration en observant les bouts de verre coloré éparpillés sur son établi.

Depuis trois jours, il se rendait dans l'ancienne grange transformée en atelier, bien déterminé à travailler, et, finalement, il ne faisait rien d'autre que de s'asseoir et de regarder dans le vide. La surface éraflée de l'épaisse planche de bois qui formait le plateau de la table attestait pourtant qu'on y travaillait.

Mais pas aujourd'hui. Ni hier. Ni même le jour d'avant.

Passant la main sur son visage ombré d'un début de barbe, il soupira à nouveau.

Normalement, il lui suffisait d'observer les fragments de verres exposés devant lui pour qu'une idée lui vienne, même s'il n'avait pas encore en tête de projet concret.

En ce moment, il était supposé travailler sur un vitrail qui pourrait être installé en remplacement d'une fenêtre existante, ou simplement encadré et accroché comme un tableau. Il aimait aussi confectionner des lampes dans le style Tiffany, des vases et des objets décoratifs. Son art ne faisait pas de lui un homme riche, mais ça lui permettait d'étoffer son allocation d'invalidité militaire.

Faisant rouler ses épaules pour tenter d'en dénouer la tension, il grommela.

Noël ! voilà où était le problème. Il ne pouvait pas

plus échapper à ces fêtes redoutées qu'aux douloureux souvenirs que cette saison réveillait. Il faisait son possible pour éviter d'aller en ville entre Thanksgiving et le début de janvier, parce que Loon Lake adorait les festivités de Noël. Main Street, et ses bâtisses en brique rouge abritant des boutiques à l'ancienne blotties les uns contre les autres, croulerait bientôt sous les lumières, les guirlandes, et – le ciel l'en préserve – cette joie exubérante typique de la saison.

S'il ne trouvait pas de quoi s'approvisionner à la supérette de la station-service, située aux abords de la ville, ou en ligne, il s'en passerait jusqu'après les fêtes.

Et quelle était son excuse pour éviter la ville durant les dix autres mois ?

Il tendit la main vers sa tasse isotherme en inox, et but une gorgée de son café de Sumatra, dont il avait moulu les grains ce matin. Eh oui, il ne plaisantait pas avec le café.

— Ohé ? Lieutenant Gallagher ?

Tournant la tête, Desmond découvrit sur le seuil de sa porte, une mince jeune femme blonde vêtue d'une parka rouge vif. D'une main, elle tenait une boîte métallique rouge et verte, de l'autre, elle agrippait la menotte d'un petit garçon qui devait avoir quatre ou cinq ans.

Qu'est-ce que c'était que ça ?

Il décourageait les visiteurs, et ignorait soigneusement les activités communautaires afin de ne pas se retrouver impliqué dans la vie des résidents – s'assurant ainsi en retour qu'ils restent à l'écart de la sienne.

Comment avait-elle trouvé sa route jusqu'ici ? Il vivait au bout du monde. Sa ferme de deux cents hectares, autrefois consacrée à l'élevage de chevaux, pouvait être considérée comme isolée, même dans un état faiblement peuplé comme le Vermont. Son voisin le plus proche, Brody Wilson, se trouvait à dix kilomètres à vol d'oiseau.

L'inconnue, qui semblait avoir entre vingt-cinq et trente ans, s'avança. Si près qu'une subtile odeur de lavande l'enveloppa.

— Bonjour ! J'espérais pouvoir vous prendre quelques minutes de votre temps.

Son large sourire révéla une dent imparfaitement alignée, et il ne put s'empêcher de trouver ça… Quoi ? Pas sexy, mais attirant, dans le style jolie fille d'à-côté.

Le tour que prenaient ses pensées ne fit qu'ajouter à sa mauvaise humeur.

— Pourquoi ? Mes minutes valent plus que les vôtres ?

— Pardon, monsieur ?

Elle secoua la tête, et ses longs cheveux couleur de blé cascadèrent sur sa veste rouge cerise.

— Ce que je voulais dire, reprit-elle, c'est que…

— Sauf si vous savez quelque chose que j'ignore, le fait de me prendre du temps n'augmentera pas le vôtre.

Il se comportait comme un imbécile fini, mais elle avait déclenché un signal d'alarme.

Et à quoi ça rimait de l'appeler monsieur ? Ça le faisait grincer des dents. À trente-quatre ans, il ne devait pas avoir beaucoup plus de six à sept ans de plus qu'elle.

Il soupira. Ce n'était pas le langage de sa visiteuse qui l'avait choqué. Non, c'était la réaction qu'il avait eue vis-à-vis d'elle et qui l'avait fait se comporter comme un idiot.

Une petite ride se forma au creux du front de la jeune femme. Bon sang, même son froncement de sourcils était mignon.

Cela suffit à mettre un terme à ses songeries, parce qu'il ne donnait pas dans le « mignon ». Son genre, c'était certes les blondes, mais il fallait qu'elles soient grandes et sexy en diable, avec des lèvres pulpeuses et des dents parfaites. Ça disqualifiait d'office l'inconnue d'un mètre cinquante

Cependant, si on comptait le nombre de femmes avec qui il avait été depuis trois ans, son genre serait plutôt les femmes imaginaires.

Détournant le regard, il se leva du tabouret où il était perché, en prenant soin de ne pas faire porter trop de poids sur sa jambe gauche. Tituber ou s'effondrer devant elle était exclu. Elle se précipiterait probablement pour l'aider, et son ego en avait déjà pris un coup avec le « monsieur ».

Quoi qu'il en soit, il devait se débarrasser d'elle avant qu'elle ne se ressaisisse et ne lui adresse à nouveau un sourire resplendissant.

D'un geste du menton, il désigna la boîte métallique qu'elle tenait.

— Si vous venez de la part du comité d'accueil de la ville, vous avez trois ans de retard.

Elle secoua la tête.

— Ce n'est pas la raison de ma visite. En fait, j'ai vu votre travail à la boutique multiservice et…

— Alors, vous auriez dû l'acheter là-bas. Je ne vends pas directement à l'atelier. Tavie ne vous l'a pas expliqué ?

Son adresse n'était pas un secret, mais les touristes et les habitants de Loon Lake achetaient ses créations en ville et le laissaient tranquille. Et c'était très bien comme ça.

— Comment avez-vous fait pour me trouver, d'ailleurs ?

— Ça n'a pas été facile, croyez-moi.

Elle esquissa un sourire hésitant

— Et pourtant vous êtes ici, grommela-t-il.

— Je ne manque pas de ressources et, franchement…

Elle balaya du regard la vaste grange, presque vide et scrupuleusement propre à l'exception de son établi.

— Ce n'est pas exactement le repaire secret d'un méchant de *James Bond*.

Son sourire semblait être une invitation à l'imiter, mais il se rembrunit un peu plus. C'était ça, ou il allait se mettre à sourire bêtement. Elle était charmante, et il se rappela qu'il ne faisait pas dans le « charmant ». Et, bon sang, il s'interdisait de se laisser charmer.

Affichant soudain une petite moue contrite, elle expliqua :

— En fait, c'est Tavie qui m'a expliqué comment venir.

— Évidemment, marmonna Desmond.

Si Octavia Whatley, dite Tavie, était la propriétaire de la boutique multiservice de Loon Lake, sa principale occupation consistait à se mêler de la vie des autres et à colporter des ragots. Il ne se passait pas grand-chose en ville sans qu'elle soit au courant mais, comme ses créations se vendaient mieux chez elle que partout ailleurs, Desmond en avait pris son parti. Il n'avait pas vraiment le choix. Même avec son mode de vie frugal, sa pension d'invalidité ne le menait pas loin.

— Oh ! mais j'en oublie les bonnes manières. Je suis Natalie Pierce.

Elle lâcha la main de l'enfant et la posa sur le dessus de sa tête, d'un geste tendre.

— Et voici mon fils, Sam.

L'enfant leva vers lui des yeux d'un bleu identique à ceux de sa mère, qui évoquaient irrésistiblement un lumineux ciel d'août.

Desmond adressa un signe de tête au jeune garçon. Il n'avait rien contre les enfants. Peut-être uniquement contre les femmes avec un lumineux sourire.

Bon sang, il ne voulait ni n'avait besoin de distractions. Parce qu'il était tellement occupé à créer, n'est-ce pas ?

Il ordonna à son agaçante voix intérieure de se taire.

— Je suis désolée de vous interrompre, dit sa visiteuse.

— Mais vous le faites quand même.

Et il continuait à se comporter comme un goujat.

La présence de la jeune femme le déstabilisait, alors il lui rendait la pareille, histoire de voir s'il pouvait lui aussi la déstabiliser un peu. Elle n'était pas responsable de sa réaction, mais son sourire, semblable à une arme, l'avait fait passer en mode survie parce qu'il commençait à cogiter un peu trop.

Le célibat qu'il s'imposait durait depuis trop longtemps. Voilà tout.

— Lieutenant Gallagher, je…

— Appelez-moi Des. Mes jours dans l'armée sont derrière moi.

Serrant les dents, il massa sa cuisse gauche. Pourquoi l'autorisait-il à employer son surnom, alors que sa seule envie était de la chasser de chez lui ?

— Des, dit-elle, avec une intonation traînante.

— Généralement, c'est juste une courte syllabe.

Mais la version de Natalie fonctionnait aussi. Un peu trop bien, d'ailleurs.

— Désolée.

Elle inspira profondément, comme si elle allait se lancer dans un discours soigneusement préparé.

Il voulut l'en empêcher, mais ce fut peine perdue.

— Je suis venue vous proposer de réaliser quelques décorations de Noël pour une vente aux enchères, que nous organisons au profit d'un programme d'hippothérapie. Il s'agit vraiment d'une cause importante, et…

— Arrêtez-vous là !

Il leva la main comme un agent de police arrêtant la circulation.

— Peu importe la cause. Je me contrefiche de Noël.

— Quoi ? Mais… mais… Pourquoi ?

Elle cligna des yeux telle une chouette.

— Comment peut-on ne pas aimer Noël ?

Peut-être en étant un enfant affublé d'une mère suicidaire. Toujours inquiet qu'elle disparaisse. Il se serait retrouvé seul car son père biologique ne voulait pas entendre parler de lui. Dans l'esprit de son père, Des était la preuve gênante d'une aventure d'un soir lors d'un déplacement professionnel.

— J'ai mes raisons.

Natalie voulut dire quelque chose, mais Sam tira sur sa manche. Elle baissa les yeux, et l'enfant leva les siens, écarquillés et vibrant d'intensité. Ils n'échangèrent pas un mot, semblant communiquer par télépathie, et Desmond se sentit quelque peu exclu.

Elle regarda sa montre, soupira et hocha la tête.

— Pour être honnête, ça m'a pris plus de temps que prévu pour trouver cet endroit, dit-elle, en se mordillant la lèvre inférieure.

— Ça me plaît peut-être comme ça, répondit Desmond.

Il ne savait pas si elle s'était adressée à lui, à son fils, ou à elle-même. Il était trop distrait par cette lèvre inférieure.

Elle posa la boîte sur son établi, à côté de ses outils.

— Je dois partir. Mais, je vous préviens, je ne renonce pas facilement. Même si vous vous drapez dans votre irritabilité comme si c'était une vertu.

L'enfant tira sur sa manche en une nouvelle supplique muette, et elle hocha la tête. C'était à nouveau une communication non verbale, rappelant à Desmond qu'il ne faisait pas partie de leur monde.

Non qu'il en eût envie. Absolument pas.

Elle prit la main de son fils dans la sienne.

— Je reste en contact, dit-elle, comme si c'était une menace, avant de se diriger vers la porte.

— Attendez ! dit-il.

Comme elle tournait la tête pour regarder par-dessus son épaule, il désigna la boîte.

— Qu'est-ce que c'est ?

— Ne vous inquiétez pas, ce n'est pas une bombe, dit-elle, en esquissant un sourire. C'est un présent de Noël fait maison, auquel même un grincheux comme vous ne pourra pas résister.

— Mais que diable…

Il leva les yeux mais elle était déjà partie.

Tout en secouant la tête, il souleva le couvercle et découvrit des biscuits en forme de sapins, recouverts d'un glaçage vert pâle et de petites étoiles en sucre blanches et rouges.

Il en prit un et, tout en y mordant à belles dents, se laissa tomber sur son tabouret en songeant que cette femme était un mystère.

Que venait-il de se passer ? Sa voix douce aux tonalités chantantes, et son sourire éblouissant, l'avaient titillé, et il avait envie d'en savoir plus sur elle.

Sa façon de parler était dépourvue de l'intonation nasale des gens du coin, mais elle n'avait pas non plus l'inflexion languissante du Sud. Et le gosse n'avait pas parlé du tout. Sans doute était-il timide.

Desmond secoua la tête. Ce n'était pas son problème. Pourquoi perdait-il son temps avec ça ?

Il observa les bouts de verre colorés, et ressentit un picotement au bout des doigts.

Il jeta dans sa bouche le reste du biscuit, se frotta les paumes l'une contre l'autre, et s'empara d'une pince.

Desmond avait passé la nuit dans son atelier. Il ne se rappelait pas à quand remontait la dernière fois où il était resté penché sur son établi jusqu'au matin, mais il n'était pas question pour lui d'aller se coucher et de laisser sa muse le déserter.

Il passa le bout de ses doigts sur sa barbe et observa la boîte de biscuits désormais vide. C'était plus fort que lui, il n'avait pas pu s'empêcher de grignoter toute la nuit les délicieux sablés.

Une portière de voiture claqua et il grommela, tandis que son cœur s'emballait à la pensée qu'il puisse s'agir de Natalie.

De toute façon, qui cela pouvait-il être d'autre ? De mémoire récente, Natalie Pierce avait été sa seule visiteuse. Il ne savait pas s'il devait s'en réjouir ou s'en agacer.

Il voulut se lever, mais sa jambe et sa voix intérieure protestèrent. « Du calme, Gallagher. Tu n'es pas un adolescent à son premier rendez-vous. »

Il s'agissait en effet de Nathalie Pierce, et elle tenait à nouveau la main de son fils. De l'autre, elle portait un plat recouvert d'une feuille d'aluminium. Qu'avait apporté aujourd'hui ?

— Je vous avais dit que je reviendrais.

Elle souriait, affichant sa dent imparfaite.

Desmond haussa un sourcil.

— Donc, je devrais prendre vos menaces au sérieux ?

— Peut-être.

Elle rit, et il sentit courir dans ses veines une chaleur inattendue.

— Avez-vous pour habitude de menacer tous les hommes qui croisent votre route ?

— C'est votre façon de demander si je suis mariée ? demanda-t-elle, avec une mimique narquoise.

Oui, il était aussi subtil qu'un éléphant dans un magasin de porcelaine. Il grommela au lieu de répondre.

— Si ça vous intéresse, Sam est le seul homme de ma vie.

Elle esquissa un sourire.

— Et sachez aussi, lieutenant, que je tiens toujours mes promesses.

— Des.

Hier, il avait aimé l'entendre prononcer son surnom. Un peu trop peut-être, mais il s'en inquiéterait plus tard.

— Des, dit-elle.

Et elle posa le plat sur un endroit libre au bout de l'établi.

— J'espère que vous aimez les bonshommes en pain d'épices. Ils sont la quintessence de Noël, vous ne croyez pas ?

Il fit la moue, essayant de ne pas l'encourager, mais son estomac gargouilla, lui rappelant qu'il n'avait pas encore pris son petit déjeuner.

— J'ai suivi la recette de ma grand-mère, expliqua-t-elle. Et j'ai utilisé son emporte-pièce.

Elle lâcha la main de son fils, et commença à soulever la feuille d'aluminium.

— Ils sont tout frais, mais je vais vous confier un petit secret. Même après quelques jours, vous pouvez les réchauffer au micro-ondes, et ils retrouveront leur goût tout juste sorti du four. Sam les préfère comme ça. N'est-ce pas, Sam ?

Elle regarda l'espace vide à côté d'elle.

— Sam ?

Sa voix s'éleva.

— Sam ?

Elle marmonna quelque chose et se précipita hors de la grange.

Desmond était si fasciné par sa bouche pendant qu'elle parlait, qu'il n'avait pas remarqué la disparition de l'enfant. Mais celui-ci n'avait pas pu aller bien loin, et il n'y avait rien dans les parages qui puisse le blesser.

Il attrapa à la hâte un pain d'épices, et suivit Nathalie aussi vite que le lui permettait sa jambe ankylosée.

Le cœur de Natalie battait à tout rompre tandis qu'elle se ruait hors de la grange. Jamais elle ne se le pardonnerait si…

Elle étouffa un sanglot, consciente qu'elle réagissait avec exagération, mais elle ne pouvait pas s'en empêcher.

Jamais elle n'aurait pu imaginer que Sam était capable de disparaître aussi vite et aussi discrètement. Il avait surmonté la plupart de ses problèmes d'équilibre depuis qu'il avait commencé la thérapie par le cheval. C'était une raison de plus pour sauver le programme. Et quand elle aurait retrouvé Sam, elle le féliciterait d'avoir agi comme un grand garçon de cinq ans à l'esprit aventureux.

Lorsqu'elle vit son fils à côté d'une motoneige rouge et noir garée le long de la grange, Natalie était à bout de souffle. Il avait dû la repérer quand ils étaient arrivés. De son côté, elle était tellement chamboulée à l'idée de revoir Desmond, et préoccupée par ce qu'elle allait lui dire, qu'elle n'avait pas prêté attention à son environnement.

— Sam, mon chéri, ne touche pas.

Elle ne pouvait pas reprocher à son fils d'être curieux. Tous les petits garçons n'étaient-ils pas fascinés par ce genre d'engins ?

Une boule se forma dans sa gorge, menaçant de bloquer son oxygène. Malgré les obstacles auxquels il était confronté, et ils étaient nombreux, Sam était quand même comme les petits garçons de son âge. Après avoir été grièvement blessé, il avait dû réapprendre à marcher et il souffrait toujours de problèmes d'équilibre occasionnels. En revanche, il était possible qu'il ne retrouve jamais l'usage de la parole.

— Fais attention, ajouta-t-elle. Tu pourrais te blesser.

— C'est fort peu probable, dit Desmond.

Natalie se retourna. Le lieutenant venait d'arracher d'un coup de dent la tête du bonhomme en pain d'épices qu'il tenait à la main.

Était-ce son attitude cavalière face à la sécurité de Sam qui l'agaçait, ou le fait qu'il lui suffisait de le regarder pour... Pour quoi, exactement ? Pour désirer quelque chose qui ne lui avait pas traversé l'esprit depuis si longtemps qu'elle n'avait pas de nom pour le désigner.

— C'est facile à dire pour vous ! répliqua-t-elle. Ce n'est pas votre fils.

Puis elle se souvint qu'elle avait besoin de lui pour la vente aux enchères, et que ce n'était pas en se montrant agressive qu'elle plaiderait le mieux sa cause.

— Même s'il l'était, dit-il, en époussetant nonchalamment des miettes de biscuit sur sa chemise, ça ne changerait rien aux faits.

Elle l'observa en plissant les yeux, comme s'il représentait une sorte de menace. « C'est le cas ! » lui criait sa voix intérieure. Mais le danger n'était pas physique... sauf si on tenait compte de la façon dont son corps réagissait à la présence de Desmond.

« Il n'est pas mon genre », argumenta-t-elle avec elle-même.

D'abord, il était trop grand. Au moins un mètre quatre-vingt-dix, quand elle ne mesurait qu'un mètre cinquante-cinq. D'accord, d'accord, un mètre cinquante-quatre et demi. On ne pouvait pas dire qu'il était charmant, ni même plaisant. Ses joues étaient couvertes d'une barbe hirsute, ses yeux légèrement injectés de sang. Il semblait porter les mêmes vêtements que la veille : une chemise à carreaux noir et rouge sur un T-shirt à encolure tunisienne en coton gaufré beige et un jean délavé. Était-il resté éveillé toute la nuit ? À travailler, ou à boire ?

Elle penchait pour le travail, car elle n'avait senti sur lui aucune odeur d'alcool, ni même celle de pastilles de menthe. De plus, Tavie n'avait pas évoqué de problème d'alcool, et la propriétaire de la boutique multiservice de Loon Lake, à qui rien n'échappait, l'aurait forcément su.

Desmond marmonna quelque chose et s'avança jusqu'à Sam en boitant. Comment se faisait-il qu'elle ne l'ait pas remarqué plus tôt ?

— Tu es déjà monté sur une motoneige ? demanda-t-il à Sam.

Qu'avait-il à la jambe gauche ? Était-ce pour cette raison qu'il avait quitté l'armé ? Tavie lui avait parlé de lui, mais elle n'avait pas évoqué de blessure, temporaire ou permanente. Était-ce de la simple politesse, ou bien Tavie était-elle tombée sous son charme elle aussi ?

Que signifiait ce « elle aussi ? » En ce qui la concernait, elle n'était absolument pas tombée sous le charme du lieutenant Gallagher.

— Ce sera notre premier hiver ici, dit-elle, en s'obligeant à revenir à des sujets plus inoffensifs. Nous n'avions pas beaucoup de neige où nous étions avant. Nous avons hâte de voir de la vraie neige, n'est-ce pas, Sam ?

Ses yeux bleus écarquillés, Sam hocha vigoureusement la tête.

— De la vraie neige ? Y en a-t-il d'un autre genre ?

Tout en ricanant, Desmond lui adressa un regard interrogateur.

— Où diable viviez-vous avant ?

— Nashville. Il y a parfois de la neige, mais elle ne tient pas au sol plus d'une demi-journée. Sam et moi avons hâte de faire notre premier bonhomme de neige, ainsi que des batailles de boules de neige.

— Méfiez-vous de ce que vous souhaitez. La neige, ça veut dire dégager chaque jour votre allée à la pelle, répandre du sel tout l'hiver, conduire dans des conditions périlleuses, risquer d'abîmer votre voiture… et je vous en passe.

— Et pourtant, vous êtes là.

Il haussa les épaules.

— J'aime peut-être souffrir.

Natalie éclata de rire. Cette conversation semblait beaucoup trop amuser Desmond pour qu'il soit aussi irritable qu'il voulait le paraître.

— Je parie que vous adorez la neige. Plus les conditions climatiques sont difficiles, mieux c'est pour vous.

Il leva les yeux au ciel.

— Rappelez-moi de ne pas jouer au poker avec vous.

— Comment ça ?

— Vous êtes trop intuitive.

Il secoua la tête.

— Mais, si nous avons un mauvais hiver, je parie que vous pleurerez à chaudes larmes avant la saison de la boue.

— La saison de la boue ?

— C'est une cinquième saison, qui n'existe que dans le Vermont, et qui se situe entre l'hiver et le printemps.

Il baissa les yeux vers ses sneakers.

— Vous devriez investir dans une bonne paire de bottes en caoutchouc, en plus d'une paire d'après-ski pour la neige que vous appelez de vos vœux.

— Nous avons l'intention de rester ici. Il faudra plus que de la neige ou de la boue pour nous chasser.

Natalie redressa ses épaules et communiqua à sa voix toute la conviction dont elle était capable.

— Et c'est une promesse, pas une menace, au cas où vous vous poscriez la question.

— Merci de cette précision.

Elle se rapprocha et posa la main sur la selle rembourrée de la motoneige.

— Je dois dire que vous avez un engin impressionnant.

— Merci. Ça fait un moment qu'on ne m'avait pas complimenté pour… mon engin, répliqua Desmond, d'un ton parfaitement impassible.

Natalie se tourna vers lui. Qu'avait-elle… oh, mince !

Elle ferma un instant les yeux, rêvant que le sol l'engloutisse. La dernière fois qu'elle avait flirté remontait à des années ; avant son mariage avec Ryan. Évidemment, son imagination prenait déjà le relais. Habillé, le corps de Desmond était déjà impressionnant. Nu, ce devait être une vision de rêve…

Le visage écarlate, elle ouvrit les yeux et croisa le regard de Desmond, où dansait une flamme moqueuse.

Elle ouvrit la bouche et la referma. Formidable ! Elle était parfaite dans l'imitation du poisson rouge.

L'expression de Desmond n'avait pas changé, mais elle avait l'impression qu'il se réjouissait de son inconfort.

Lorsqu'elle plissa les yeux pour l'observer, il se passa la main sur la joue, et ses doigts crissèrent sur sa barbe. Elle se demanda quel effet ça lui ferait de caresser son visage, puis se rappela à la raison. Elle était en train de dépasser les limites.

Bien, donc ce type avait de l'humour sous ses dehors rébarbatifs. Comment ce serait si… Non ! Elle voulait qu'il réalise des décorations pour la vente aux enchères. C'était tout. Mais, il n'y avait pas de mal à remarquer la façon dont son torse emplissait sa chemise à carreaux de bûcheron.

— Tu es déjà monté sur une motoneige ? répéta-t-il.

Sam, qui semblait boire les paroles de Desmond, secoua la tête.

Natalie sentit son cœur se serrer. L'année dernière, son père avait succombé à une crise cardiaque, et Sam avait perdu la seule figure masculine qui lui restait après le décès de Ryan. Certes, son fils était entouré de femmes pleinement dévouées, mais elles ne pouvaient pas combler aussi bien qu'un homme l'absence d'un père.

Elle écouta Desmond expliquer le fonctionnement de la motoneige, et se promit d'en chercher une en modèle réduit pour compléter la collection de petites voitures de Sam. Elle n'avait pas beaucoup d'argent à consacrer aux cadeaux de Noël, et s'assurait que chacun soit bien pensé.

Desmond se redressa et recula jusqu'à lui toucher l'épaule.

— Il ne parle pas beaucoup.

Elle pouvait acquiescer et en rester là. C'était ce qu'elle faisait avec les gens qu'elle était amenée à rencontrer sporadiquement. Elle avait même appris à perfectionner son sourire quand on lui disait « j'aimerais bien que le mien soit aussi calme ».

— Parce qu'il ne peut pas, répondit-elle. Il y a trois ans, quand Sam en avait deux, une voiture a foncé sur un groupe de personnes qui sortaient d'un match de base-ball à Nashville. Mon mari et mon fils se trouvaient parmi ces personnes. Ryan n'a pas survécu, et Sam a souffert d'un traumatisme crânien.

Elle s'éclaircit la gorge, et jeta un coup d'œil à Sam, qui était toujours en extase devant la motoneige.

— Je vous épargnerai le jargon médical et dirai simplement qu'il comprend les mots, mais que son cerveau ne peut pas programmer et séquencer les mouvements pour le dire. Le terme officiel est l'apraxie de la parole.

Desmond hocha la tête.

— Et cc programme de thérapie équine dont vous avez parlé peut l'aider ?

— Pas pour le langage, mais ça renforce sa mémoire musculaire et son équilibre. En plus, il adore ça. Être avec les chevaux est plus un loisir pour lui qu'une session thérapeutique comme avec l'orthophoniste ou le kinésithérapeute.

— C'est pour cette raison que vous êtes partie si vite hier ?

— Oui. C'est un rendez-vous qu'il n'aime pas manquer. Sam ! Ne monte pas là-dessus, c'est…

— Pas de problème. Il ne va pas se faire mal.

Desmond fit un geste d'encouragement à Sam.

— Vas-y, mon grand. Tu peux t'asseoir sur la selle.

Natalie réprima la protestation qui lui venait spontanément et pinça les lèvres. Ce n'était pas facile, mais elle devait laisser à Sam un peu de liberté pour explorer.

Desmond changea de position, comme s'il cherchait à soulager sa jambe gauche, et l'attention de Natalie fut ramenée vers lui. Elle avait envie de lui demander ce qui lui était arrivé, mais la politesse lui fit tenir sa langue. Lui dire qu'elle avait remarqué sa claudication lui semblait un peu trop direct, même s'il avait mentionné le mutisme de Sam.

— Il va à l'école ?

Elle secoua la tête.

— Je l'ai gardé une année de plus. Il a énormément

progressé depuis quelques mois, mais il a encore beaucoup de sessions thérapeutiques hebdomadaires.

— Est-ce qu'il pourra un jour…

Desmond laissa sa phrase inachevée.

— Chaque cas évolue différemment. Nous travaillons avec un dispositif médical de CAA. Désolée, cela signifie : communication alternative améliorée. Mon père était dans l'armée, et il s'exprimait beaucoup par acronymes. Mais je dois dire que les experts médicaux aiment tout autant en employer, si ce n'est plus.

— Ah ! Un rat de caserne ! Ça explique tout.

Elle se crispa sous son regard scrutateur.

— Ça explique quoi ?

— Vous avez un léger accent, mais je n'ai pas réussi à déterminer d'où vous venez.

— Oui, je crois que ma façon de parler est un peu un mélange de toutes les régions où j'ai vécu. Ma mère est originaire de Géorgie, donc je dois avoir des traces de son accent, qui est assez prononcé, je dois avouer. Mais j'ai fait de mon mieux pour m'intégrer partout où mon père était caserné.

Natalie se sentit flattée. Desmond avait essayé d'identifier son accent. Ça voulait dire qu'il s'intéressait à elle. Au moins un petit peu.

Un détail aussi infime n'aurait pas dû la réjouir autant… « Et pourquoi pas ? » demanda sa voix intérieure. Parce qu'elle y avait déjà suffisamment pensé depuis hier. Desmond Gallagher avait occupé une grande place dans son esprit pour une si brève rencontre.

Il avait le visage impassible, mais ses yeux la scrutaient comme s'il essayait de percer tous ses secrets.

— La Géorgie. Je comprends mieux, maintenant.

— Vous comprenez quoi ?

Il secoua la tête.

— Rien.

Elle avait les genoux qui tremblaient sous l'intensité de son regard. À quoi jouait-il ?

— Quel âge avez-vous ? demanda-t-il.

— Vingt-six ans. Pourquoi ?

Elle se redressa de toute sa hauteur. Malgré quelques fils d'argent dans son épaisse chevelure d'un noir lustré, il ne devait pas avoir plus de trente-cinq ans. Ils étaient de la même génération.

Il grommela.

— Huit ans nous séparent. Ça ne justifie pas que vous m'appeliez « monsieur ».

Elle écarquilla les yeux.

— Quand vous ai-je appelé « monsieur ? »

Elle ne se rappelait pas un tel faux pas.

Il se passa la main sur la nuque.

— Hier. Quand vous êtes arrivée.

— Vous avez dû me déstabiliser. Je ne devrais peut-être pas l'admettre mais, entre mon père, qui était sergent instructeur, et ma mère éduquée à la sudiste, « monsieur, ou madame » sont des mots qui me viennent spontanément. Je retombe souvent dans mes vieilles habitudes quand je me sens piégée.

Une lueur amusée flotta dans les prunelles sombres de Desmond.

— Dans ce cas, veuillez m'excuser si je vous ai perturbée.

— Dieu vous pardonne, c'est plus fort que vous, rétorqua-t-elle, dans une parfaite imitation de sa mère, bien que Desmond ne puisse le savoir.

Ses paupières s'étrécirent de suspicion.

— Détecterais-je une insulte cachée dans vos propos ?

— Si vous le faites, c'est vous que ça regarde.

Natalie secoua la tête, en faisant de son mieux pour paraître innocente.

— Êtes-vous de Loon Lake ?

— Du Colorado. Je me suis installé ici après avoir quitté l'armée, il y a trois ans.

Natalie tourna la tête vers la maison de deux étages, à la façade blanche et aux volets noirs, desservie par un vaste perron de briques. La bâtisse lui semblait grande pour une personne seule, et elle se demanda s'il pensait y habiter avec quelqu'un quand il l'avait achetée. Tavie avait mentionné qu'il vivait seul. Il est vrai que ce n'était pas son problème s'il avait une demi-douzaine de petites amies.

— Alors, vous ai-je fait changer d'avis à propos des décorations de Noël ?

— Pas le moins du monde, madame Pierce.

Il recula d'un pas, comme s'il avait besoin de mettre de la distance entre eux.

— Ne gâchez pas votre temps avec une cause perdue.

Formidable ! Elle avait réussi à tuer la camaraderie qu'ils avaient partagée un moment plus tôt.

Elle se força à plaquer un sourire sur son visage.

— Je dois vous prévenir que je suis une championne des causes perdues. Une vraie Sainte Rita.

Elle tendit la main, et ajouta :

— Viens, Sam. Nous avons assez fait perdre de temps au lieutenant Gallagher pour aujourd'hui.

- 2 -

Desmond les regarda s'en aller et se sentit… quoi ? Soulagé, probablement. Secouant la tête, il se dirigea vers la maison, en boitant plus qu'à l'accoutumée.

Il n'avait ni l'envie ni le besoin d'une femme dans sa vie, surtout si elle avait un enfant. Il n'avait rien contre Sam. C'était un gosse adorable, vif et curieux malgré son incapacité à parler. Non, le problème venait de Natalie. Elle lui faisait ressentir des choses, penser à un avenir auquel il avait renoncé depuis longtemps.

Les bonshommes en pain d'épices !

Arrivé à mi-chemin de la maison, il s'arrêta net. Le plateau de délicieux biscuits était resté sur son établi. Avec un soupir, il fit demi-tour vers la grange. Ils étaient trop bons pour risquer qu'un nuisible s'en empare. Il avait repéré une corneille qui rôdait autour de la grange, et quelques petits objets avaient disparu de son établi. Rien ne prouvait que l'oiseau fût son voleur, mais l'idée n'était pas saugrenue.

Il récupéra les biscuits, et en mangea un sur le trajet, l'esprit occupé par les yeux bleus, le nez en trompette, et les lèvres en arc de Cupidon de Natalie. Dès les premiers mots qu'elle avait prononcés, sa voix l'avait frappé au cœur… et ailleurs.

Bon sang ! Il devait cesser de penser à la belle Natalie Pierce. Même un idiot comprendrait qu'elle était le genre de femmes à rêver d'une maison avec une barrière blanche, d'un chien et d'une ribambelle d'enfants à conduire à leur match de foot ou à la danse.

Peut-être avait-il eu un jour un rêve similaire. Mais ce rêve était mort le jour où il avait dû s'éjecter de son avion.

Ces trois secondes avaient constitué l'expérience la plus violente de sa vie, et elles avaient changé la trajectoire de son avenir. C'était le laps de temps qu'il lui avait fallu pour tirer le levier et entamer la chute. Il s'agissait d'une éjection à basse altitude conforme à la procédure. Sauf que les suspentes de son parachute s'étaient emmêlées, et qu'il avait perdu un temps précieux à essayer de rectifier la situation, tout en se dirigeant à une vitesse vertigineuse vers le sol.

Il avait atterri brutalement, explosant sa jambe gauche et se fracturant le bassin. Après plusieurs opérations, et d'interminables mois de rééducation, il avait retrouvé sa capacité à marcher, mais pas celle de piloter des jets.

Ashley était restée avec lui pendant sa convalescence mais, quand elle avait réalisé qu'il devrait quitter l'armée, elle avait commencé à se poser des questions sur leur relation. Elle avait dit qu'ils n'attendaient probablement pas la même chose du mariage. En fait, son rêve n'était pas tant d'être mariée avec lui que d'être la femme d'un pilote. N'importe quel pilote.

Dans un dernier effort pour sauver leur couple, il lui avait montré l'ancienne ferme sur laquelle il était tombé par hasard en allant rendre visite à son ami Riley Cooper, à Loon Lake. Bêtement, il avait pensé que la magnifique maison familiale et la possibilité d'avoir des chevaux l'enchanteraient. À une époque, elle avait prétendu être une amoureuse des chevaux, mais elle avait jeté un regard dédaigneux sur l'endroit, et déclaré qu'elle n'avait aucune envie de s'enterrer dans un coin perdu du Vermont, qui ne figurait sur aucune carte.

Desmond entra dans la maison qu'il avait finalement décidé d'acheter après leur rupture, et posa le plateau de biscuits sur l'îlot central, en chipant un au passage. C'était peut-être idiot, mais il avait l'impression de retrouver dans le biscuit le goût de l'amour que Natalie y avait mis en les confectionnant.

Il était certain qu'elle mettait son cœur dans tout ce qu'elle faisait. Sam et son grand sourire lumineux en étaient la preuve. Une femme comme elle méritait quelqu'un qui avait un cœur.

Il observa sa cuisine dernier cri, avec ses appareils en inox, ses comptoirs en granit et ses placards blancs. La pièce avait été remodelée par l'ancien propriétaire, et il s'était dit qu'elle plairait à Ashley. Mais, là encore, il avait eu droit à une rebuffade. Alors, depuis trois ans, il tournait en rond dans sa cuisine immaculée, n'utilisant que le réfrigérateur, la cafetière et le micro-ondes.

Dommage qu'il n'ait rien d'autre qu'une cuisine de rêve à offrir à une femme comme Natalie.

Desmond posa sa pince. Il avait pris du retard dans son nouveau projet, et ça n'avait rien à voir avec le fait que Natalie n'était pas revenue depuis deux jours. Deux jours et pas de biscuits. Pas de demande insistante pour qu'il fabrique des décorations de Noël.

Il avait guetté le bruit d'une voiture, mais il n'était entouré que de silence. C'était pour son calme absolu qu'il avait choisi cet endroit. Il aimait le silence. En fait, Sam et lui s'entendraient à merveille. Le mutisme de l'enfant le changeait agréablement du babillage incessant de Natalie.

Il secoua la tête, essayant de retrouver un peu de bon

sens. Pourquoi ne pouvait-il s'empêcher de penser à cette femme ? N'avait-il pas retenu la leçon ? D'abord sa mère, puis Ashley. Combien de temps faudrait-il à Natalie pour découvrir ses défauts ?

Sa mère vivait toujours au Colorado, dans le bungalow où il avait grandi. Même si, par un sens du devoir inné, il l'appelait régulièrement pour savoir si elle avait besoin de quelque chose, la réponse était toujours non. Quoi qu'il fasse, ce n'était jamais bien. Évidemment, il n'était pas son demi-frère, Patrick, le fils parfait. Mais il téléphonait quand même. Tout comme il avait pris contact avec l'homme qui l'avait engendré et s'était fait rembarrer. Alors, il vivait à des milliers de kilomètres de là, se servant de ses centaines d'hectares comme d'un bouclier contre le monde extérieur.

Agacé par ses pensées improductives, il se leva et mit une nouvelle bûche dans le poêle installé dans l'angle de son atelier. Il y avait eu des journées inhabituellement chaudes à la fin du mois de novembre ; un vrai long et bel automne ; mais décembre était arrivé, apportant des températures beaucoup plus fraîches.

De retour devant son établi, il souleva la pièce qu'il avait coupée ce matin. La courbe du verre ne correspondait pas exactement à ce qu'il avait envisagé. Il allait devoir le retailler.

« Sachez, lieutenant, que je tiens toujours mes promesses. » Les mots de Natalie, prononcés de cette voix légèrement rauque, le narguaient tandis qu'il travaillait.

Oui, bien sûr. Quarante-huit heures s'étaient écoulées, et elle n'était pas revenue.

Desmond jeta la pièce de verre mal découpée dans la boîte contenant les rebuts. La pile avait considérablement grandi depuis hier, mais il pourrait les recycler et les utiliser plus tard.

Il choisit un autre morceau de verre, déterminé à réussir cette fois.

Une portière de voiture claqua au loin. Il commença à se redresser sur son tabouret, mais s'obligea à rester assis.

— Ohé ? Lieutenant ?

Le cœur de Desmond s'accéléra au son de cette voix, et il grommela, agacé par sa réaction. Se ridiculiser ne faisait pas partie de ses projets pour aujourd'hui.

Elle apparut sur le seuil de la grange, ses longs cheveux blonds dansant derrière elle comme un mannequin lors d'une séance photo. À nouveau, elle portait une boîte d'une main, et tenait son fils de l'autre. Les yeux bleus de l'enfant étincelaient au-dessus de ses joues rougies par le froid. Tout sourire, il tenait dans son poing serré quelques bâtons de sucre d'orge colorés.

— C'est drôlement venteux aujourd'hui, vous ne trouvez pas ? remarqua Natalie.

Et elle entra sans attendre de réponse.

— Nous sommes en retard, mais nous nous sommes arrêtés à la boutique, et vous savez comment est Tavie. Elle a tellement parlé que nous avons mal aux oreilles, n'est-ce pas, Sam ? Bref, c'est pour ça que nous sommes en retard. Vous vous êtes demandé où nous étions passés ?

Seulement pendant deux jours interminables.

— Non.

Elle s'avança dans la grange.

— Le pédiatre de Sam voulait le faire examiner par un confrère, et nous sommes allées à Montpelier.

— Que peut-il y avoir à faire pendant deux jours dans la capitale de l'État ?

Mince ! Il n'avait pas l'intention de demander ça, et il

détestait le reproche dans sa voix. N'avait-il pas décidé qu'il ferait tout pour ne pas se ridiculiser ?

— Vous seriez surpris de tout ce qu'il y a à faire.

Elle lui adressa un petit sourire en coin.

— Vous pourriez peut-être vérifier.

— Mouais.

— Vous êtes encore grognon aujourd'hui ? Ça vous aidera peut-être.

Elle posa la boîte sur l'établi.

— Je vous ai fait des sablés viennois trempés dans le chocolat et parsemés de vermicelles en sucre colorés. Sam a réparti les vermicelles dessus. N'est-ce pas, Sam ?

L'enfant sourit et hocha la tête, et Desmond retint le sarcasme qui lui montait aux lèvres.

— J'aurais peut-être dû vous demander si vous aimiez les biscuits avant de vous en inonder, remarqua Natalie. Mais je vois que vous avez mangé tous les autres, donc ça répond à ma question.

Elle souleva le couvercle, et une odeur de beurre et de chocolat monta aux narines de Desmond. Les sablés avaient l'air délicieux, mais il grimaça, refusant de se laisser attendrir.

— Un problème ? demanda-t-elle.

Il serra les poings pour se retenir de plonger la main dans la boîte.

— Si je continue à manger ce que vous apportez, je vais finir par ressembler à une montgolfière.

Elle lui adressa un grand et rayonnant sourire, qui la fit passer de séduisante à inoubliable.

— Vous n'avez pas eu l'information ? Les calories ne comptent pas en décembre.

Il marmonna mais prit un biscuit et mordit dedans. Il

était tendre à souhait, et il sentit une explosion de saveurs dans son palais.

Natalie l'observait d'un regard empli d'attente.

— Qu'en pensez-vous ?

Il haussa les épaules.

— Pas mauvais.

— Alors…

Elle chercha son regard.

— Vous avez réfléchi à la possibilité de fabriquer des décorations ?

— Oui.

Il tiqua en voyant son expression pleine d'espoir.

— La réponse est toujours non.

Il brandit le biscuit à moitié mangé.

— Mais j'apprécie vos efforts.

— Ah, je vois que vous êtes un bec sucré.

Elle lui adressa un sourire qui lui fit regretter de ne pas être l'homme qu'elle méritait.

— C'est bon à savoir.

— Vous pouvez déplacer ici toute une boulangerie-pâtisserie, et la réponse sera toujours non, dit-il, en prenant un autre biscuit.

— Mais, ça ne vous rend pas heureux de faire une bonne action ?

Il devait reconnaître qu'elle était tenace.

— Ça pourrait modifier l'idée que les gens se font de moi.

Au lieu d'être intimidée par sa brusquerie, elle parut au contraire ragaillardie, prête à relever le défi qu'il représentait.

— Je dois dire que vous êtes un vrai mystère.

— Ah bon ? Je me considérais plutôt comme une énigme, répliqua-t-il.

Il tendit un biscuit à Sam, et lui adressa un clin d'œil.

— Vous savez quoi, commença-t-il.

Il la vit reprendre espoir, et s'en voulut de la décevoir à nouveau. Mais n'avait-il pas toujours déçu les femmes de sa vie ? Non qu'il eût ce genre de relations avec Natalie. Il ne faisait pas dans le « charmant », il serait bon qu'il s'en souvienne.

— Je vais faire un don à votre œuvre caritative.

— Merci. Et, ne pensez pas que je n'apprécie pas votre offre, mais ça nous rapporterait plus si vous fabriquiez des décorations. Beaucoup plus de gens viendraient si nous pouvions annoncer que nous mettrons en vente vos créations exclusives, qu'ils ne pourront trouver nulle part ailleurs.

— Vous êtes sûre de ne pas surestimer mon attrait ?

— Je ne pense pas que ce soit possible.

Son idiot de cœur s'emballa. Quel âge avait-il ? Quinze ans ? Il s'éclaircit la gorge.

— Vous aviez compris que je parlais de mon art ?

Elle ouvrit de grands yeux innocents.

— Bien sûr. De quoi d'autre pouvait-il s'agir ?

Sam tira sur la manche de Natalie, et elle baissa les yeux vers lui.

— Tu as raison. Il commence à être tard.

Relevant la tête, elle s'adressa à Desmond.

— Il a une autre session de thérapie équine aujourd'hui.

— Je ne voudrais pas qu'il la rate.

— Surtout si ça vous permet de vous débarrasser de nous.

Il leva les mains. Même sa goujaterie avait ses limites.

— Honnêtement, je ne l'entendais pas de cette façon. Vous avez dit qu'il adorait ces sessions.

— Je plaisantais, dit-elle, en posant une main sur son bras.

Desmond ne pouvait plus penser à autre chose qu'à ce contact. La chaleur de la paume de Natalie à travers la flanelle de sa chemise semait le trouble dans son esprit.

— Je pense que vous cachez beaucoup de choses derrière cette attitude revêche. Y compris un certain sens de l'humour.

Elle lui pressa le bras, avant de laisser retomber sa main.

Retrouvant ses esprits, il protesta :

— Vous vous trompez. Je suis grognon à l'extérieur, morose et mécontent à l'intérieur. Contrairement à vous, je ne verse pas dans l'optimisme.

— À vous entendre, on pourrait croire que l'optimisme est une horrible maladie.

Le regard de Natalie pétilla.

— Et j'ai peut-être choisi de croire que vous aviez une face cachée.

Il ricana.

— Dans ce cas, je m'interroge sérieusement sur vos choix, madame Pierce.

— Interrogez-vous tant que vous voudrez, mais je ne changerai pas d'avis.

Sam tira à nouveau sur sa manche, et elle hocha la tête, avant de s'adresser à Desmond.

— On se revoit bientôt.

Il haussa un sourcil.

— Vous me menacez à nouveau ?

Elle quitta la grange, laissant derrière une délicate odeur de lavande et l'écho de son rire.

À quoi cela ressemblerait-il de vivre dans son cercle ? De la connaître si bien qu'il soit possible de communiquer silencieusement avec elle ?

Desmond soupira et coupa à nouveau sa pièce de verre. Cette fois, la courbe était parfaite.

— Coïncidence, marmonna-t-il.

Il attrapa sa tasse isotherme et but une gorgée de café, tout en louchant sur la boîte de biscuits. S'il continuait à s'empiffrer comme ça, il allait devoir se remettre au sport.

Il tendit la main pour prendre un biscuit.

— Euh… Des ?

Tournant la tête, il découvrit Natalie et son fils sur le seuil. Le sourire qui se dessinait sur ses lèvres en la voyant s'évanouit quand il se rendit compte que Sam pleurait.

Il se leva d'un bond et faillit trébucher quand sa jambe se déroba sous lui.

— Il s'est fait mal ?

— Il va bien. Moi aussi. Tout va bien.

Elle agita les mains.

— Je ne voulais pas vous inquiéter. C'est ma voiture. Elle ne démarre pas. Je pourrais appeler le garage d'Ogle Whatley, mais la session de Sam sera terminée le temps qu'Ogle arrive jusqu'ici et répare la panne.

Desmond relâcha son souffle, mais son cœur battait toujours précipitamment.

— C'est pour ça qu'il pleure ? Il ne veut pas rater sa session ?

— Je suis désolée.

Elle paraissait aussi dévastée que son fils.

— Ça doit vous paraître stupide, mais…

— Ce n'est pas stupide quand on a cinq ans. N'est-ce pas, Sam ?

Il tendit la main au petit garçon.

— Tu veux m'aider à trouver les câbles de démarrage ? J'en ai dans ma voiture.

Il leva les yeux vers Natalie.

— Si c'est la batterie, ce sera vite réglé. Viens Sam. Allons jeter un œil.

Il aurait dû être agacé de voir son travail interrompu maintenant qu'il avait retrouvé l'inspiration mais, face à leur détresse, il ressentait un besoin viscéral d'aider cette mère et son fils.

Et quand Sam glissa sa petite main dans la sienne, il ressentit l'envie étrange de siffloter un air joyeux.

Natalie resta en retrait tandis que l'adulte et l'enfant quittaient la grange. Elle s'était dit que Desmond serait agacé de devoir les aider, mais il semblait bizarrement heureux.

Elle s'interdit cependant d'en tirer des conclusions hâtives. Peut-être ne voulait-il pas perturber Sam. Même si Desmond aimait jouer les bougons, il avait toujours été gentil avec Sam.

Gagnant l'extérieur, elle vit Desmond sortir des câbles d'un coffre fixé sur le plateau de son pick-up.

Sam se tenait sur la pointe des pieds pour essayer de voir.

— Sam, tu gênes le lieutenant. Si tu t'asseyais plutôt à l'arrière ?

Voyant que son fils commençait à bouder, elle ajouta :

— Tu verras beaucoup mieux depuis ton siège. Je baisserai ta vitre.

— Je pense que ta maman a une bonne idée, fiston.

Après s'être assurée que Sam était correctement attaché dans son siège enfant, elle s'installa au volant et baissa sa vitre.

Tel fils, telle mère ? Elle secoua la tête, mais ne put s'empêcher d'observer Desmond qui se penchait sous le capot de sa Camry, pour fixer les câbles à la batterie. Pour s'empêcher de saliver, elle s'obligea à penser au coût d'une batterie neuve, plutôt que de rêvasser devant la perfection de son postérieur moulé dans le jean délavé.

— Natalie ? dit Desmond, d'un ton impatient.

Comment de fois l'avait-il interpellée pendant qu'elle laissait libre cours à son imagination ?

— Désolée. Quoi ?

— Je vais démarrer ma voiture, et je vous dirai quand vous pourrez mettre le contact. Attendez mon signal.

Elle hocha la tête, et il se dirigea vers son pick-up.

Après que la voiture de Natalie eut démarré, il revint défaire les câbles, les enroula et retourna les ranger dans son coffre. Elle se réjouit de voir qu'il boitait moins que d'habitude.

S'emparant du rouleau d'essuie-tout qu'elle avait toujours dans son bac de portière, elle en coupa quelques feuilles et les tendit à Desmond quand il revint vers elle.

— Merci, dit-il, en s'essuyant les mains. Attendez ici pendant que je ferme la grange.

— Pourquoi ?

Elle vérifia sa montre et constata qu'elle était déjà en retard.

— Que faites-vous ?

— Je vais vous suivre pour être certain que vous arriviez à bon port.

Son intonation ne souffrait pas de protestation, et Natalie en fut curieusement réconfortée. Dans le même temps, elle ressentit un besoin vibrant dont elle avait presque oublié l'existence.

Depuis trois ans, elle n'avait pas d'homme dans sa vie, et ça ne lui manquait pas parce que Sam était sa priorité. À sa naissance, Ryan l'avait convaincue d'arrêter ses études de puériculture. Il avait un bon emploi d'ingénieur, et elle avait considéré que ce n'était pas si important que ça d'avoir son diplôme.

Aujourd'hui, elle comprenait son erreur, même si l'assurance-vie de Ryan lui assurait la stabilité financière.

À Nashville, la crèche où elle travaillait à mi-temps avait accueilli Sam gratuitement. Ici, à Loon Lake, elle était occasionnellement employée comme cuisinière par la paroisse, dans le cadre d'activités caritatives.

Il n'empêche que, depuis sa rencontre avec Desmond, elle se demandait s'il y avait de la place dans sa vie pour autre chose. Ou plutôt pour quelqu'un d'autre. Et c'était déconcertant.

Elle passa la tête par la vitre de sa voiture.

— Je suis sûre que tout ira bien. J'ai déjà trop abusé de votre temps.

Il secoua la tête, et une mèche de cheveux bruns retomba sur son front.

— Sauf si vous prévoyez de laisser tourner le moteur tout le temps que vous serez là-bas, vous aurez sans doute besoin d'un nouveau démarrage.

Ses doigts la démangeaient de remettre cette mèche en place, d'en tester la texture.

— Ça ne serait pas bon pour l'environnement, n'est-ce pas ?

— Non, madame.

Elle tiqua devant l'utilisation du mot « madame », mais comprit qu'il lui rendait la monnaie de sa pièce et capitula.

— Eh bien, puisque vous insistez…

Natalie appréciait que Desmond l'accompagne, mais elle ne voulait pas être un embarras pour lui. Il est vrai qu'elle l'avait déjà bien dérangé en débarquant chez lui à tout bout de champ.

Elle attendit qu'il se soit installé au volant pour prendre la direction du centre équestre.

Durant le trajet, des pensées contradictoires l'envahirent. Elle connaissait à peine Desmond, et ignorait ce qui lui était arrivé pour qu'il veuille ainsi se tenir à l'écart du monde. La plupart des blessures laissaient de profondes cicatrices. C'était probablement de la folie de vouloir le faire sortir de l'exil qu'il s'était imposé. Elle avait déjà assez à faire avec Sam, la reprise de ses études, et la recherche d'un véritable emploi.

L'année dernière, elle avait hérité de la maison de sa grand-mère à Loon Lake. Après avoir beaucoup réfléchi, elle avait décidé de ne pas vendre la maison, et d'emménager dans la paisible petite ville où elle avait passé toutes ses vacances pendant son enfance.

Grâce à cet héritage, elle n'avait pas de crédit à payer, et empochait même un loyer puisque l'autre moitié de cette maison conçue pour deux familles était louée. Cette rentrée mensuelle payait les charges de la maison ainsi que les travaux d'entretien. Grâce à l'assurance-vie de Ryan, elle avait pu passer du temps avec Sam pendant sa convalescence, mais il était temps pour elle de penser concrètement à son avenir. Obtenir son diplôme en était la première étape. Elle avait mis de côté une somme qui couvrirait les études supérieures de Sam et refusait d'y toucher. L'année prochaine, quand son fils irait à l'école, elle aurait le temps de reprendre les cours.

Elle manœuvra sur le parking en terre battue du centre équestre, et choisit deux emplacements côte à côte, au cas où Desmond aurait besoin de recharger à nouveau sa batterie.

Un sourire lui monta aux lèvres. C'était plaisant de savoir que quelqu'un était là pour l'aider. Même si elle vivait depuis peu de temps à Loon Lake, beaucoup d'habitants se rappelaient sa grand-mère et se montraient amicaux, la traitant comme si elle avait habité là toute sa vie. Mais ce serait agréable de savoir qu'elle avait dans sa vie quelqu'un de plus permanent, avec qui partager les hauts et les bas.

Mais, qu'était-elle en train de faire ? Elle connaissait à peine cet homme et, déjà, elle se mettait à rêver.

Elle sortit de la voiture, ouvrit la portière arrière, et aida Sam à descendre. Aussitôt, elle lui prit la main et il s'y prêta de bonne grâce. Elle avait pris cette habitude parce qu'il ne pouvait pas répondre si elle l'appelait, mais elle savait qu'un jour viendrait où il refuserait d'obéir.

Se tournant vers Desmond, qui les rejoignait, elle expliqua.

— J'emmène Sam se mettre en selle. Si vous vous placez près de cette barrière, vous pourrez suivre toute la session.

Desmond s'était accoté à la barrière blanche et observait le manège ouvert où se déroulerait la session de Sam. Lors de la deuxième visite de Natalie, il avait fait des recherches sur son ordinateur pour savoir en quoi consistait la thérapie par le cheval. À ce moment-là, il s'était dit qu'il était normal de vouloir en savoir plus sur ce genre de programmes, étant donné qu'il avait l'intention de faire un don à son association. Ça n'avait absolument rien à voir avec l'envie d'en apprendre davantage sur la femme qui déboulait dans sa vie avec une provision inépuisable de bavardages et de pâtisseries.

Percevant un mouvement dans sa vision périphérique, il tourna la tête et découvrit Natalie.

Comme chaque fois qu'il la voyait, son pouls s'emballa, mais il remarqua qu'elle n'était pas aussi souriante que d'habitude. La vue de sa détresse lui serra le cœur avec une violence incroyable.

— Que se passe-t-il ?

Elle soupira.

— Je viens de découvrir que la situation du centre est pire que je le pensais. Les propriétaires sont sur le point d'être expulsés.

— Que deviendront les chevaux ?

— Je ne sais pas. Ils seront probablement vendus. Qui plus est, cette structure s'appuie beaucoup sur le volontariat, mais il y a aussi deux employés à mi-temps. Ça me fait de la peine qu'ils perdent leur travail. Sans compter qu'il n'y a pas d'autre centre de ce genre à moins de trois heures de route.

Elle se mordilla la lèvre, ce qui semblait être une habitude nerveuse.

— Faire autant de trajet deux fois par semaine ne sera pas possible pour moi.

— Comment se fait-il que cet endroit se retrouve dans un tel marasme ?

Elle lui lança un regard acéré, et il réalisa qu'il avait parlé plus rudement qu'il n'en avait l'intention.

— D'après ce que j'ai compris, les propriétaires traversent un divorce difficile.

— Donc, lever des fonds n'aidera même pas ?

— Ça servira au moins à mettre les chevaux en pension quelque part, en attendant de trouver une solution.

Elle fit un signe de main à Sam, qui souriait fièrement, à califourchon sur son poney.

— Et s'il n'y a pas de solution ?

Elle grimaça.

— Vous êtes toujours aussi pessimiste ?

— Je suis réaliste. Je pensais que vous le seriez aussi, compte tenu de votre situation.

Il regretta ces mots aussitôt après les avoir prononcés.

— Écoutez, Natalie, je…

— Non, vous avez sans doute raison.

Elle tourna brièvement la tête vers le manège où évoluait Sam.

— Mais je ne peux pas penser comme ça. Je dois choisir l'optimisme. Si ça fait un peu trop arc-en-ciel et licorne, tant pis.

Comme il ne réagissait pas, elle tourna les yeux vers lui.

— Quoi ? Vous ne faites pas de commentaire désobligeant ?

— Au contraire. Je trouve que Sam a beaucoup de chance de vous avoir pour mère.

— Et moi, je considère que j'ai de la chance de l'avoir.

Elle sourit à son fils et lui fit un petit signe, avant de reprendre :

— Après sa session, Sam et moi avons l'habitude d'aller au salon de thé, en ville. Vous pourriez peut-être vous joindre à nous ? Je voudrais vous remercier de m'avoir aidée à faire démarrer ma voiture.

— Vous devriez aller tout droit au garage et demander à Ogle de changer la batterie.

— Vous avez raison, mais…

Elle tourna la tête pour regarder Sam, et son expression s'attendrit.

Desmond étudia le profil de Natalie, tandis que Sam continuait à évoluer sur son poney. À chaque fois qu'il passait devant eux, l'enfant souriait et agitait la main à leur attention. Desmond répondait machinalement, mais tout son intérêt se portait sur la femme à côté de lui.

— Je vois qu'il aime monter à cheval, dit-il.

— Il est beaucoup plus calme depuis qu'il passe du temps avec les chevaux.

La voix de Natalie semblait résignée.

— Ce n'est pas toujours facile. Il ressent beaucoup de frustration et il se met vite en colère. Mais les chevaux l'apaisent.

Spontanément, Desmond lui prit la main.

— Et vous ? Qu'est-ce qui vous apaise ?

— Moi ?

Elle le dévisagea avec surprise.

— Je crois que personne ne m'a jamais posé la question.

— Il le faudrait peut-être.

De son autre main, il lui caressa la joue.

— Alors, dites-moi ce que vous trouvez apaisant.

Elle regarda au loin, comme si elle essayait de décider quoi répondre.

— Je crois que je sais, dit-il.

Il déplaça sa main vers ses cheveux, ne pouvant résister à l'envie de toucher les mèches dorées.

— Oh ! et quoi donc ? demanda-t-elle.

Et il sembla à Desmond qu'elle était un peu essoufflée.

— La pâtisserie. Je pense que faire des gâteaux vous apporte du réconfort.

Elle sembla y réfléchir, avant de chercher son regard.

— Je crois que vous avez raison. Mais comment le savez-vous ?

Il s'éclaircit la gorge et rompit le contact visuel en tournant la tête vers Sam.

— J'ai pu le goûter.

Il désigna l'enfant, dont le poney était maintenant guidé vers l'écurie.

— On dirait qu'il a terminé.

À son grand soulagement, Natalie reporta son attention

sur son fils. Il n'était pas prêt à admettre l'effet que ses talents culinaires avaient sur lui.

Après sa session, Sam sortit de l'écurie et vint prudemment vers eux. Sa démarche était un peu raide, et un grand sourire illuminait son visage.

— Tu avais l'air d'un vrai jockey, fiston, dit Desmond.

Et il tendit la main, paume en l'air.

L'enfant la frappa, en signe de victoire et, sourit de plus belle.

— Tu t'es bien débrouillé, mon poussin, approuva Natalie. Mais j'ai une mauvaise nouvelle. Nous ne pourrons pas aller au salon de thé comme je te l'avais promis. Je dois déposer la voiture chez Ogle, pour qu'il change la batterie. Si tu as faim, nous pourrons acheter quelque chose chez Tavie, en attendant que la voiture soit prête.

Même si le magasin général de Loon Lake était presque voisin du garage d'Ogle, Desmond doutait que grignoter quelques snacks sous vide soit aussi amusant que d'aller au salon de thé de Tante Polly.

Et il avait raison. Le visage de l'enfant se décomposa.

— Tu aimes les pancakes de Polly, n'est-ce pas ?

Sam lui sourit et hocha vigoureusement la tête.

Natalie écarquilla les yeux.

— Comment avez-vous deviné ?

— Parce que c'est amusant de commander des pancakes quand ce n'est pas le petit déjeuner. N'est-ce pas, Sam ?

L'enfant répondit de la même façon, par un sourire et un hochement de tête, et Desmond lui adressa un clin d'œil.

— J'ai une idée, dit-il. Je vous suis jusqu'au garage, et nous allons chez Tante Polly pendant qu'Ogle travaille sur votre voiture.

Qu'était-il en train de faire ? Ne venait-il pas de suggérer qu'ils aillent ensemble dans un endroit public ? Non seulement on le verrait quitter sa tanière pour la première fois depuis son installation dans la région, mais en plus il serait en compagnie d'une femme et de son fils. Les ragots fileraient plus vite que le vent d'un bout à l'autre de la ville.

Natalie se tourna vers lui, les yeux grands ouverts.

— Vous êtes sûr que ça ne vous dérange pas ?

Non, il n'en était pas sûr, mais il n'allait pas changer d'avis et décevoir Sam.

Mais, pour être tout à fait honnête, il ne s'agissait pas seulement de Sam.

Il avait envie de passer du temps avec Natalie, c'était aussi simple que ça. Mais, pouvait-il le faire sans tomber sous son charme ?

Il s'agissait seulement de prendre une collation avec elle, de faire un don à son association, et ce serait terminé. Il devrait pouvoir s'en sortir.

Ce n'était pas comme s'il avait l'intention de s'engager dans une relation avec elle, ou quoi que ce soit.

La voiture de Natalie serait réparée. Sam aurait ses pancakes. Et, après ça, il retournerait chez lui et les choses rentreraient dans l'ordre.

— Ça ne me dérange pas, dit-il. Allons voir si votre voiture démarre.

Finalement, Desmond dut à nouveau se servir des câbles de démarrage. Heureusement qu'il avait insisté pour accompagner Nathalie.

Dans une ville comme Loon Lake, elle ne serait pas

restée longtemps dans l'embarras, mais il n'aimait pas l'idée que quelqu'un d'autre que lui lui vienne en aide.

Parce qu'il était l'incarnation du type serviable, n'est-ce pas ? Et sa soudaine bouffée d'altruisme n'avait évidemment rien à voir avec ses sentiments naissants pour Natalie.

- 3 -

Dès qu'il entra dans le salon de thé avec Natalie, Desmond comprit qu'il avait fait une grave erreur tactique.

Natalie était visiblement appréciée, car tout le monde lui souriait, lui faisait un geste de la main ou un signe de tête. Et, tandis que les clients l'observaient sans vergogne, il réalisa que la réputation de personne inapprochable qu'il avait soigneusement cultivée s'effondrait sous ses yeux.

Une serveuse leur indiqua une table.

— Installez-vous. Je reviens.

Dès qu'ils firent assis, Natalie sortit de son sac une petite boîte de crayons et un bloc-notes, qu'elle tendit à Sam. Plongeant à nouveau la main dans son immense besace, elle en exhuma une voiture miniature qu'elle posa à côté du carnet.

Sans plus attendre, Sam se mit à dessiner la voiture.

Levant les yeux, Natalie intercepta le regard de Desmond.

— Quoi ?

— Je me demandais seulement ce que vous aviez d'autre là-dedans.

Amusée, elle rétorqua :

— Ah ! Vous aimeriez bien le savoir, hein ?

Desmond secoua la tête en riant.

— C'est un défi que je ne suis pas prêt à relever. Je sais que le sac d'une femme est sacro-saint. On n'y touche pas sans permission.

— Je vois qu'on vous a appris les bonnes manières.

— Toutes les femmes que j'ai connues m'ont toujours dit « apporte-moi mon sac », et non « regarde dans mon sac ».

Elle rit.

— Oui, je crois que vous avez raison.

— Bien sûr que j'ai raison. N'est-ce pas, Sam ?

Sam le regarda, puis il regarda sa mère. Finalement, il se remit à son dessin, signifiant qu'il préférait ne pas s'en mêler, et Desmond retint un sourire.

Natalie balaya du regard la salle.

— Savez-vous pourquoi tout le monde nous regarde ? Sam et moi venons ici toutes les semaines, et ça n'était jamais arrivé avant.

Il haussa les épaules.

— Je n'en suis pas sûr, mais je pense que c'est parce que vous êtes avec moi.

— Oh... Donc, votre réputation est plus importante que je ne le pensais.

Il rit.

— Une mauvaise réputation, vous voulez dire. Je parie qu'ils se demandent tous ce qu'une gentille fille comme vous fait avec quelqu'un comme moi.

— Pourquoi penseraient-ils ça ?

À nouveau, il haussa les épaules.

— Vous l'avez dit vous-même, je me drape dans mon irritabilité comme si c'était une vertu.

Elle rougit.

— Je n'aurais pas dû dire ça. Excusez-moi.

— Pourquoi ? Vous avez changé d'avis sur mon comportement ?

— Non, mais j'ai changé d'avis sur le fait de le dire à haute voix.

Elle lui adressa un petit sourire contrit, qui le fit fondre malgré lui.

— Ma mère serait choquée de me voir aussi discourtoise.

Il haussa un sourcil.

— Mais c'est acceptable si vous le cachez ?

— Ma mère a pour habitude de faire précéder une critique par la formule « Dieu vous pardonne ».

— Ce qui veut dire ?

— Que vous n'êtes pas responsable de ce que vous faites.

Natalie se pencha au-dessus de la table.

— Dieu vous pardonne votre absolue indifférence vis-à-vis de ce que pensent les gens.

Desmond éclata de rire bruyamment, et eut l'impression que le silence s'était abattu sur la salle, comme si tout le monde retenait son souffle.

Trudi, la serveuse qui leur avait indiqué leur table, réapparut avec un plateau supportant un pichet d'eau, deux verres d'une jolie teinte rouge rubis, et un gobelet jetable muni d'un couvercle et d'unc paille qu'elle tendit à Sam.

— Bonjour, mon grand. Te voilà de retour. Et je vois que tu es venu avec un ami, aujourd'hui.

Posant les verres sur la table, elle ajouta, à l'attention de Natalie :

— Je me suis souvent demandé ce qu'il fallait faire pour que notre ermite local sorte de sa grotte.

Desmond leva les yeux au ciel, et adressa un clin d'œil à Sam quand l'enfant surprit sa réaction.

— Les gens l'ignorent, mais j'étais dresseuse de lions avant d'avoir Sam, répliqua Natalie.

Trudi plaqua le plateau vide contre sa poitrine, et observa Desmond avec une petite moue.

—Celui-ci est plus grizzli que lion, si vous voulez mon avis.

— Dans ce cas, c'est une bonne chose que personne ne vous le demande, rétorqua Desmond.

La compagnie de Natalie et Sam avait peut-être atténué sa morosité, mais il ne pouvait pas laisser passer le commentaire de Trudi sans réagir.

Trudi soupira.

— Il est toujours aussi agréable ?

Avant de répondre à la serveuse, Natalie adressa à Desmond un sourire qui lui fit battre le cœur plus vite.

— S'il ne l'était pas, je ne serais pas ici avec lui.

S'il n'y prenait garde, il se mettrait à sourire comme un idiot bêta d'amour. Comment avait-elle réussi à le transformer de cette façon ?

Observant Natalie de l'autre côté de la table, il se rembrunit. Il devait faire très attention, ou bien il serait capable de commencer à penser qu'il pouvait toujours avoir la vie de couple heureuse dont il avait un jour rêvé.

Sous le regard irrité de Desmond, Natalie se tortilla nerveusement sur son siège. Il semblait réagir ainsi à chaque fois qu'elle pensait l'avoir sorti de sa morosité.

Lui en voulait-il d'avoir plaisanté à son sujet avec la serveuse ? Non, il avait un profond sens de l'humour derrière sa carapace de froideur. Peut-être cette expression fermée était-elle un mécanisme de défense, comme ses faux sourires à elles quand quelqu'un commentait le mutisme de Sam.

— Est-ce que Sam veut la même chose que d'habitude ? demanda Trudi.

Elle se tenait quasiment au garde-à-vous, son crayon dans une main, son carnet dans l'autre.

Sam plissa le front et désigna Desmond, qui adressa à Natalie un regard perplexe.

— Je crois qu'il veut que vous commandiez d'abord, expliqua-t-elle.

La gorge de Natalie se serra. Elle avait pris l'habitude de déchiffrer les besoins et les souhaits de Sam, cependant Desmond semblait perdu, et peut-être un peu effarouché par le handicap de Sam. Elle avait envie d'une figure masculine dans la vie de son fils, mais pas de quelqu'un qui ne ferait que passer. Elle devait faire bien attention que Sam n'en souffre pas.

— Que prend Sam, d'habitude ? demanda Desmond à la serveuse.

— Des pancakes maltés, avec du sirop d'érable tiède et un nuage de crème fouettée sur le dessus.

Desmond se tourna vers Sam.

— Tu me le recommandes ?

Sam leva les deux pouces.

— Ça me semble parfait. Je vais prendre ça.

Il tendit le menu à la serveuse, et adressa un signe de tête à Sam.

— Tu as bon goût.

Soulagée par cet échange, Natalie tendit également son menu à Trudi.

— Après tout, ce sont les vacances. Je vais prendre la même chose aussi.

— Je tiens de source sûre que les calories ne comptent pas en décembre, remarqua Desmond, après le départ de la serveuse.

— Donc, quand je parle, ce n'est pas qu'un simple bruit de fond pour vous. C'est bon à savoir.

Elle plaisantait, mais il y avait quand même un fond de sérieux dans sa pensée.

Bien sûr, elle ne l'admettrait pas. Tout comme elle ne

reconnaîtrait pas non plus qu'elle se souciait de ce que Desmond pensait d'elle.

Il grommela.

— Vous avez tendance à parler beaucoup.

Il jeta un bref coup d'œil à Sam, avant de poursuivre.

— Mais je suppose que c'est compréhensible.

Les yeux brûlants de larmes contenues, Natalie souleva son verre et but une gorgée d'eau pour se laisser le temps de mettre de l'ordre dans ses pensées.

— Nous communiquons via son iPad. N'est-ce pas, Sam ?

Sam hocha la tête, tout en continuant à dessiner.

Par la vitrine, Natalie observa les guirlandes accrochées aux réverbères encadrant Main Street.

Elle aimait la façon dont la ville exsudait l'esprit de Noël. C'était dans des moments comme ceux-ci qu'elle se réjouissait d'avoir pris la décision d'élever son fils à Loon Lake. Même si vivre ici l'obligeait à faire une heure ou deux de route pour se rendre aux rendez-vous de Sam avec des spécialistes en neurologie pédiatrique.

Mais, au bout du compte, peut-être avait-elle eu tort de s'éloigner de tout ce que Nashville avait à offrir à Sam.

Faisait-elle ce qu'il fallait pour son fils ? Ou bien suivait-elle tout simplement ses propres envies ?

Une large main calleuse serra la sienne, interrompant ses ruminations.

Elle leva la tête, et son regard croisa d'intenses yeux bruns.

— La convalescence n'est pas toujours une route droite et sans embûche, remarqua Desmond, d'une voix inhabituellement douce. Ça ne signifie pas que vous avez fait quelque chose de mal.

C'était comme s'il avait lu dans ses pensées, identifié les doutes qui la rongeaient.

Était-ce pour cela aussi qu'elle était attirée par lui ? Et parce qu'il cachait sa peine comme elle le faisait aussi ?

Elle était sincère quand elle disait qu'elle avait choisi d'être enthousiaste et optimiste. Mais cela ne signifiait pas qu'elle ne se posait pas de questions quand, la nuit venue, elle essayait de s'endormir.

— Merci, dit-elle. Je…

— Et voici votre commande, annonça Trudi, d'une voix de stentor.

Desmond retira sa main, mais Natalie sut que le geste avait piqué la curiosité de Trudi.

Eh oui, ils seraient tous deux le prochain sujet de conversation en ville. Elle n'était peut-être pas depuis longtemps à Loon Lake, mais elle savait comment fonctionnaient les ragots dans les petites villes.

Tout en dégustant les pancakes, Desmond et Natalie parlèrent du centre équestre, et il fit de son mieux pour inclure Sam, en posant des questions auxquelles l'enfant pouvait répondre d'un signe de tête.

Le temps qu'ils aient terminé leur collation, l'admiration de Natalie à l'égard de Desmond avait grandi d'un cran ou deux. Et ce n'était pas uniquement dû à sa façon de traiter Sam. Elle n'était pas stupide au point de penser que ses sentiments avaient uniquement à voir avec son fils.

Trudi revint à leur table, et demanda à Sam s'il voulait autre chose, mais il secoua la tête et se tapota l'estomac.

— Vous allez avoir besoin de marcher pour éliminer toutes ces calories, commenta la serveuse, tout en débarrassant. Justement, on m'a dit que Libby Taylor avait installé un village de Noël dans la vitrine de sa mercerie. Il y a même un train.

Jonglant avec son plateau débordant de vaisselle, elle plaqua l'addition sur la table.

— Je suis sûre que Sam va adorer le train.

Sam écarquilla les yeux et regarda vers Desmond. Il n'avait pas à parler, son expression suppliante étant suffisamment explicite.

Après avoir eu son fils rien que pour elle pendant trois ans, Natalie ressentit un picotement de jalousie en le voyant demander la permission à Desmond.

Évidemment, elle ne voulait pas limiter le monde de Sam, mais elle n'avait pas non plus envie qu'il souffre. Elle ne pouvait pas le protéger de toutes les blessures de la vie mais, en tant que mère, elle devait au moins essayer.

— Ça dépend de ta maman, répondit Desmond, d'un ton neutre.

Elle essaya d'évaluer ce que Desmond ressentait à l'idée d'aller voir une vitrine de Noël, ne sachant que trop ce qu'il pensait de tout ça.

— Vous avez probablement hâte de rentrer chez vous, dit-elle, en lui offrant une porte de sortie s'il en avait besoin. Je peux très bien l'y emmener une prochaine fois.

Il plissa le front, s'accordant le temps de la réflexion

— Ce que j'ai à faire à la maison peut très bien attendre demain. Nous avons tout à fait le temps d'y aller avant de récupérer votre voiture. Qu'est-ce que tu en penses, Sam ?

L'enfant hocha vigoureusement la tête.

— D'accord, dit Natalie.

Elle avait le sentiment d'être aussi enthousiaste que son fils, mais pas pour les mêmes raisons.

Elle tendit la main vers l'addition, mais Desmond fut plus rapide qu'elle à s'en emparer.

— C'est pour moi.

— Mais, je vous ai invité, donc c'est à moi de payer.

Il lui opposa son habituelle expression bougonne, et tint l'addition contre son torse.

— Quand je suis avec une femme, j'aime payer.

— Seriez-vous un horrible macho ?

— Non, juste un type démodé.

D'un geste impulsif, elle tendit la main et lui effleura involontairement le bras. Ce n'était pas un véritable contact peau à peau, mais cela suffit à la troubler.

— Dans ce cas, Sam et moi vous remercions. N'est-ce pas, Sam ?

Tandis que Desmond payait, elle remonta la fermeture à glissière de la parka de Sam, et insista pour qu'il enfile ses gants. Son fils eut un soupir exaspéré, mais il obéit quand même.

— Il paraît qu'il va neiger d'ici à la fin de la semaine, remarqua-t-elle, tandis qu'ils sortaient tous les trois du salon de thé.

— Ravi que ça plaise à quelqu'un, marmonna Desmond, tout en remontant le col de son vieux blouson d'aviateur en cuir.

Elle prit la main de Sam le temps de traverser la rue, et d'atteindre l'entrée du parc municipal, puis elle le laissa trottiner devant eux sur le chemin qui serpentait entre les étendues de pelouse parsemées de massifs fleuris et de bosquets. Les oiseaux chantaient dans les pins et les trembles, et les écureuils s'affairaient à engranger de la nourriture, comme s'ils avaient eu connaissance du bulletin météo annonçant la pluie.

— Le mauvais temps est-il un problème pour votre jambe ?

— Seulement quand je marche.

— Oh ! mais alors, nous ne devrions pas…

Il lui donna un coup d'épaule.

— Je plaisantais. Ça me fait du bien de marcher. Ça entretient la souplesse musculaire.

Les yeux rivés sur Sam, qui courait, en tenant sa petite voiture à bout de bras, comme s'il la faisait rouler sur une route imaginaire, elle demanda, d'un air absent :

— Elle est souvent raide ?

Desmond fit un bruit étrange, entre rire et toussotement, mais ne répondit pas à sa question. Elle se tourna donc vers lui.

— Qu'est-ce qu'il y a ? Je demandais juste si... Oh !

Elle sentit ses joues devenir écarlates, et haussa les épaules.

— Vous savez très bien que je parlais de votre jambe.

Il hocha la tête, essayant de paraître sérieux, mais une lueur narquoise étincelait toujours dans son regard.

— Évidemment. De quoi d'autre pourrait-il s'agir ?

— Finalement, ce sens de l'humour que vous vous donnez tant de mal à cacher est plutôt puéril.

Il lui heurta à nouveau l'épaule.

— Je pense que c'est lié au chromosome Y.

— Vous avez sans doute raison.

Elle lui rendit son coup d'épaule.

— L'humour de Ryan était parfois puéril aussi.

— C'était votre mari ?

— Oui. Mais, je n'aurais peut-être pas dû l'évoquer. Je ne veux pas gâcher la journée.

— Ce n'est pas le cas. Il a fait partie de votre vie, et vous n'avez pas à vous excuser de prononcer son nom.

— Merci.

Elle soupira.

— L'année prochaine, il sera parti depuis plus longtemps que nous n'avons été mariés. Et vous ? Vous avez déjà été mariés ?

Il regarda droit devant lui.

— Ça a failli arriver.

— Ah bon ?

Elle inclina la tête, pour le regarder, souhaitant en savoir plus.

— On peut dire que je suis tombé des nues, dit-il, en enfouissant les mains dans les poches de son blouson. Elle semblait penser que les pilotes sont interchangeables. Moi ou un autre, quelle importance, pourvu qu'elle ait le prestige.

Avait-il encore des sentiments pour elle ? Était-il nostalgique de leur relation ? Cette mystérieuse femme appartenant à son passé l'avait-elle définitivement braqué contre le mariage ?

— Je suis désolée.

Il lui lança un curieux regard.

— Pourquoi ? Vous n'êtes pas responsable.

Elle gloussa.

— Dés… heu, je dois vous prévenir que je passe mon temps à m'excuser.

— Je crois que c'est un défaut auquel je pourrais me faire, s'il faut que je vive avec, répliqua-t-il.

Puis, comme s'il réalisait ce qu'il venait de dire, il s'éclaircit la gorge.

— Et alors, comment se fait-il que vous vous soyez installée à Loon Lake ?

— J'ai hérité de la maison de ma grand-mère. Je me suis souvenu de mes visites à Loon Lake quand j'étais enfant, et j'ai décidé de revenir y faire un tour avant de prendre ma décision.

— Apparemment, ça vous a plu.

— Effectivement. Il m'a suffi de me promener dans Main Street pour tomber amoureuse de la ville. Après avoir passé toute ma vie à déménager, j'ai eu l'impression de trouver mon port d'attache. Et les gens sont tellement amicaux. Et vous ? Comment avez-vous atterri ici ?

Il se gratta une joue et ferma un œil.

— Parce que les gens sont amicaux ?

Elle éclata de rire.

— Je veux une vraie réponse.

— En fait, j'ai rencontré Riley Cooper au centre de convalescence de l'armée. Il m'a dit qu'il était originaire d'ici et qu'il avait l'intention de s'y installer après son retour à la vie civile. J'ai eu envie de lui rendre visite, et de voir ce qu'il était devenu. À ma grande surprise, je l'ai retrouvé shérif de la ville, marié, et futur père.

— Je connais un peu sa femme, Meg. Nous sommes toutes les deux bénévoles au secours paroissial. Alors comme ça, vous êtes ami avec Riley ?

— Pas vraiment, non. Il a parlé de Loon Lake et, comme je ne savais pas où aller…

Ne pas avoir de lien était triste, mais elle préféra ne pas faire de commentaire pour ne pas l'embarrasser. Elle avait eu une enfance déracinée, et elle connaissait le sentiment de n'appartenir à aucun endroit, mais elle avait ses parents pour lui donner un ancrage. Où qu'ils s'installent, ils représentaient son foyer. Peut-être était-ce pour cette raison qu'elle avait voulu élever Sam à Loon Lake et lui donner des racines solides.

— Vous n'auriez pas pu choisir de meilleur endroit que Loon Lake. Et je dois dire que vous avez une maison magnifique.

— Oui, je pensais qu'Ashley changerait d'avis sur son avenir avec moi en la voyant.

Donc, l'ancienne fiancée avait un prénom. Ashley. Natalie ne savait pas si elle devait la détester pour avoir fait souffrir Desmond, ou lui être reconnaissante de l'avoir quitté. Si elle ne l'avait pas fait, il serait marié, et ne serait pas aujourd'hui avec elle à partager cette agréable journée.

— C'est elle qui y perd. Votre maison est splendide.

Sentant qu'il se détachait de la conversation, elle chercha un ton plus léger.

— Bien sûr, je n'ai pas vu l'intérieur. C'est peut-être hideux.

Sa ruse avait fonctionné, car il rit à nouveau.

— Je ne dirais pas hideux, mais un peu sommaire. Je passe le plus clair de mon temps dans mon atelier.

— Vous avez toujours travaillé le verre ?

— Je m'intéressais à toutes les formes d'art avant…

Il s'interrompit et s'éclaircit la gorge.

Avant quoi ? Qu'avait-il voulu dire ?

Ils arrivaient au bout du chemin, et Sam se rapprochait de la rue, aussi elle n'insista pas.

— Sam ! Attends-nous.

Desmond était soulagé que Natalie n'ait pas insisté pour qu'il aille au bout de sa phrase. Il ne parlait jamais de la mort de Patrick. C'était peut-être un tort. Sans doute devrait-il être plus comme Natalie, qui parlait sans détour de son défunt mari.

Ils rattrapèrent Sam, qui attendait sur le trottoir bordant le parc municipal, et ils traversèrent la rue ensemble. L'enfant n'avait pas essayé de s'élancer sur la chaussée, mais Desmond devinait que c'était une des craintes de Natalie. Ce qui était arrivé à Sam devait avoir exacerbé ses peurs.

Natalie signala de la main une direction.

— Le magasin de Libby est là-bas. C'est celui avec l'auvent bleu nuit.

Sam mit sa petite voiture dans sa poche et s'avança en sautillant vers la boutique.

— Ne me dites pas que vous faites de la couture en plus de vos délicieux biscuits.

— Mes talents sont nombreux.

Il se pencha vers elle.

— Mais encore ?

Elle tourna la tête, et il vit que ses yeux étincelaient de malice.

— Les femmes ne sont-elles pas supposées préserver un peu de mystère ?

Il fit mine de grommeler.

— Ah, vous voulez le jouer comme ça ?

— Oui.

Elle hocha fermement la tête, mais ses lèvres frémissaient d'un rire contenu.

— Pour le moment.

— Ça semble prometteur.

Ils étaient arrivés devant la boutique, et Sam avait le visage pressé contre la vitrine, observant un petit train qui serpentait à travers un paysage enneigé.

— Il adore les trains, dit Natalie. Et les avions, les camions de pompiers, les voitures de course… Il espère que le Père Noël lui apportera un décor complet en Lego, mais il n'arrive pas à se décider entre un aéroport, un garage automobile, et une caserne de pompiers.

Sam tira sur la manche de Natalie et désigna Desmond.

— Je crois qu'il a envie de savoir ce que vous choisiriez, expliqua-t-elle.

Il rit.

— Je choisirais l'aéroport, pour des raisons évidentes. Mais les deux autres ont l'air chouettes aussi, et tu devrais choisir celui qui te fait le plus envie.

Sam hocha la tête et se remit à suivre le déplacement du train à travers le village miniature.

— Vous avez toujours voulu devenir pilote ? demanda Natalie.

— Mon frère aîné a eu ce rêve en premier. Je suppose que ça a déteint sur moi.

Il omit de mentionner ses efforts infructueux pour se hisser à la hauteur de Patrick après son décès. Même avant cela, rien de ce qu'il faisait n'était jamais suffisant aux yeux de sa mère. Sans doute était-ce dû au fait que Patrick était né d'une relation durable, tandis que lui n'avait été qu'un « accident » après une aventure sans lendemain.

— Je suis contente que vous ayez pu le faire, même si ça n'a pas continué, remarqua Natalie.

Elle lui effleura le bras.

— Vous pouvez être fier de ce que vous avez accompli.

Peut-être venait-elle de marquer un point.

Il avait passé beaucoup de temps à penser à ce qu'il avait perdu, et pas assez à ce qu'il avait fait.

Après ce compliment, il eut l'impression d'être soulagé d'un poids.

— Merci, dit-il.

Et il réalisa qu'il le pensait vraiment.

Il se tenait suffisamment près pour que le moindre mouvement de l'un ou de l'autre provoque un frôlement entre eux. Suffisamment près pour respirer son parfum et faire partie de son monde, même pour un court instant.

Il fit mine de s'intéresser au train qui cheminait entre des maisons et des boutiques en porcelaine aux couleurs éclatantes. Mais il se concentrait en réalité sur Natalie, attentif à ses moindres gestes.

— Oh ! regarde, Sam ! dit-elle soudain, en désignant une affiche dans l'angle inférieur de la vitrine. Il va y avoir une cérémonie d'illumination. Tu te souviens de ce grand sapin que nous avons vu près de la tonnelle ? Ils vont l'éclairer pour Noël. Ça pourrait être amusant de voir ça, tu ne crois pas ?

Sam hocha la tête et regarda Desmond.

Natalie lui adressa un regard d'excuse par-dessus la tête de son fils.

— Je crois qu'il a envie que vous veniez avec nous, traduisit-elle.

Pris au dépourvu, il marqua un temps d'hésitation.

Natalie passa son bras autour des épaules de son fils.

— Et si nous laissions le temps au lieutenant d'y réfléchir ? C'est seulement en fin de semaine.

Sam hocha la tête mais continua à lui lancer des regards furtifs tandis qu'ils retournaient vers le parc. Une fois la rue traversée, il se mit de nouveau à gambader devant eux.

— Désolée, murmura Natalie.

— Pas de problème. Je suis flatté qu'il ait envie que je vous accompagne.

— Ce sera avec plaisir, mais ne vous y sentez pas obligé. Il y aura beaucoup de gens que je connais là-bas.

N'avait-elle pas envie qu'il y aille ? Après tout, l'invitation était venue de Sam.

— Je suis sûr que trois mois à peine après votre installation en ville vous aviez déjà rencontré plus de gens que moi en trois ans.

— Je ne suis pas l'ermite de la ville, moi.

— Ah bon ? C'est ce qu'on dit de moi ?

Il ne s'était jamais soucié de ce que pensaient les gens de la ville… jusqu'à maintenant.

— Il paraît que votre voisin, Brody Wilson, était plutôt du genre solitaire, avant de rencontrer Mary. Aujourd'hui, c'est un pilier de la communauté. Donc, je suppose que le titre vous revient, à présent.

Il fit mine de bougonner.

— Pff ! Il n'a jamais été un véritable ermite. Avant qu'il n'ouvre une ferme pédagogique avec Mary, il avait créé sur son exploitation un sanctuaire pour les animaux abandonnés ou maltraités. De toute évidence, c'est un cœur tendre.

— Ce qui n'est pas votre cas ?

— Exactement.

— En tout cas, sa ferme pédagogique est un succès. Il organise même des camps de vacances pour des enfants à problèmes…

— Vous ne me prendrez jamais à ouvrir ma propriété à des enfants ou des animaux.

Son ton léger démentait la rudesse de ses propos, et il savait que Natalie avait bien compris qu'il plaisantait.

— En tout cas, à chaque fois que je le rencontre, il affiche un grand sourire béat.

Desmond ricana.

— Ça, c'est grâce à Mary.

— Donc, vous croyez au véritable amour ?

— Ha ! C'est presque aussi crédible que…

Il jeta un coup d'œil à Sam, qui sautillait toujours devant eux, et se pencha.

— Que le gros type en costume rouge.

Elle lui donna un coup d'épaule.

— Ce n'est pas parce que vous avez vécu une mauvaise expérience qu'il faut refuser l'amour.

— Vous pouvez dire ce que vous voulez, je ne changerai pas d'avis.

— Comme pour les décorations de Noël ?

Il hocha la tête.

— Exactement.

— Et je suis toujours déterminée à ne pas abandonner les causes perdues.

— Dans ce cas, je veillerai à ne pas me perdre.

Tandis qu'ils traversaient le parc et regagnaient sa voiture, Desmond ne put s'empêcher de se demander ce que ça ferait d'avoir la confiance de Natalie. Elle n'avait pas l'air de se soucier qu'il ne soit plus capable de piloter des jets de combat.

Être avec elle l'apaisait, car il n'avait plus à justifier ses choix, ou à essayer d'être ce qu'il n'était pas.

Elle l'acceptait comme il était.

- 4 -

— Tu es content de rentrer à la maison ?

Natalie regarda dans le rétroviseur, et sourit en voyant Sam hocher la tête.

Trois jours s'étaient écoulés depuis qu'ils étaient allés au salon de thé avec Desmond, et il lui avait manqué. De retour chez elle, après avoir récupéré sa voiture au garage, elle avait reçu un appel de sa belle-mère, Bev, dont la sœur avait eu une attaque. Cette nuit-là, Natalie avait pris la route pour Boston et, le lendemain matin, elle avait conduit Bev à l'aéroport, où celle-ci avait pris le premier vol pour Tampa, en Floride.

Desmond s'était-il demandé où ils étaient passés ? Ne connaissant pas son numéro de téléphone, elle n'avait pas d'autre solution que de passer chez lui pour le prévenir, et elle n'en avait pas eu le temps. En outre, ils n'avaient pas vraiment une relation. Partageaient-ils même ne fût-ce que de l'amitié, ou n'étaient-ils que de vagues connaissances ?

Sam et elle n'étaient partis que trois jours, mais ça lui avait semblé plus long. À dire vrai, Desmond lui avait manqué bien plus qu'elle n'aurait pu l'imaginer.

Et ça pourrait devenir un problème s'il ne ressentait pas la même chose. Elle n'était pas certaine qu'il ne soit pas encore amoureux de son ex, Ashley. Il avait dit qu'il était sur le point de se marier. Étaient-ils fiancés quand elle avait rompu avec lui ?

Étant donné qu'elle avait été mariée avant, elle n'avait pas le droit d'être jalouse. Et pourtant, elle ressentait un petit pincement désagréable. Mais les émotions n'avaient rien de rationnel.

Assez pensé à Desmond Gallagher ! décida-t-elle.

Après tout, il était bien possible qu'il soit en train de célébrer son absence, se réjouissant d'une telle chance. Il avait clairement énoncé son refus de s'intégrer à la communauté, comme l'avait fait Brody. Mais la fugace expression qui était passée sur son visage, quand Sam avait indiqué vouloir qu'il se joigne à eux pour l'illumination du sapin, la hantait.

Elle avait reconnu une envie profonde dans ce bref moment où il avait baissé la garde. Et, si elle avait pu l'identifier, c'était parce qu'elle connaissait intimement ce sentiment particulier.

S'efforçant de penser à autre chose, elle jeta un coup d'œil à Sam dans le rétroviseur.

— Je suis sûre que Shadow sera content de te revoir.

Ils avaient adopté le chat noir et blanc deux mois plus tôt, quand l'animal errant était venu rôder autour du centre équestre. Dès qu'il avait posé les yeux sur lui, Sam était tombé amoureux de l'adorable petit chat, et Natalie n'avait pas eu le cœur de dire non.

— Tu as dû lui manquer, mais Addie et Teddy se sont sûrement bien occupés de lui.

Elle s'engagea dans l'allée, et se gara sous l'auvent pouvant accueillir trois voitures côte à côte.

Le temps qu'elle aille lui ouvrir sa portière, Sam avait déjà défait son harnais de sécurité. Il s'extirpa de son siège rehausseur, et courut vers la porte de service qui ouvrait sur une buanderie-vestibule. Natalie le rejoignit et ouvrit la porte. Aussitôt, Sam se rua à travers la maison pour chercher le chat.

Natalie ôtait son manteau dans la cuisine, quand on frappa à la porte de service. Elle sourit en apercevant sa voisine à travers la porte vitrée, et la fit entrer.

— Bonjour, lança Addie, d'un ton guilleret. J'ai vu que vous étiez de retour.

Addie Miller vivait dans l'autre partie de la maison, avec son demi-frère beaucoup plus jeune qu'elle. Natalie ne connaissait pas toute l'histoire, mais leur mère ne pouvait pas s'occuper de Teddy, et Addie en avait la garde temporaire. Sam et Teddy partageaient la passion des jeux de construction, et le petit voisin avait tout naturellement accepté le handicap de Sam, établissant avec lui une efficace communication non verbale.

— Je suis contente d'être rentrée.

Natalie donne une accolade à Addie.

— Merci de t'être occupée du chat.

— Avec plaisir. Je voulais te mettre au courant de ce qui s'est passé pendant ton absence.

Addie prit appui contre un plan de travail.

— D'après la rumeur, les chevaux auraient quitté le centre équestre.

— Comment ça, quitté ?

Natalie sentait que son estomac commençait à se nouer.

— Je ne sais pas.

Addie secoua la tête.

— Je l'ai appris il y a seulement une heure, quand un des parents est passé pour savoir si tu savais quelque chose.

— Tu sais qui pourrait avoir pris les chevaux ?

Les propriétaires, ou leurs créanciers les avaient-ils vendus aux enchères ? Cette idée la rendait malade. Sam avait tellement progressé depuis qu'il avait entamé cette thérapie, six mois plus tôt. Ses problèmes d'équilibre avaient presque disparu. Elle ne pouvait dire si c'était entièrement dû aux chevaux, ou si cela faisait partie du processus de guérison. Mais ce qui comptait, c'était que Sam avait établi un lien fort avec son poney bai brun, qu'il considérait comme « son » cheval.

— Je suis désolée, je n'en sais rien, répondit Addie. Et si tu allais te renseigner ? Je peux garder Sam, si tu veux.

Natalie prit une profonde inspiration et chercha à se calmer.

— Tu es sûre ? je ne voudrais pas…

— Ne t'en fais pas.

Addie lui tapota le bras.

— Teddy le réclame à grands cris. Il lui a manqué.

— Je suis tellement heureuse que Sam ait un ami comme Teddy.

— Je peux dire la même chose. Venir ici a demandé beaucoup d'efforts à Teddy. Il ne veut pas me le dire, mais je crois qu'il a du mal à s'intégrer dans son école. Les autres enfants de sa classe se connaissent depuis la crèche.

— Je suis désolée de l'apprendre. Ça me fait de la peine pour Teddy. J'espère que tu trouveras un moyen pour obtenir qu'il s'ouvre davantage.

Elle soupira, et afficha une petite moue attristée.

— Je crois que Sam aura lui aussi des défis à relever.

Addie lui tapota l'épaule.

— Il ne nous reste plus qu'à former notre propre groupe de soutien.

— Marché conclu. Mais, pour le moment, je dois aller voir ce qui se passe avec les chevaux.

Elle répugnait à quitter Sam, mais elle ne trouverait pas le repos tant qu'elle n'en aurait pas le cœur net. Bien sûr, elle s'inquiétait du sort des chevaux, mais aussi de celui des employés et des enfants qui dépendaient du programme thérapeutique.

— Sam sera très bien avec nous, la rassura Addie.

Elle la chassa d'un geste de la main.

— Vas-y. Fais ce que tu as à faire, et ne t'inquiète pas.

— D'accord. Tu as mon numéro de portable si nécessaire.

Natalie était reconnaissante à son amie et, dans des moments comme celui-ci, elle se réjouissait plus que jamais d'avoir choisi de venir vivre à Loon Lake.

La gorge serrée, l'estomac noué, Natalie avait roulé aussi vite que le lui permettait la limitation, et venait d'arriver au centre équestre. Elle avait besoin de rassembler toutes les informations avant d'apprendre la nouvelle à Sam. Augie n'était pas seulement un animal thérapeutique. Son fils et l'adorable poney étaient devenus amis. Il y avait entre eux un lien qui se passait de mots.

Elle prit une profonde inspiration, en décidant qu'elle s'était assez lamentée sur son sort. Elle n'était pas comme ça. Une fois qu'elle saurait précisément ce qui se passait, elle chercherait des solutions.

La première chose qu'elle remarqua, après s'être garée, c'était un panneau à vendre. Ce n'était déjà pas bon signe. L'endroit était désert, et elle n'entendait aucun bruit d'activité. Normalement, à cette heure de la journée, les employés auraient dû nettoyer les stalles et nourrir les chevaux.

— Ohé ? appela-t-elle, en approchant.

Rien.

Angoissée, elle prit son téléphone et appela une des thérapeutes de Sam.

— Bonjour Roberta, c'est Natalie Pierce. Je suis au centre équestre, et il n'y a personne. Vous savez ce qui se passe ?

— Je suis désolée, Natalie. Tout ce que je sais, c'est que la propriétaire m'a appelée hier, et m'a demandé de prendre contact avec mes patients et de décommander leurs rendez-vous. Comme vous m'aviez dit que vous seriez absente quelques jours, je ne vous ai pas appelée tout de suite. D'après ce que j'ai compris, ils ne pouvaient plus payer leur crédit.

Natalie tomba des nues. Comme elle avait été naïve de croire qu'elle pouvait réaliser un miracle !

— Je ne me doutais pas que la situation était aussi mauvaise.

— Croyez-moi, vous n'êtes pas la seule.

— Je m'inquiète pour les chevaux. Vous savez où ils sont ?

Le cœur battant à tout rompre, Natalie attendit la réponse.

— Malheureusement, je n'en ai aucune idée.

— Bien. Merci.

Natalie frissonna, tandis qu'un goût amer lui envahissait la bouche.

— Tenez-moi au courant.

— Bien sûr.

Tandis qu'elle regagnait sa voiture, Natalie ressentit le besoin urgent de parler à Desmond.

C'était fou. Elle le connaissait à peine, mais elle avait besoin de se confier à lui. Desmond Gallagher n'était pas un homme démonstratif, et pourtant elle avait besoin du réconfort de sa présence.

Tandis qu'elle roulait vers la ferme de Desmond, elle ignora la petite voix qui l'accusait de chercher un prétexte pour ne pas rentrer tout de suite à la maison, et repousser le moment où elle devrait apprendre la mauvaise nouvelle à Sam.

S'il lui demandait pourquoi elle était venue, elle pourrait toujours expliquer qu'elle n'avait plus besoin de son aide pour la vente aux enchères. Elle pouvait inventer des excuses, trouver des raisons pour justifier sa présence. Mais la vérité était qu'il lui manquait et qu'elle avait envie de le voir.

Et si lui ne voulait pas la voir ? S'il appréciait le calme et le silence, loin de ses bavardages ? En outre, il ne pouvait rien faire pour les chevaux.

Elle s'engagea dans son allée et se gara à côté de son pick-up. Laissant son sac sur le siège passager, elle descendit de voiture et partit à sa recherche.

La grange lui semblant l'endroit le plus probable où le trouver, elle s'y dirigea en premier lieu. Tandis qu'elle s'approchait, des bruits provenant de l'écurie lui firent ralentir le pas et tendre l'oreille.

Ça ne pouvait quand même pas être ce qu'elle pensait ?

Elle se mit à courir, le cœur battant de plus en plus vite.

Étaient-ce bien des chevaux ? Les hennissements et renâclements qui se faisaient écho semblaient le confirmer.

Elle inhala profondément. L'air sentait le foin.

Que se passait-il ici ?

Elle entra dans l'écurie. Des se tenait devant une stalle et parlait à un poney à l'allure familière.

— Je sais que c'est déstabilisant pour toi, mais je suis sûr que Sam et sa maman ne vont pas tarder à venir te voir. Tu as sûrement hâte de voir ton copain Sam, hein ?

Desmond caressa vigoureusement l'encolure d'Augie.

— Tu dois manger, sinon tu n'auras plus d'énergie lorsque Sam viendra.

Était-elle en train de rêver ? Natalie cilla, mais Desmond et Augie étaient toujours là.

— Des ?

Il se tourna vers elle.

— Tiens, vous êtes revenue.

Elle s'avança et vit qu'il avait les joues un peu rouges. Tiens donc ! Le fier lieutenant semblait embarrassé d'avoir été surpris en train de parler à un poney.

Regardant par-dessus son épaule, il demanda :

— Où est Sam ?

— Avec ma voisine. Je ne voulais pas qu'il voie le centre équestre déserté.

Au son de sa voix, d'autres chevaux passèrent la tête hors de leur stalle. Elle les compta et découvrit que les cinq chevaux du centre étaient là. Dans l'écurie de Desmond.

— Vous pouvez m'expliquer ce qui se passe ? demanda Natalie.

Il croisa les bras sur son torse.

— D'abord, j'ai une question pour vous ? Où étiez-vous passée ?

— À Boston. Ma belle-mère – la mère de Ryan – avait besoin de se rendre d'urgence en Floride. Sam et moi voulions lui dire au revoir car elle ne sera pas là pour Noël. Nous l'avons déposée à l'aéroport.

Pourquoi babillait-elle comme ça ?

— Peu importe tout ça. J'aimerais savoir comment les chevaux sont arrivés ici.

— Dans un camion de transport de chevaux.

— Très drôle !

Elle enfonça son index dans l'épaule de Desmond.

— Dites-moi pourquoi.

— Je croyais que vous vouliez savoir pourquoi.

Il rit et lui prit la main quand elle voulut le pousser à nouveau.

— Brody Wilson m'a appelé et m'a demandé, ou plutôt supplié, de l'aider. Il se trouve que Riley Cooper a appris que les propriétaires du centre équestre s'étaient volatilisés, en abandonnant les chevaux. Il l'a dit à sa femme, Meg, qui l'a dit à Mary, la femme de Brody.

Il soupira bruyamment.

— Typique du réseau d'entraide des petites villes.

Natalie avait du mal à retenir ses larmes.

— Et vous les avez amenés ici.

Il haussa les épaules.

— Brody n'avait pas de place chez lui. Toutes ses stalles sont occupées.

— Vous savez comment prendre soin d'eux ?

— Oui. J'ai passé suffisamment d'étés à travailler comme palefrenier dans un ranch pour savoir ce qu'il faut faire. Et si j'ai besoin d'aide ou d'un conseil, Brody n'est pas loin.

— C'est merveilleux ! Vous êtes mon héros.

Natalie jeta ses bras autour de lui et plaqua un baiser sur ses lèvres. Elle pensait que ce serait chaste et rapide mais, alors qu'il aurait pu s'écarter aussitôt, Desmond la serra contre lui et donna un tour plus passionné à l'échange.

C'était le baiser auquel elle pensait, dont elle rêvait, qu'elle espérait depuis sa seconde visite.

Accueillant la caresse plus intime de sa langue, elle soupira de bonheur et s'abandonna aux sensations délicieuses que Desmond éveillait en elle.

Embrasser Natalie était exactement comme Desmond l'avait imaginé. Mais c'était meilleur parce que c'était vrai.

Elle embrassait avec ce même mélange d'enthousiasme et de timidité nerveuse dont elle avait fait preuve dès le premier jour où elle avait débarqué dans sa grange.

Un cheval hennit et elle sursauta, avant de s'écarter.

— Euh… je crois que je me suis laissée un peu emporter. Je… J'espère que je ne t'ai pas embarrassé.

Elle sourit mais ses lèvres tremblaient, faisant comprendre à Desmond qu'elle n'était pas indifférente à ce qui venait de se passer.

Oh oui, il était embarrassé. Mais pas par Natalie ou par le baiser. Ce qui le gênait, c'était la façon dont il avait réagi au contact de ses lèvres, lui donnant l'impression qu'il était un adolescent bouillonnant d'hormones.

— Non. Je pense que nous… euh… nous sommes tous les deux un peu emballés…

Il s'éclaircit la voix.

— En tout cas, je suis content d'avoir pu aider pour les chevaux.

— Je le répète, tu es mon héros.

Il secoua la tête.

Même si ces paroles lui faisaient plaisir, surtout venant de Natalie, il ne les méritait pas. Il n'avait pas agi par altruisme, bien au contraire. Elle le prenait pour quelqu'un qu'il n'était pas.

C'était pour cette raison qu'il ne devait pas s'impliquer avec Natalie. Elle chercherait toujours à voir le bon en lui. Que se passerait-il quand elle ne découvrirait que du vide ?

— Je ne suis pas un héros. Ni pour toi, ni pour personne.

— Tu l'es pour les chevaux. Qui peut dire ce qui leur serait arrivé si tu ne les avais pas sauvés ?

Même si ça lui était douloureux, il devait absolument la détromper à son sujet. Il appréciait un peu trop le regard admiratif qu'elle portait sur lui, et il commençait de nouveau à faire des rêves d'avenir. Et rien n'était plus dangereux.

— Je ne les ai pas sauvés. Je les héberge temporairement, le temps que tu trouves une solution pour le programme de thérapie.

— Quand bien même. J'apprécie ce que tu as fait. Et

je sais que les autres participants au programme te seront également reconnaissants.

Il secoua la tête.

— Je ne l'ai pas fait pour eux.

La perplexité de Natalie se lisait sur son visage.

— Comment cela ? Pourquoi l'as-tu fait, alors ?

— Je l'ai fait pour toi. Je savais à quel point tu te sentais concernée.

Il soupira et se passa la main dans les cheveux. Peut-être n'aurait-il pas dû s'en mêler…

— Tu n'as jamais pensé à prendre en charge la gestion administrative du programme ?

Elle parut surprise.

— Moi ? Qu'est-ce qui te fait penser que j'en serais capable ?

Il haussa les épaules.

— Tu en sais beaucoup à ce sujet, et tu es capable de faire des miracles.

— Des miracles ?

Elle rejeta la tête en arrière.

— Comment cela ?

— Non seulement tu m'as fait aller en ville au mois de décembre, mais tu m'as aussi traîné dans un salon de thé. Et le monde ne s'est pas arrêté. Ça, c'est un miracle.

Il tendit la main et lui effleura le bout du nez.

— Tu vas ruiner ma réputation. Bientôt, je ne pourrai plus grommeler et terrifier les gens au point de les faire fuir.

Elle rit, et vérifia sa montre.

— Je dois y aller, mais je te promets que je serai de retour demain matin de bonne heure pour m'occuper des chevaux.

Il tendit la main.

— Donne-moi ton téléphone.

— Pour quoi faire ?

— Pour que je puisse y entrer mon numéro au cas où… euh… tu aurais besoin de prendre contact avec moi.

Au début, elle parut perplexe, puis elle écarquilla les yeux et hocha la tête.

— Ah oui ! Bien sûr, tu souhaites que j'aie ton numéro pour… enfin… à propos des chevaux.

Ce serait une excuse plausible et sans conséquence. Mais ce serait aussi un mensonge.

Il secoua la tête.

— Je le souhaite parce que je veux que tu me préviennes la prochaine fois que tu quitteras la ville.

— Je… je t'ai manqué ?

Elle lui tendit son téléphone.

— Je n'ai pas dit ça.

Il ne releva pas les yeux de l'écran tandis qu'il entrait son numéro dans ses contacts.

Ça l'ennuyait de l'admettre mais, si elle n'était pas venue aujourd'hui, il serait allé en ville interroger Tavie pour savoir où vivaient Natalie et Sam. Il avait besoin de savoir qu'ils étaient sains et saufs.

— Tu n'as pas besoin de le dire, remarqua Natalie, d'un ton amusé.

Il grommela et lui tendit son téléphone. Mais quand elle voulut s'en emparer, il lui prit la main et l'attira plus près de lui. Doucement, il passa ses pouces sur les joues et les lèvres de Natalie, avant d'y poser à nouveau les siennes.

Elle avait un goût de menthe et de nouveau départ. Ce fut alors qu'il comprit qu'il était perdu. Et il s'en moquait éperdument. Si c'était ça, se perdre, alors il voulait n'être jamais retrouvé.

Les lèvres de Desmond étaient chaudes et conquérantes. Vibrant de tout son corps, Natalie s'agrippait à ses épaules et s'abandonnait aux mains qui caressaient son dos, la plaquait contre ce corps viril. Un petit gémissement jaillit de sa gorge, et Desmond se pressa plus étroitement contre elle, lui permettant de ressentir l'effet qu'elle lui faisait. Elle en fut à la fois bouleversée et flattée.

Un des chevaux renâcla et frappa le sol de son sabot, brisant la magie de l'instant.

Natalie soupira et s'écarta. C'était mieux ainsi, voulut-elle se convaincre. Mais ça lui faisait mal quand même.

Elle recula d'un pas.

— Je n'en ai pas envie, mais il faut que j'y aille, dit-elle.

— Pourquoi une telle précipitation ?

Elle essaya de déchiffrer l'expression de Desmond. Était-il contrarié ?

— Je ne peux pas rester. Je dois me préparer pour ce soir.

— Un rendez-vous torride ?

La voix de Desmond était crispée, son regard sombre.

Elle secoua la tête, et le regarda droit dans les yeux.

— J'ai promis à Sam que nous irions à l'illumination du sapin ce soir. Il avait peur de la manquer pendant que nous étions à Boston.

Desmond s'éclaircit la gorge.

— Je suis toujours invité ?

Levant la main, elle lui caressa la joue, et sa barbe crissa contre sa paume.

— Bien sûr. Sam sera enchanté. Où veux-tu que nous nous retrouvions ?

— Donne-moi ton adresse, et je passerai vous chercher.

Elle lui dit où elle vivait, et il l'accompagna à sa voiture.

Il lui ouvrit la portière mais la retint par le bras, l'empêchant de se mettre au volant.

— Je suis content que tu sois revenue.

— Moi aussi.

— Qui t'a dit que les chevaux étaient ici ?

— Personne.

— Alors, pourquoi es-tu venue ici ?

Elle sentit ses joues s'empourprer.

— Quand j'ai découvert que les chevaux avaient disparu, ma première réaction a été de venir ici. J'ai ressenti un besoin irrépressible de te parler.

Elle étudia son visage pour essayer de déterminer ce que lui inspirait cet aveu.

Il attrapa une mèche de ses cheveux et la glissa derrière son oreille.

— J'en suis ravi.

Un peu plus tard dans la journée, Desmond se gara dans le quartier de Natalie, peuplé de maisons anciennes mais parfaitement entretenues. La rue bien éclairée et plaisamment arborée se terminait en impasse, ce qui était un plus pour les familles avec de jeunes enfants.

La maison de Natalie était la dernière sur la gauche, et la seule à offrir deux logements mitoyens. Le soubassement était en briques, et l'étage bardé de planches peintes en bleu ciel. Elle était un peu en retrait de la rue et disposait d'un jardin de belle taille. Une allée cimentée menait à trois marches et un petit perron couvert éclairé par une lanterne suspendue à une chaîne. La porte laquée noire brillait comme si elle venait d'être repeinte.

Observant la maison de Natalie, il se demanda à quand remontait la dernière fois où il était sorti avec une femme. Sorti ? Mais il ne s'agissait pas d'un rendez-vous amoureux. Le verrait-elle ainsi ? Ils emmenaient Sam à l'illumination du sapin érigé par la ville, c'était tout. C'était plus un truc communautaire qu'ils faisaient ensemble. Évidemment, si ça n'avait pas été pour Natalie et Sam, il aurait préféré mourir plutôt que d'être vu à proximité du parc municipal ce soir. Et pourtant, il avait attendu cet événement avec impatience après en avoir parlé avec Natalie.

Il sortit de sa voiture et se dirigea vers la porte d'entrée. Une couronne faite en branches de sapin, avec un gros nœud de velours rouge, était accrochée à la porte. Celle-ci s'ouvrit avant même qu'il ait eu le temps de sonner.

Il retint son souffle devant le radieux sourire qui éclairait le visage de Natalie, se communiquant à ses lumineux yeux bleus.

— Entre !

Il franchit le seuil et découvrit un salon petit mais chaleureux, où régnait un peu de désordre. Quelques livres pour enfants et des magazines s'empilaient sur la table basse, tandis que des petites voitures et des Lego étaient éparpillés sur le sol.

— Désolée, nous ne sommes pas prêts. Le chat s'est enfui avec l'un des gants de Sam, et nous le cherchons.

— Le gant ou le chat ?

— Les deux.

Au même moment, Sam déboula, en brandissant fièrement son gant, suivi d'un chat noir et blanc.

Natalie se pencha pour récupérer le chat.

— Je vais le mettre dans la cuisine et lui donner ses croquettes. Ça le distraira le temps que nous partions.

Elle disparut dans le couloir.

— Sam, mets tes gants, cria-t-elle.

Elle ne tarda pas à revenir, souleva son immense sac abandonné sur une chaise et arrima les anses sur son épaule. Dehors, elle récupéra le siège rehausseur de Sam dans sa voiture et l'installa sur la banquette arrière du pick-up de Desmond. Sam se dandinait sur ses pieds tandis qu'il attendait. Il tira sur la manche.

— Qu'est-ce que tu veux, fiston ?

Desmond se sentait impuissant et admirait infiniment Natalie.

Elle soupira et sortit de son sac une tablette recouverte d'un étui bleu vif. Elle la tendit à Sam, qui rechigna mais la prit.

Il désigna Desmond et pressa son doigt sur un visage souriant, et une voix informatisée dit « *content* ».

Desmond se pencha sur la tablette, appuya sur le même visage et, quand la voix répéta « *content* », Sam éclata de rire.

Ce rire réchauffa le cœur de Desmond, qui fut aussi fier de Sam que s'il était son fils.

L'enfant rendit la tablette à Natalie, et prit place sur le siège, dont elle vérifia l'arrimage. Desmond se précipita vers la portière du côté passager et la lui ouvrit.

— Un vrai gentleman, approuva-t-elle.

Il grommela.

— La porte coince, et il faut manœuvrer la portière d'une certaine façon.

Elle secoua la tête.

— Pourquoi luttes-tu autant ?

— Que veux-tu dire ?

— Tu ne veux pas que je te considère comme un homme admirable.

— Je t'épargne seulement une déception à venir.

— Je ne peux pas imaginer que tu me déçoives.

— Attends, et tu verras, dit-il, avant de claquer la portière.

Il prit la direction de Main Street, et trouva une place

de stationnement sur le parking de l'église. De là, il leur suffit de traverser une rue pour rejoindre le parc municipal.

— Sam, il y a beaucoup de monde ce soir, annonça Natalie. Tu vas devoir me tenir la main.

Après avoir vu d'autres jeunes garçons courir en tous sens, Sam secoua la tête et croisa les bras, en calant ses mains sous ses aisselles.

— Sam, dit Natalie, d'un ton d'avertissement.

Desmond comprenait la révolte de l'enfant, mais il avait envie de lui dire qu'il avait de la chance d'avoir une maman qui s'inquiétait pour lui. Seulement, il ne pouvait pas faire ça sans se mêler de choses qui ne le regardaient pas. À la place, il tendit sa main.

— Tu veux tenir la mienne ?

Sam écarquilla les yeux et décroisa aussitôt les bras pour tendre sa main.

— Ça ne t'ennuie pas ? demanda Natalie, surprise.

Desmond ne pouvait lui reprocher sa réaction. Lui-même était surpris de sa proposition.

— Bien sûr que non.

Il prit la main de Sam, et son cœur se serra quand l'enfant leva les yeux vers lui en souriant timidement.

« Oh ! bon sang, petit, ne me regarde pas comme ça, avait-il envie de dire. Si ta mère savait à quel point je suis détruit psychologiquement, elle s'enfuirait avec toi. »

— Est-ce que vous avez assez chaud tous les deux ? demanda-t-il, tandis qu'ils se frayaient un passage dans la foule pour se rapprocher du sapin. Je sais que c'est votre première rencontre avec l'hiver.

— Je te ferais savoir, lieutenant Gallagher, que nous avons des hivers à Nashville.

Il éclata de rire.

— Mais bien sûr !

Elle lui enfonça l'index dans l'épaule.

— Tu ries, mais je te garantis que nous avons l'intention de rester ici.

— Une promesse, mais pas une menace, n'est-ce pas ?

Elle leva les yeux au ciel, mais elle avait ce grand sourire lumineux qu'il aimait tant, et ses yeux brillaient.

Même s'ils se tenaient devant, Sam sautait sur place pour essayer de mieux voir l'arbre. Ajustant les anses de son sac, Natalie se pencha pour soulever son fils.

— Laisse-moi faire, dit Desmond, en posant une main sur son bras pour l'arrêter.

Puis il hissa l'enfant sur ses épaules.

— C'est mieux comme ça, fiston ?

— Il hoche la tête, dit Natalie.

Une chorale entama un chant de Noël, puis le maire monta sur le podium et fit un bref discours. Avec tout un cérémonial un rien exagéré, il appuya sur un bouton, et l'immense sapin s'illumina, sous les applaudissements de la foule.

Sam frappa dans ses mains, tout en sautillant avec enthousiasme sur les épaules de Desmond, ce qui obligea ce dernier à agripper fermement l'enfant.

Puis il le déposa au sol et lui prit la main.

— Et si on allait prendre une boisson chaude ? proposa-t-il. Ça te dit, Sam ?

Attirés par des odeurs de cannelle et de friture, ils se dirigèrent vers un stand qui proposait du cidre et du chocolat chaud, ainsi que des beignets.

Tandis qu'il attendait dans la longue file d'attente, un homme tapa sur l'épaule de Natalie.

— Natalie ! Ravi de te trouver là. Ça m'épargne un coup de téléphone.

Elle se tourna et le salua.

— Bonsoir, Mitch. Ça me fait plaisir aussi de te voir. Connais-tu Desmond Gallagher ? Des, voici Mitch Makowski.

Mitch tendit la main.

— C'est vous qui avez sauvé les chevaux de Natalie ?

Desmond serra la main de Mitch.

— Eh bien, je…

— Ce ne sont pas vraiment mes chevaux, Mitch, protesta Natalie, en secouant la tête.

— Peu importe. Le petit-fils de mon voisin a bénéficié de ce programme, donc je sais qu'ils font du bon travail. Vous acceptez toujours des dons pour votre vente aux enchères ?

— Oui, nous sommes toujours à la recherche d'articles à présenter. Le pasteur Cook a eu la bonté de nous laisser utiliser le baraquement de stockage de l'église jusqu'à la vente. As-tu quelque chose ?

— La sœur de ma femme a vendu pendant des années sur les marchés des objets décoratifs en bois peint. Elle prend sa retraite et part s'installer en Floride. Bref, il lui reste un stock de décorations de Noël qu'elle souhaite offrir, ainsi que les sapins artificiels qui lui servaient de présentoirs.

— C'est formidable. Nous pourrons aussi proposer les arbres aux enchères

— C'est ce qu'elle pensait. Mais, le problème, c'est que tu devras aller les chercher. Je ne pense pas que tu aies un pick-up.

Mitch jeta un coup d'œil à Desmond, avant de reporter son attention sur Natalie.

— Je pourrais peut-être demander à Brody…

— Nous utiliserons le mien, dit Desmond.

Les mots avaient franchi ses lèvres avant même qu'il ait eu le temps d'y réfléchir.

— C'est vrai ? demanda Natalie.

Mitch tendit une carte de visite à Natalie.

— Appelle-la si vous voulez organiser quelque chose.

— Merci, Mitch.

— Ravi de soutenir une bonne cause.

Ils avancèrent dans la file d'attente et Desmond se demanda ce qui lui avait pris. Depuis son installation à Loon Lake, il avait fait son possible pour éviter toute interaction avec les habitants. Et voilà qu'il proposait ses services comme chauffeur !

Natalie glissa la carte de visite dans son sac.

— Tu es sûr que ça ne t'ennuie pas d'aider ? demanda-t-elle.

— Je l'ai proposé, non ?

Et pourquoi, exactement, l'avait-il fait ? Il observa Natalie. La réponse était facile. Ça lui donnait une occasion de passer plus de temps avec elle et Sam, de faire partie de son monde, de se réchauffer à son sourire.

— Oui, tu l'as proposé, mais ça ne répond pas à ma question.

Parce qu'il ne voulait pas admettre qu'il avait ses propres raisons, terriblement égoïstes.

— Tu es toujours aussi aimable quand quelqu'un te propose de l'aide ?

Elle lui lança un regard acéré tandis qu'ils avançaient.

— Tu ne me trouves pas aimable ?

— Tu sembles réticente. Tu réagis toujours comme ça ?

— Non.

Elle soupira.

— Normalement, je souris et je dis « merci ».

— Donc, je suis une exception ?

Pourquoi insistait-il autant ? Avait-il vraiment envie de savoir ce qu'elle ressentait ?

Elle inclina la tête et posa sa paume ouverte sur son bras.

— Oui, tu es une exception. Ça t'ennuie ?

Desmond sentit son pouls s'accélérer.

— Non, mais je suis curieux de savoir pourquoi.

Le sourire de Natalie se teintait d'une légère tristesse.

— Tu ne penses pas que tu es un homme exceptionnel ?

— Exceptionnel ? Moi ?

Il leva les yeux au ciel et secoua la tête, tout en regrettant de n'être pas l'homme qu'elle imaginait.

Ils étaient à présent devant le stand, et Desmond commanda trois chocolats chauds et un sachet de mini-beignets. Il emporta ensuite la commande, disposée sur un plateau en carton, vers un endroit où avaient été installées des tables et des chaises.

Natalie s'assura que Sam était bien installé, avant de s'asseoir à son tour.

— Donc, tu es d'accord pour aller collecter les objets destinés à la vente ? insista-t-elle.

Il souleva le couvercle de sa boisson.

— Je l'ai proposé, donc je le ferai.

Elle relâcha son souffle.

— En fait, je me suis dit que tu t'étais peut-être senti coincé face à Mitch, et que tu avais dit ça uniquement pour être gentil.

Il feignit la surprise.

— Eh bien ! C'est la première fois qu'on m'accuse d'être gentil.

— Je crois qu'il est important que les gens soient honnêtes concernant leur sentiment. Il n'est pas nécessaire d'être cruel, mais la franchise, c'est important.

Il secoua la tête, ayant tout à coup perdu l'envie de plaisanter.

— La franchise, ça peut être dangereux.

— Comment peux-tu dire une chose pareille ?

Ça s'expliquait quand votre propre mère vous disait des choses que vous ne vouliez pas entendre. Dans les jours qui avaient suivi le suicide de Patrick, leur mère avait dit très clairement qu'en perdant son fils préféré elle perdait aussi son lien avec le seul homme qu'elle avait jamais aimé – un homme qui était le père de Patrick, mais pas celui de Desmond. Quelques semaines plus tard, elle s'était excusée, disant que son chagrin lui avait fait dire des choses qu'elle n'aurait pas dû dire. Il avait accepté ses excuses, mais n'avait pu s'empêcher de remarquer que sa mère regrettait d'avoir exprimé ses sentiments à voix haute, mais qu'elle ne les démentait aucunement.

— Mais si tu dissimules des sentiments, ça peut poser des problèmes aussi, insista Natalie.

— Ces problèmes ne sont rien comparés à ceux que la franchise peut causer.

Et il en savait quelque chose. Il avait grandi en sachant que, quoi qu'il fasse, il n'aurait jamais la même place que Patrick dans le cœur de sa mère. Et Ashley en avait rajouté, en lui faisant comprendre qu'il était interchangeable avec n'importe quel homme susceptible de lui offrir la vie dont elle rêvait.

— Permets-moi de ne pas être d'accord.

Elle lui toucha le bras.

— Mais il ne faut pas que cette différence d'opinions nous gâche la soirée.

Elle avait toujours la main sur son bras, et il posa la sienne par-dessus.

— Donc, tu passes une bonne soirée.

Elle hocha la tête.

— Oui. Et toi ?

Cela faisait très longtemps qu'il n'avait pas passé un aussi bon moment.

— Je me réjouis de voir que vous vous amusez tous les deux.

— Dans ce cas, je suis contente que tu sois venu avec nous.

Son chocolat à peine terminé, Sam commença à piquer du nez, et Desmond le fit remarquer à Natalie.

— Tu es prêt à y aller ? demanda-t-elle à son fils, tout en commençant à rassembler les reliefs de leur repas. Je pense que nous sommes tous fatigués.

Sam ouvrit brusquement les yeux, et secoua vigoureusement la tête.

— Tu dois te reposer si tu veux que nous allions demain chez le lieutenant pour nous occuper des chevaux, lui dit-elle.

Sam se redressa et regarda Desmond pour avoir confirmation.

— C'est exact. Je vais avoir besoin de toute l'aide possible. Tu es prêt à devenir un vrai garçon d'écurie, fiston ?

Les yeux écarquillés d'excitation, Sam hocha vigoureusement la tête.

— Alors, nous avons tous besoin d'une bonne nuit de sommeil pour être en pleine forme demain matin.

Desmond se leva et récupéra tous les emballages vides.

— Je compte sur toi et ta maman le plus tôt possible.

Il savait qu'il pouvait déjà compter sur l'aide de Brody et ses employés, mais Sam semblait si heureux d'apporter son aide qu'il n'avait pas le cœur de lui dire qu'il pouvait tout à fait se passer de lui.

— Sois prêt à travailler très dur, ajouta-t-il, pour faire bonne mesure.

Sam bondit de son siège, fit le tour de la table, et jeta ses petits bras autour de Desmond.

Le plateau en carton contenant les déchets vacilla et Natalie le récupéra.

D'un geste maladroit, Desmond tapota le dos de Sam, en essayant de chasser la boule d'émotion qui se formait dans sa gorge.

Il ne méritait peut-être pas la dévotion de l'enfant, mais il s'efforcerait de ne pas le décevoir.

- 5 -

Le temps qu'ils arrivent chez Natalie, Sam s'était endormi dans son siège rehausseur.

— Je vais le porter, proposa Desmond, après qu'il se fut arrêté dans l'allée.

Il ouvrit la portière arrière, se pencha dans l'habitacle, défit le harnais de sécurité, et souleva dans ses bras l'enfant endormi.

Sam n'était pas vraiment lourd, mais son poids entre ses bras provoquait une étrange sensation dans la poitrine de Desmond.

Il n'avait jamais été entouré de jeunes enfants, et ne le serait pas s'il demeurait célibataire. Il n'avait ni neveu ni nièce avec qui interagir. La plupart des hommes de son âge à Loon Lake avaient déjà fondé une famille, et même l'agrandissaient. Mais il les connaissait à peine, se contentant de les saluer vaguement quand il les croisait.

Jamais Ahsley et lui n'avaient discuté de la possibilité d'avoir des enfants. Ce qui disait certainement quelque chose sur leur relation. Comment avaient-ils pu envisager le mariage sans évoquer un sujet aussi important ?

Calant Sam dans ses bras, il suivit Natalie jusqu'à la porte. Elle l'ouvrit, la poussa, et s'écarta pour lui laisser le passage.

— Tu peux le déposer dans sa chambre ? demanda-t-elle, dans un murmure.

Elle passa devant pour lui indiquer le chemin.

— Laisse-moi lui enlever quelques vêtements, avant de le poser sur le lit.

Desmond pencha la tête, et elle ôta les bottes, les gants et le bonnet de Sam. Puis il changea l'enfant de position dans ses bras pour qu'elle puisse descendre la fermeture à glissière de sa parka.

Pour finir, Natalie écarta la couette.

— Tu peux le poser.

Quand ce fut fait, Natalie ôta précautionneusement la parka, déposa un lapin en peluche à côté de Sam, et rabattit la couette.

L'enfant remua dans son sommeil, attrapa le lapin et le blottit contre son cœur.

D'un geste tendre, Natalie caressa les cheveux de son fils.

— Bunny, le lapin qui lui tenait compagnie quand il était hospitalisé.

Plus ému qu'il ne voulait l'admettre, Desmond montra soudain des signes d'impatience :

— Je ferais bien d'y aller.

— Déjà ?

— Eh bien… je…

Elle lui toucha le bras.

— S'il te plaît. Va t'asseoir dans le salon. Je te rejoins dans un instant.

Il hocha la tête et quitta la chambre mais, au lieu de s'asseoir, il se mit à tourner comme un lion en cage dans le salon encombré.

Il s'arrêta devant une photo encadrée de Natalie, avec un bébé, et un homme qui devait être le père de Sam, et se morigéna. Il n'avait pas à être jaloux d'un mort. C'était mesquin, et il devrait avoir honte.

— Il dort comme un loir, annonça Natalie, depuis le seuil.

Au son de sa voix, Desmond se retourna, et il ressentit à nouveau ce curieux pincement dans la région du cœur. Que lui arrivait-il ? Il était un homme de logique, pas d'émotion.

Afin de survivre aux jours poignants qui avaient suivi le suicide de Patrick, il avait dû verrouiller ses émotions.

Très vite, c'était devenu une habitude, surtout quand sa mère avait commencé à boire et à répéter que ce n'était pas ce fils-là qui aurait dû partir. Combien de fois avait-il entendu que le père de Patrick était l'homme de sa vie ? Comme si c'était sa faute à lui si son père biologique était ce qu'il était.

Au début, il avait choisi de devenir pilote de chasse parce que le père de Patrick avait été officier dans l'aviation. Et finalement, la structure militaire lui avait apporté l'équilibre qu'il cherchait.

— Des ?

Il cilla et renvoya son passé à sa place.

— Désolé. Tu disais ?

— Je te demandais si quelque chose te ferait plaisir.

Sans aucun doute, mais il ne pouvait pas le formuler.

— Qu'est-ce que tu as ?

— Café, thé, ou…

Elle eut un sourire malicieux.

— J'ai une bouteille de Baileys, si tu veux une version adulte du chocolat chaud.

— Je ne suis pas sûr que ce soit une bonne idée.

— Oh.

Sa déception était si évidente qu'il éprouva le besoin de se justifier.

— Je pensais surtout au fait que je vais devoir prendre le volant pour rentrer chez moi.

— Eh bien, rien ne t'oblige à rentrer tout de suite après avoir bu votre verre. Je suis sûr que nous pourrons trouver une occupation le temps que l'alcool s'évapore de votre système sanguin.

Il haussa un sourcil.

— Tu es sûre ? Parce que je ne suis pas le genre d'hommes à...

Elle le fit taire en posant un doigt sur ses lèvres.

— Ce soir, faisons comme si tu étais le genre d'hommes à s'asseoir sur un canapé avec une femme pour regarder un film.

D'accord. Ce n'était pas du tout ce qu'il avait imaginé. Et pourtant, il réalisait maintenant qu'il ne voulait rien de plus que de regarder un film avec Natalie.

— Pourquoi pas ? Tu pensais à un film en particulier ?

Elle désigna une petite pile de DVD sur une console en bout de canapé.

— J'ai sorti tous mes films de Noël, mais j'en ai d'autres dans la bibliothèque là-bas. Choisis pendant que je vais préparer notre boisson.

— Tu n'as pas besoin d'aide ?

— Non, merci.

Regarder un film de Noël sirupeux était la dernière chose dont il avait envie, mais si ça pouvait lui permettre d'être assis à côté de Natalie...

Il regarda dans sa sélection de titres pour Noël, tira un boîtier et sourit.

Lorsque Natalie revint avec deux mugs, surmontés d'un tourbillon de crème fouettée et agrémentés d'un bâton de cannelle, il avait glissé le DVD dans le lecteur.

— Tu as trouvé ?

— Oui. Je suppose qu'il te plaît puisque tu l'as mis dans ta pile de films pour les fêtes.

— Laisse-moi deviner…

Elle déposa les mugs sur la table basse, et planta ses mains sur ses hanches.

— Tu n'as pas choisi *The Holiday*, ou *L'Amour à tout prix*.

— Euh… tu aurais voulu un des deux ?

Il ne voulait regarder ni l'un ni l'autre, mais il était prêt à tout pour lui faire plaisir.

— Non. *Piège de cristal*, c'est très bien, dit-elle, avant d'éclater de rire.

— Comment sais-tu que j'ai choisi celui-là ?

Elle haussa les épaules.

— Une intuition.

Ils s'installèrent sur le canapé, et il étendit son bras derrière elle sur le dossier, lui effleura la nuque du bout des doigts. Il ne se rappelait pas quand il avait profité d'une soirée comme celle-ci.

Elle prit une gorgée de sa boisson, posa son mug sur la table, et se blottit contre lui. Pointant la langue, elle lécha la moustache de crème sur sa lèvre supérieure.

— Tu en avais oublié, dit-il, en passant le bout de son pouce sur le contour de ses lèvres.

— Toi aussi.

Du bout des doigts, elle lui effleura la bouche.

— J'ai une meilleure solution, murmura-t-il, en se penchant.

Tandis qu'il s'emparait de ses lèvres, une boule de fourrure atterrit sur ses genoux.

— Qu'est-ce que… ? commença-t-il à bougonner.

Le chat commença à frotter sa tête contre son torse et à ronronner.

Il se redressa mais garda son bras autour des épaules de Natalie, la serrant étroitement contre lui.

Le chat piétina ses cuisses, sans lui épargner quelques petites piqûres de griffes, tourna sur lui-même et s'installa.

— Comment avais-tu dit qu'il s'appelait, déjà ?

— Shadow.

— Tu es sûre que ce n'est pas Chaperon ? dit-il, d'un ton maussade.

Elle rit et se blottit contre lui.

Il soupira, observant d'un œil mauvais Shadow, qui leva la tête et cligna lentement des yeux. Et il aurait presque pu penser que le chat se moquait de lui.

Vers le milieu du film, Desmond remarqua que la respiration de Natalie s'était apaisée. Baissant les yeux, il vit qu'elle était endormie contre lui et sourit.

Il laissa se dérouler le film jusqu'à la fin, mais toute son attention était pour la femme qui dormait à côté de lui.

Il lui caressa la joue du bout des doigts, glissa une mèche de cheveux derrière son oreille… Elle sourit dans son sommeil, et se blottit un peu contre lui en soupirant.

Le générique de fin la réveilla en sursaut, et elle effraya le chat, qui planta ses griffes dans les cuisses de Desmond, avant de détaler en poussant un miaulement réprobateur.

— C'est embarrassant, marmonna-t-elle.

Elle se redressa et bâilla.

— Désolée. Je crains de ne pas avoir été de très bonne compagnie.

Desmond rit et toucha la marque que le bouton de sa chemise avait laissée sur la joue de Natalie.

— Je me suis dit que j'allais devoir te porter jusqu'à ton lit, et te border comme Sam.

Elle rougit.

— Je suis désolée.

— Ce n'est pas grave.

Et il découvrit que ça ne l'était pas, effectivement.

Il aimait vraiment être avec elle.

Le lendemain matin, Natalie se rendit en voiture chez Desmond, vêtue pour nettoyer les stalles ou accomplir toute autre corvée. Elle était vraiment sérieuse quand elle avait exprimé sa volonté d'aider, et Sam aussi.

Depuis la minute où il s'était levé, il n'avait cessé de montrer des signes d'impatience, sautillant sur sa chaise tandis qu'il mangeait ses céréales. Elle ne savait pas qui d'Augie ou de Desmond il avait le plus hâte de voir.

Quant à elle, c'était bien Desmond qu'elle brûlait de revoir. Ça ne faisait aucun doute.

Elle rougit en se rappelant qu'elle s'était endormie contre lui, la nuit dernière. Malgré ce moment de gêne, elle avait préféré cette calme soirée sur un canapé en compagnie de Desmond à n'importe quelle invitation au restaurant.

Il devait l'avoir entendue arriver car il les attendait à la porte de l'écurie.

Tandis qu'elle se garait, il vint à sa rencontre et ouvrit sa portière dès qu'elle eut coupé le moteur.

— Bonjour, dit-il.

— Bonjour. Vos assistants sont arrivés. J'espère que tu n'as pas commencé sans nous.

— Ça ne risque pas, dit-il, en aidant Sam à descendre de voiture.

— Tant mieux, parce que nous sommes déterminés à travailler dur. D'ailleurs, si tu veux travailler à vos créations, nous pouvons nous occuper de tout.

Il rit.

— Je vois que vous êtes pleins de bonne volonté, tous

les deux, mais sachez que ça n'a rien de facile de s'occuper de chevaux.

Natalie s'inquiéta. Ne voulait-il plus de leur présence ici ? Hier soir, pourtant, il semblait enchanté par cette idée.

— Je ne pense pas que ce soit juste que tu fasses tout, protesta-t-elle.

— Ne t'en fais pas. Brody m'a proposé de m'envoyer ses employés à tour de rôle, et Kevin est arrivé de très bonne heure ce matin. Il a déjà fait le plus gros et, avec votre aide à tous les deux, ce sera terminé en un rien de temps, si vous avez des projets pour la suite.

— En fait, nous voulions acheter un sapin de Noël. La plupart des voisins ont déjà le leur, et je m'y prends sans doute un peu tard. Mais Tavie m'a dit qu'il en restait encore quelques-uns à la jardinerie.

— Ils doivent avoir été coupés depuis un bout de temps, remarqua Desmond, tandis qu'ils se dirigeaient vers l'écurie.

— À moins d'aller couper le nôtre en forêt, il faudra bien que nous nous en contentions.

Desmond lui tendit une paire de gants de travail.

— Pour éviter les échardes et les ampoules.

— Merci.

Sam tendit ses mains, et Desmond éclata de rire.

— Je ne t'ai pas oublié, fiston.

Il sortit de sa poche une paire de gants pour enfants.

— Spécialement pour toi.

Natalie s'émut, se rappelant leur première visite. Il avait été brusque avec eux, mais elle avait eu raison de penser qu'il y avait autre chose sous cette armure.

Le premier jour, il lui avait fait un peu peur. Et maintenant ? Ce qui lui faisait peur, c'était ce qu'elle commençait à ressentir pour lui.

— Tu ne le sais peut-être pas, mais j'ai des bois ici, remarqua Desmond, tandis qu'ils s'attaquaient au nettoyage des stalles. Je suis sûr que nous pourrions trouver un sapin pour vous. Mais il faudrait y aller aujourd'hui, avant que la neige ne complique tout.

— Vraiment ? Tu ferais ça pour nous ?

À chaque fois qu'elle croyait avoir compris la personnalité de Desmond, il parvenait à la surprendre.

— Sam et moi te remercions.

L'enfant tendit ses pouces, en un geste enthousiaste.

Quand ils eurent terminé, ils firent une pause dans l'atelier de Desmond puis le suivirent jusqu'à son pick-up.

— Tu vas souvent dans les bois ? demanda Natalie.

— Rarement.

— Ce n'est pas rassurant.

— Pourquoi ? Tu penses que tu as besoin de semer des petits cailloux pour te retrouver ?

— Je devrais ? Tu n'as pas construit une maison en pain d'épices là-bas, quand même ?

Il parut perdu, et elle se reprocha cette référence à la littérature enfantine. Pour l'amour du ciel, c'était un adulte sans enfant !

— Hansel et Gretel, ça te dit quelque chose ?

— Ah, oui, la sorcière et son four.

— Exactement.

Quelques instants plus tard, le lourd véhicule tanguait sur un tortueux chemin de terre. Desmond s'arrêta à la lisière de la forêt et sortit une hache du coffre fixé sur le plateau de son pick-up.

— Choisis ton arbre, fiston, dit-il à Sam. Il ne sera peut-être pas parfait, comme ceux des jardineries, mais il sera tout frais et sentira bon la nature.

— Tu as raison, dit Natalie, en inspirant à pleins poumons l'air frais. Ça sent Noël.

Levant la tête, elle se rembrunit.

Quelques nuages cotonneux parsemaient le ciel bleu, mais pas du genre de ceux annonçant la neige – la seule chose dont manquait cette période de fêtes.

— Il fait trop beau !

— Ne t'inquiète pas. Tu auras ton content de neige bien assez tôt.

Desmond rit et lui donna un coup de coude.

Elle trouva le son de son rire tellement sexy qu'elle en frissonna.

— On m'a promis de la neige, dit-elle, d'un ton plaintif.

— N'en réclame pas aujourd'hui. Il faut d'abord couper votre sapin.

D'un geste du menton, il désigna Sam.

— Il prend sa tâche très au sérieux.

Natalie hocha la tête, refoulant des larmes aussi soudaines qu'inattendues.

Desmond avait rendu cela possible, et elle lui en serait toujours reconnaissante.

Même s'il essayait de faire croire à tout le monde qu'il était un homme acariâtre et indifférent aux autres, sa générosité était bien réelle.

Et elle était en train de tomber amoureuse de lui.

Elle espérait ne pas faire une erreur, mais son cœur semblait l'emporter sur la raison quand il était question de Desmond.

— Il ne craint rien ici, dit-il, interrompant ses pensées.

Elle tourna la tête vers lui, en se demandant s'il avait remarqué ses larmes, malgré ses efforts pour les cacher.

— Pardon ?

— Tu ne lui tiens pas fermement la main…

Il désigna Sam qui examinait chaque sapin avec un égal intérêt, petit ou grand.

— Mais je vois que tu es nerveuse.

Elle préférait lui laisser penser que c'était la cause de ses larmes, car elle n'était pas encore prête à admettre ses pensées et ses sentiments les plus secrets.

— Ça se voit tant que ça ?

— Je ne peux pas t'en blâmer.

Il lui tendit la main.

— Tu peux tenir ma main, si tu as besoin de ça pour te sentir mieux.

— Pourquoi ? Tu risques de te perdre ?

— On ne sait jamais.

Elle rit, appréciant l'humeur taquine de Desmond.

— Dans ce cas, c'est peut-être préférable.

Elle lui prit la main, et sa peau fut parcourue par un étrange courant électrique.

Tandis qu'ils suivaient Sam dans sa quête du sapin idéal, elle lui parla de la fois où elle avait perdu la trace de son fils dans un grand magasin, et la peur panique qui s'était emparée d'elle.

— Depuis, je lui tiens solidement la main pour ne pas qu'il s'éloigne de moi, conclut-elle.

— Ce n'était pas une critique.

Il souleva sa main et la porta à ses lèvres.

— Je ne peux imaginer à quel point ça doit être difficile.

— Merci.

Elle avait du mal à se concentrer, alors que les lèvres de Desmond s'attardaient sur ses doigts.

— Je suis tellement heureuse qu'il ait survécu à l'accident. Et je me réjouis de ses progrès. Mais, au fond de moi, je suis toujours inquiète.

Desmond passa un bras autour de ses épaules.

— Tu as assez chaud ? Je suppose que pour vous, les gens du Sud, ce n'est pas facile de s'accoutumer à nos hivers.

Natalie frissonna, mais ce n'était pas de froid. C'était à cause de sa voix rauque et sensuelle et de son souffle tiède si près de son oreille.

— Tout va bien. J'apprends à m'habiller en superposant les couches. J'ai commencé par des sous-vêtements thermiques. C'était la première fois que j'en portais. Ce n'est sans doute pas sexy, mais ça tient chaud.

— Ça demande peut-être un second avis.

Le cœur de Natalie s'emballa sous son regard enjôleur.

— Pour vérifier que je les porte correctement ?

— Appelle-moi contrôleur de qualité.

— Oh ! je pourrais te donner une quantité de noms.

Elle appréciait de le voir plaisanter. Ainsi, il était tellement différent de l'homme qu'elle avait découvert lors de sa première visite. Néanmoins, elle avait su voir au-delà des apparences, car il était resté dans son esprit toute la journée, et jusqu'au soir.

— Aïe, dit-il, en portant une main à son cœur.

— Hé, je n'ai pas dit que c'étaient des noms péjoratifs.

S'amusant comme une folle, elle battit des cils et adopta l'intonation languissante des belles du Sud.

— Doux Jésus, lieutenant, je crois que tu extrapoles.

— Je t'ai déjà dit que j'adore t'écouter ?

— Tu aimes mon accent ?

— Effectivement.

Il lui donna un coup d'épaule et désigna Sam, qui était tombé en arrêt devant un cèdre qui devait faire quatre mètres de haut et autant de large.

Par-dessus son épaule, l'enfant leur lança un regard plein d'espoir.

— Il est magnifique, approuva Natalie, mais il est

beaucoup trop grand pour notre salon. Essaie d'en trouver un plus petit.

Sam hocha la tête et se mit à courir vers un autre groupe d'arbres.

— Il s'amuse vraiment beaucoup, constata Natalie. Merci.

Elle prit appui contre Desmond, appréciant sincèrement sa compagnie.

— C'est gentil de ta part, si on considère que tu n'aimes pas Noël.

Il secoua la tête.

— Faire le tour de ma propriété n'est pas vraiment une corvée. Oh ! on dirait qu'il a trouvé le bon.

— Quoi ? Celui-là ? demanda Natalie, médusée.

— Tu es sûr que tu veux celui-là, fiston ? demanda Desmond.

Sam hocha vigoureusement la tête et passa sa main gantée à travers les branches.

— Tu peux en prendre un plus grand, insista Natalie.

Sam secoua la tête et mit ses bras autour du sapin.

— Ça m'apprendra à lui lire l'histoire du plus petit sapin de Noël, murmura Natalie à l'oreille de Desmond.

Il rit, ne montrant aucun soutien.

— Il sera très bien avec des tas de guirlandes et de décorations.

— Et c'est un homme qui déteste Noël qui me dit ça ?

Elle soupira.

— Ça restera quand même un arbre rabougri.

— Regarde comme il est heureux. C'est ce qui compte, non ?

— Je suppose…

Elle haussa les épaules, chercha une explication, et n'en trouva pas.

— Alors, on y va ?

— Pardon ?

— Le sapin. Je le coupe ?

Elle soupira.

— C'est à Sam de décider.

— Tu veux m'aider à couper ton arbre, fiston ?

Sam leva les deux pouces, en affichant un large sourire.

— Je vois que je suis en minorité, conclut Natalie, avec une moue faussement boudeuse.

De retour à la ferme, Desmond gara son pick-up à côté de la voiture de Natalie, et jeta un coup d'œil à Sam dans le rétroviseur.

— Ça te dirait de boire une limonade, fiston ?

L'enfant hocha vigoureusement la tête.

Natalie dévisagea leur chauffeur avec stupéfaction.

— Tu nous proposes des rafraîchissements ?

— Je ne suis pas Martha Stewart, la papesse de l'art de vivre, mais je sais recevoir.

Elle fit une petite moue.

— Je demande à voir.

— C'est une insulte ou pas ? J'ai du mal à le déterminer, parce que tu n'as pas commencé ta phrase par « Dieu te pardonne ».

Elle rit et défit sa ceinture de sécurité.

— Dieu te pardonne, mais par ta propre faute, tu as fait fuir les gens depuis trois ans.

— Mais ça ne veut pas dire que je ne sais pas comment être un hôte agréable. Je ne le veux pas, c'est tout.

— Très bien. C'est noté.

Desmond les guida vers la porte de service. Le vestibule au sol de briques rouges, et aux murs recouverts de planche de bois blanchies, était équipé, de chaque côté, de bancs surmontant des casiers à chaussures et de portemanteaux.

— Sam, assieds-toi et retire tes bottes, dit Natalie, tout en se déchaussant.

— Ton vestibule est magnifique, dit-elle. À côté, le mien a l'air ridicule.

Desmond haussa les épaules.

— C'était comme ça quand j'ai acheté la maison.

Ses bottes à la main, Sam toucha le bras de sa mère et désigna un casier sous le banc faisant face à celui sur lequel Natalie était assise.

— Il peut déposer ses bottes là ? demanda-t-elle.

— Bien sûr.

Des y déposa les siennes.

— Voilà. Je mets mes bottes à côté des tiennes, fiston.

— Comment se fait-il que tu ne sois pas aussi ordonné à la maison ? demanda Natalie.

Sam haussa les épaules et gloussa.

Natalie déposa ses bottes dans le casier voisin, et marqua un temps d'arrêt, tandis qu'un souvenir d'enfance lui revenait à l'esprit. Soudain, elle se voyait déposer ses petites chaussures entre les énormes bottes militaires de son père, et les délicats escarpins de sa mère.

Mais eux trois ne formaient pas une famille, et elle devait mettre un coup d'arrêt à ce genre de pensées. Le cœur de Sam n'était pas le seul à être en danger. Quand elle avait épousé Ryan, elle croyait dur comme fer aux contes de fées. Aujourd'hui, elle savait que l'amour ne protégeait pas des tragédies.

Refoulant ces tristes observations, elle se redressa et suivit Sam et Desmond dans la cuisine.

Balayant la pièce du regard, elle admira la qualité des

équipements, tout en notant que rien ne traînait et que la pièce ne devait pas servir souvent.

— Laisse-moi deviner… Elle a été installée par les anciens propriétaires ?

Il rit.

— Bonne intuition.

Sam tira sur sa manche et lui adressa un regard gêné.

— Les toilettes ? demanda-t-elle.

Il hocha la tête.

Elle se tourna vers Desmond.

— Où sont les toilettes ?

— Vous traversez la salle à manger, et c'est la première porte à gauche dans le couloir.

— Merci.

Tandis qu'elle attendait Sam dans le couloir, elle en profita pour admirer le vitrail de la porte d'entrée, représentant l'envolée d'un canard sauvage au-dessus d'un lac.

Incapable de résister, elle s'avança vers la porte et passa les doigts sur l'oiseau.

Jamais elle n'avait vu un si délicat travail de verre serti au plomb. En observant le volatile, elle avait l'impression de sentir l'air déplacé par ses ailes, et de percevoir le frémissement de l'eau.

Un homme capable de créer une telle beauté devait être capable de profondes émotions. Mais ça ne voulait pas dire qu'il était désireux de les partager. Elle-même redoutait d'ouvrir son cœur aux égarements de l'amour.

Desmond s'avança jusqu'au seuil de la salle à manger et regarda dans le couloir.

Devant la porte, Natalie caressait du bout des doigts le vitrail qu'il avait installé dès qu'il l'avait achevé, et s'attardait sur le canard. Il avait dû s'y reprendre à plusieurs fois pour obtenir la forme parfaite mais, en voyant sa réaction, il ne regrettait pas ses efforts.

Après tout, elle avait été sa muse. C'était pour elle qu'il avait voulu complexifier ce qui devait être une réalisation beaucoup plus simple au départ. Et il avait essayé de s'approcher le plus possible de la perfection.

Il traversa le couloir et vint se placer derrière elle. Avec sa claudication, il ne se déplaçait pas discrètement, mais elle ne se retourna pas.

Était-elle à ce point fascinée par le vitrail ?

— Ça te plaît ? demanda-t-il.

Elle sursauta et se retourna.

— C'est magnifique. Je suppose que c'est une de tes créations ?

— En effet.

Il haussa les épaules, mais la fierté lui fit bomber le torse.

— Je viens de le terminer, et j'ai décidé de le garder.

— Tu gardes beaucoup de tes créations ?

Tout en parlant, Natalie avait posé la main sur son bras, et il sentit un frisson courir le long de sa colonne vertébrale.

— Non. Très peu, en fait.

— Mais tu as gardé celui-ci. Pourquoi ? Il est beau, bien sûr, mais ceux que Tavie vend dans son magasin le sont aussi. C'est là que j'ai remarqué ton travail.

Elle laissa retomber sa main.

— J'ai mes raisons.

Il n'était pas prêt à admettre qu'il pensait avoir perdu l'inspiration jusqu'au jour où elle était arrivée, avec sa dent mal alignée, sa boîte de biscuits et son petit garçon.

Elle avait inspiré cette pièce, et il n'avait pas pu s'en séparer.

Peu importait ce qui se passerait entre eux. Ce vitrail aurait toujours une signification spéciale pour lui.

— Tu es toujours aussi mystérieux ?

Croisant les bras, il l'observa d'un air moqueur.

— Eh bien, je suis passé de vieil ermite à mystérieux. C'est une bonne chose ? Un pas dans la bonne direction ?

— Que veux-tu dire ?

— Les femmes sont-elles plus attirées par les hommes mystérieux, ou ceux qui bougonnent sans cesse ?

— Ça dépend.

— De quoi ?

Il appréciait cette joute verbale, ne se rappelant pas quand il s'était senti si bien avec quelqu'un.

— S'ils savent ou non divertir leurs invités.

Il rit.

Elle était charmante et elle avait réussi à le captiver totalement. Pas de doute, il était conquis.

— Tu devrais faire ça plus souvent.

— Quoi ?

— Rire. Ça te rend plus…

— Plus quoi ?

Il retint son souffle, curieux de sa réponse. L'opinion de Natalie était importante à ses yeux.

Sa gorge se noua. Dans quoi s'engageait-il ?

Voulait-il s'exposer au risque d'être blessé à nouveau ?

— Abordable, répondit-elle.

— Mais, tu ne vois pas que j'essaie de faire tout le contraire ?

— Ah, bon ? Parce que tu n'es pas comme ça avec moi.

— C'est parce que…

La porte des toilettes s'ouvrit, et Sam vint vers eux.

Desmond aurait voulu soulever Natalie dans ses bras et la conduire à l'étage, dans sa chambre, mais ça devrait attendre.

— Vous êtes prêts tous les deux à manger mes extraordinaires sandwichs au fromage ? demanda-t-il.

Natalie haussa un sourcil.

— Extraordinaires ?

Il hocha la tête.

— Je ne sais pas en faire de mauvais. J'espère que vous saurez apprécier leur exceptionnelle qualité.

Tandis qu'ils se dirigeaient tous trois vers la cuisine, il passa un bras autour de la taille de Natalie.

— J'adore ta salle à manger, dit-elle, en observant la pièce vide, peinte en beige. C'est quel style ?

Il se passa la main sur le menton.

— Je crois que le terme exact est minimaliste.

Elle rit et appuya brièvement sa tête sur son épaule.

Même après qu'elle se fut redressée, il sentit encore sa chaleur contre son bras.

Et au fond de son cœur, qu'il croyait froid comme une pierre.

- 6 -

Shadow leva la tête quand Natalie poussa la porte de la chambre de Sam, mais le chat, blotti contre son fils, ne bougea pas.

Elle remonta la couette sur les épaules de Sam et lui caressa les cheveux. Ils avaient passé un si bon moment cet après-midi, à choisir un sapin. Aujourd'hui, elle avait de nouveau eu l'impression de faire partie d'une famille, ce qui lui manquait tant depuis la mort de Ryan.

Sam et elle s'étaient épanouis sous l'attention de Desmond. Ressentait-il la même chose ? Ou bien prendrait-il ses jambes à son cou s'il avait connaissance de ses pensées ?

Son téléphone vibra, et elle le sortit de la poche de son peignoir.

Desmond.

Elle sourit et quitta la pièce avant de répondre.

— Tout va bien ? demanda-t-elle.

— Oui. Je voulais te souhaiter une bonne nuit.

Ne l'avait-il pas déjà fait quand ils étaient partis de chez lui ?

— Oh… D'accord.

— J'espère que tu as passé une bonne journée.

— C'est à toi qu'il faut demander ça. Ta jambe doit te tourmenter après cette balade dans les bois.

— Ça va. Et Sam ?

— Il dort.

— Bien. Et toi ? J'espère que ça t'a plu.

Elle sourit, même si elle savait qu'il ne pouvait pas voir son visage. Ça s'entendrait peut-être dans sa voix.

— Beaucoup. Merci encore.

— Je devrais te laisser. Bonne nuit, et dis-moi quand tu veux que je vienne te livrer le sapin. Je l'ai déchargé et entreposé sous un hangar, au cas où j'aurais besoin d'utiliser le plateau du pick-up entre-temps. Mais je peux te le déposer à tout moment. Il suffit de me le dire.

— D'accord. Je te le dirai. Bonne nuit, Des.

Elle souriait encore quand elle mit fin à la communication. Elle ne s'attendait pas à ce qu'il l'appelle. Mais il ne cessait de la surprendre. Et toujours de façon positive.

Natalie étala du glaçage blanc sur les bords et assembla la dernière pièce. Elle tint le tout jusqu'à ce que le glaçage durcisse et consolide le toit de la maison en pain d'épices, puis elle se recula pour admirer son travail. Sam allait adorer.

Ça faisait deux jours qu'ils avaient coupé leur sapin, et elle n'allait pas pouvoir retenir son fils plus longtemps. Au moins, leur arbre était suffisamment frais pour ne pas être complètement dégarni le matin de Noël. Et les décorations masqueraient son aspect un peu chétif.

Tout allait être parfait.

Elle s'essuya les mains dans un torchon, et s'apprêtait à le suspendre à la poignée du four quand un éclair noir et blanc passa dans son champ de vision, se dirigeant vers la table.

— Non ! cria-t-elle, en se précipitant pour intercepter le chat.

Elle parvint à s'emparer de Shadow avant qu'il puisse sauter sur la table mais, ce faisant, elle heurta le pied et bouscula la bouteille d'eau qu'elle avait posée là. La bouteille tangua et s'écrasa sur l'arrière de la maison en pain d'épices qu'elle venait juste de terminer, faisant tomber un mur.

Désespérée, elle posa Shadow par terre, le chassa, et se mit à jurer d'une façon que son sergent de père aurait réprouvée. Ça ne servait à rien, bien sûr, si ce n'était à évacuer la pression.

Son téléphone sonna, et elle vérifia l'écran.

Elle prit une profonde inspiration pour se calmer, avant de répondre.

— Bonjour, dit-elle.

— Qu'est-ce qui ne va pas ?

— Quoi ?

Desmond était-il voyant ?

— Qu'est-ce qui te fait penser que ça ne va pas ?

— Je l'entends à votre voix.

— Vraiment ?

— Oui. Ta voix n'a pas son habituelle… pétulance.

— Tu es vraiment une énigme.

— N'essaie pas de changer de sujet. Dis-moi ce qu'il y a.

Elle soupira.

— C'est ma maison. Un des murs s'est effondré, et…

— Quoi ? Tu vas bien ? Tu n'es pas blessée ?

— Blessée ? Oh ! tu pensais que c'était ma vraie maison ? Non. Non. C'est la maison en pain d'épices que j'ai fabriquée. Ce devait être une surprise pour Sam, et elle est complètement fichue.

Il jura à mi-voix, employant à peu près les mêmes mots qu'elle.

— Une maison en pain d'épices ? Tu veux dire que j'ai failli faire une attaque pour une maison en biscuit ?

— Je savais tu trouverais ça stupide.

Bon sang ! Pourquoi le lui avait-elle dit ? Il allait la prendre pour une folle. Et c'était peut-être le cas. Mais la petite maison, aussi parfaite que dans un livre de recettes, était maintenant en ruine.

Il soupira.

— Je n'ai jamais dit que tu étais stupide. Mais j'étais inquiet que tu puisses te trouver dans une situation à risque, c'est tout.

— Désolée. Je ne voulais pas te faire peur. Mais, je me suis donné un mal fou pour réaliser cette maison, et c'était une réussite. J'attendais juste que le ciment prenne…

— Attendez ! Par ciment, tu entends quoi ?

— Désolée. C'est du glaçage blanc. Tu sais, un mélange de sucre glace et de blanc d'œuf. C'est un peu comme un nappage sur un gâteau, mais la confection diffère légèrement. Bref, ça n'avait pas encore pris, et le chat a voulu sauter sur la table. Je te passe les détails, mais la moitié de la maison s'est effondrée. Un peu comme s'il y avait eu un tremblement de terre.

— C'est vraiment si grave que ça ?

— J'ai promis à Sam qu'elle serait prête quand il rentrerait. Mary Wilson a emmené quelques enfants à un spectacle au centre culturel.

Observant une fois de plus le désastre, elle grimaça.

— Même si j'essaie de recoller les plus gros morceaux, il y aura toujours des trous dans le toit et dans le mur.

— Et c'est si grave que ça ?

— Si tu voyais le désastre, tu ne poserais pas la question.

Elle soupira, mais fut agréablement surprise que Desmond n'ait pas traité à la légère ses inquiétudes. C'était un point de plus en sa faveur, et ils s'additionnaient vite.

— Ce n'est peut-être pas un désastre pour un garçon de cinq ans.

— Mais oui, bien sûr.

— Tu as déjà été un garçon de cinq ans ?

Elle sourit, même s'il ne la voyait pas.

— D'accord, je comprends ton argument. Mais ça va être difficile de la décorer.

— Ah, parce que tu avais prévu de la décorer ?

— Sam devait m'aider.

— Et comment décore-t-on une maison en pain d'épices ?

— Avec de la guimauve, des sucres d'orge, ce genre de choses.

Elle observa les ingrédients qu'elle avait disposés sur la table.

— Qu'as-tu fait de la maison ?

— Elle est toujours sur la table. Pourquoi ?

— Tu peux recoller les plus gros morceaux ?

— Oui, mais à quoi ça servirait ?

— Fais-le. J'ai une idée. J'arrive tout de suite.

— Tu es l'homme qui murmure à l'oreille des maisons en pain d'épices ?

— Quelque chose comme ça. Répare ce que tu peux, et n'y touche plus. D'accord ?

— D'accord.

Elle nageait en pleine confusion, mais décida d'obéir, si cela signifiait que Desmond allait venir.

Après avoir réparé de son mieux la maison en pain d'épices, elle se rua dans sa chambre pour se changer. S'observant dans le miroir d'un air ironique, elle se coiffa et appliqua du gloss sur ses lèvres. « On dirait une adolescente à son premier rendez-vous » se moqua-t-elle.

Lorsque la sonnette retentit, elle rajusta sur son jean son pull festif, et constata que ses mains tremblaient.

Quand avait-elle ressenti pour la dernière fois ce genre de sensations ? Cette attente nerveuse, ce souffle court, ce cœur qui battait à tout rompre, ce sourire qui ne la quittait pas ? Ça remontait à sa rencontre avec Ryan, quand elle n'était qu'une lycéenne en dernière année, et lui un séduisant étudiant devant qui toutes les filles se pâmaient.

Desmond attendait sur le seuil, en espérant que son idée fonctionnerait. Dans le cas contraire, il passerait pour un fou.

La porte s'ouvrit, et Natalie l'accueillit.

Pendant quelques secondes, il resta sans voix.

Elle lui souriait, les lèvres brillantes et appelant au baiser.

Il rêvait de se pencher et de l'embrasser jusqu'à ce qu'ils n'aient plus de souffle.

— Des ? Quelque chose ne va pas ?

Il se ressaisit et haussa un sourcil.

— Tu ne m'avais pas prévenu que c'était la journée du pull moche.

— Quoi ?

Elle baissa les yeux vers sa tenue.

— Mais…

Il rit et lui donna un chaste baiser, sans la langue, très éloigné de celui beaucoup plus échevelé dont il rêvait.

— Je plaisante.

Elle plissa les paupières, mais son sourire ne s'évanouit pas.

— Tu plaisantes, ou tu dis ça pour essayer de sauver ta peau ?

— J'avoue que je suis très attaché à ma peau. Elle m'accompagne depuis trente-quatre ans, et je détesterais la perdre pour un renne avec un nez en pompon rose et des yeux qui louchent.

— Nous sommes donc d'accord ? Mon pull est kitsch, mais pas moche.

— Oui, madame.

— Qu'est-ce que tu as dans ton sac à dos ?

— Appelons ça mon kit de sauvetage. Montre-moi le désastre.

— Désastre est le mot qui convient. C'est dans la cuisine. Enfin, ce qu'il en reste. Je parle de la maison en pain d'épices, évidemment. Pas de la cuisine.

Il rit.

— J'avais deviné.

— Je tenais quand même à le préciser pour t'éviter une nouvelle attaque.

— J'aime quand une femme se soucie de ma santé.

Il ne put résister et lui donna un baiser. Ses lèvres s'attardèrent, mais il s'interdit d'aller trop loin car il savait qu'il ne pourrait pas s'arrêter.

Tandis qu'il la suivait à travers la maison, il se passa la langue sur les lèvres. Elles avaient un goût de menthe. Plus jamais il ne pourrait goûter ou sentir la menthe sans penser à Natalie.

Dans la cuisine, elle désigna la maison en pain d'épices, telle l'animatrice de jeux télévisés, Vanna White, annonçant le début d'une épreuve.

— Je suis impressionné.

— En bien, ou en mal ?

— Juste impressionné.

Il ouvrit son sac et en sortit une maquette d'avion de combat, qu'il avait confectionné quand il était adolescent, et qui trônait aujourd'hui sur la commode dans sa chambre.

— Armée de l'air à la rescousse.

— Oh.

Il fut étonné par le manque d'enthousiasme de Natalie.

— Qu'est-ce qui ne va pas ?

— Ça semble beaucoup trop cher pour un enfant de cinq ans.

Elle secoua la tête.

— Je sais que Sam sera dépité en voyant la maison, mais je ne pense pas qu'il faille le consoler avec un cadeau. Il doit apprendre à surmonter sa déception.

— Oh ! femme de peu de foi !

Il étudia le décor et déposa stratégiquement le jet pour que celui-ci ait l'air d'avoir fait un atterrissage d'urgence, percutant au passage la maison.

— Oh ! bravo ! s'exclama Natalie. Je n'y aurais pas pensé.

Même si elle appréciait l'aide de Desmond, ses sentiments pour lui allaient au-delà de la gratitude. Bien, bien au-delà. Et elle en ressentait tout à la fois de la peur et de l'enthousiasme.

Avant qu'elle ait eu le temps de s'appesantir davantage sur son ressenti, Sam déboula dans la cuisine.

Une femme aux cheveux sombres apparut derrière lui, et agita la main, tout en restant en retrait sur le seuil.

— Je voulais te dire que nous avions passé un excellent moment, mais Elliot dort dans la voiture, et je ne peux pas rentrer. En plus, je vois que tu as de la compagnie. Bonjour, Des. Désolée, il faut que j'y aille. Je t'appelle plus tard, Natalie.

— Merci, Mary.

Natalie ferma la porte, après que la visiteuse eut filé comme l'éclair et se tourna vers Desmond.

— Cette tornade est la femme de Brody Wilson. Mais, comme elle t'a reconnu, je suppose que vous vous êtes déjà rencontrés. Elle a emmené quelques enfants assister à un spectacle de Noël.

Sam était posé devant la maison en pain d'épices, et observait l'avion en détresse.

— Comme tu vois, il y a eu un accident, expliqua Natalie, en posant la main sur l'épaule de son fils.

Sam la repoussa et se rua vers sa chambre. Elle croisa le regard de Desmond, et vit qu'il était consterné.

— Au moins, tu as essayé, et je t'en remercie, dit-elle. Je suis sûre que Sam…

Son fils venait de réapparaître, le chat sur ses talons. Il tenait dans les mains un camion de pompiers et une voiture de police, qu'il disposa à côté de la maison. Puis il sortit de ses poches des petits personnages en Lego et les installa minutieusement tout autour, en tirant la langue tant il était concentré.

— C'est exactement ce qui manquait, dit Desmond.

Et il manifesta son approbation par un hochement de tête quand Sam tourna les yeux vers lui.

— Bon travail, fiston.

L'expression sur le visage de Sam était inestimable. Submergé par l'émotion, Desmond avait du mal à évacuer la boule qui lui obstruait la gorge. Qui aurait pu penser que quelque chose d'aussi simple pouvait signifier autant ?

Il croisa le regard de Natalie, et sentit sa poitrine se comprimer un peu plus.

Il pensait avoir accompli dans sa vie un certain nombre de choses dont il pouvait être fier, mais être responsable de cette expression sur le visage de Sam surpassait tout.

Qui aurait pu penser qu'un petit garçon de cinq ans et une maison en pain d'épices signifieraient autant pour lui ?

Sam ouvrit et ferma la bouche, tapa du pied, et courut à nouveau vers sa chambre, toujours suivi du chat.

Natalie tira une chaise et s'y laissa tomber, en soupirant.

— C'est tellement frustrant pour lui de ne pas pouvoir s'exprimer.

— Tu as essayé le langage des signes ?

Desmond s'assit à son tour, et lui prit la main. Cela faisait longtemps qu'il n'avait pas réconforté quelqu'un, et il n'était pas certain de savoir comment s'y prendre.

Il n'était pas sûr non plus que sa démarche soit bien acceptée. Mais il devait essayer.

Sam réapparut avec sa tablette. Il tapa sur une image et une voix informatisée dit « merci ».

— De rien, fiston, répondit Desmond, en dissimulant son émotion.

Natalie s'essuya discrètement les yeux et se leva.

— Enlève ta parka, maintenant.

Elle la prit et la suspendit à la patère.

S'approchant du plan de travail, Desmond observa les décorations prévues.

— C'est avec ça que tu voulais agrémenter ta maison ?

— Oui, mais les guimauves et les sucres d'orge ne semblent plus très adaptés, maintenant.

— Je crois que Sam et moi avons fait un hold-up sur votre projet.

— Je devrais pouvoir me mettre dans l'ambiance.

Elle ouvrit un placard, fouilla un peu à l'intérieur, et brandit un kit de colorants alimentaires.

— Voilà ce qu'il me faut, annonça-t-elle, d'un ton triomphal.

— Qu'est-ce que tu vas faire avec ça ?

— Je vais colorer ce qui me reste de glaçage et dessiner des flammes.

Sam utilisa sa tablette pour dire « super ».

Natalie soupira.

— Ce n'est pas vraiment ce que j'avais en tête ce

matin, mais je ne laisserai personne dire que je ne suis pas capable de m'adapter.

— C'est la magie de Noël, s'exclama Desmond.

Elle lui lança un regard surpris.

— Et c'est toi qui dis ça ?

Il se pencha et déposa un baiser sur sa tempe, avant de s'écarter.

Natalie était-elle en train de le faire changer d'avis sur Noël, en remplaçant ses mauvais souvenirs par des moments heureux ?

Postés sur le seuil, Natalie et Sam observaient les efforts de Desmond pour descendre le sapin du plateau de son pick-up. Après l'amusement de la veille, avec la maison en pain d'épices, elle avait l'impression que leur relation avait pris un tour nouveau.

Il agita la main, et commença à remorquer l'arbre le long de l'allée. Elle remarqua que sa claudication était plus prononcée aujourd'hui, et cela la fit tiquer. Elle n'aimait pas savoir qu'il souffrait.

Plusieurs fois, elle avait été tentée de lui demander ce qui lui était arrivé, mais elle ne se sentait pas suffisamment à l'aise pour le faire. Elle ne voulait pas qu'il sache que sa drôle de démarche la dérangeait. Ça faisait tout simplement partie de lui, comme ses cheveux noirs et ses yeux bruns.

Et elle était attirée par tout l'ensemble. Oui, elle aimait tout de lui.

Tout excité, Sam courut à la rencontre de Desmond.

— Hé ! Salut, fiston. Tu es prêt à le décorer ?

L'enfant frappa dans ses mains et hocha la tête.

Natalie avait sorti du garage des cartons remplis de décorations de Noël. Après la mort de son père, sa mère lui avait donné toutes les décorations utilisées dans son enfance. Elle en avait aussi quelques-unes qu'elle avait achetées avec Ryan au cours de leur bref mariage. Elle avait simplement mis de côté celles de leur tout premier arbre de Noël, dont le souvenir était trop douloureux pour elle. Enfin, il y avait tout un assortiment de décorations qu'elle avait achetées dans un vide-greniers lors de leur arrivée à Loon Lake, pour marquer leur nouveau départ.

C'était donc un mélange de vieux et de neuf, de passé et de présent.

Desmond installa le sapin dans le support qu'elle avait placé près de la baie vitrée du salon.

— On va commencer par la guirlande lumineuse, dit-il, en soulevant le couvercle d'une boîte posée sur le canapé.

— Attends ! dit Natalie, en dépliant un escabeau près de l'arbre.

Elle monta sur la dernière marche, en tenant une corde qu'elle avait préalablement coupée à la bonne taille.

— Qu'est-ce que tu fais ?

— Je protège le sapin des assauts du chat.

Elle passa la corde autour du tronc entre les branches les plus hautes, et la noua autour de la tringle à rideau.

— Comme ça, il ne se renversera pas.

— Où est le chat ?

Desmond posa la main sous son coude tandis qu'elle descendait de l'escabeau. Ses doigts s'attardèrent quelques secondes après qu'elle eut retrouvé la terre ferme.

Une onde de chaleur courut tout le long de son bras, jusqu'à sa poitrine, et son cœur se mit à battre plus vite, lui faisant regretter qu'ils ne soient pas seuls.

— J'ai enfermé Shadow dans la chambre de Sam, le temps de sécuriser l'arbre, car je ne savais pas quelle serait sa réaction.

Elle se tourna vers son fils.

— Tu peux aller le chercher maintenant, Sam.

Dès que l'enfant eut quitté les lieux, Desmond l'attira contre lui et ils échangèrent un baiser passionné. C'était trop rapide et brutal pour être tendre, mais la fièvre et la passion compensaient fort agréablement l'absence de tendresse.

Une boule de poils déboula dans le salon, et ils s'écartèrent précipitamment, essoufflés.

— Mmm, dit-elle, en se passant la langue sur les lèvres. C'était quoi, ça ?

Il haussa les épaules.

— Je n'ai pas pu m'en empêcher.

— Je suis ravie que tu n'aies aucun sens de la retenue.

Du bout des lèvres, elle lui donna un baiser furtif, tandis que des bruits de pas résonnaient dans le couloir.

— Je n'en ai pas non plus.

Elle se détourna pour saisir un papier, qu'elle tendit à Sam.

— Tiens, occupe-le avec ça.

L'enfant fit une boule avec le papier et la lança au chat, qui courut après et la promena dans toute la pièce.

— Eh bien, s'extasia Desmond. Tu as une technique spéciale pour faire ça ? Tu es peut-être un expert des chats ?

Amusé, Sam leva les yeux au ciel, et Desmond se mit à le chatouiller jusqu'à ce que l'enfant soit essoufflé à force de rire.

Le cœur de Natalie fondait en voyant comment Desmond interagissait avec son fils. Peu importe ce que l'avenir leur réservait, Sam et elle auraient de merveilleux souvenirs de ce Noël à Loon Lake.

— Prêt à installer l'étoile tout en haut, fiston ? demanda Desmond, quand la dernière décoration fut installée.

Il souleva l'enfant pour que celui-ci puisse atteindre le sommet de l'arbre, le reposa au sol, et recula pour observer le résultat de leurs efforts.

— Vous êtes prêts pour la cérémonie d'illumination ? demanda-t-il.

— La cérémonie ?

Natalie se tourna vers Sam, qui haussa les épaules, les paumes levées vers le ciel, en un geste de perplexité.

— Comme pour le sapin municipal. Tu n'es peut-être pas une officielle, mais j'ai pensé que tu voudrais dire quelques mots.

Natalie éclata de rire.

— Je passe mon tour, merci.

— Bien. Dans ce cas, nous pouvons peut-être demander à Sam d'appuyer sur l'interrupteur. Tu veux bien, fiston ?

L'enfant hocha la tête, et Desmond souleva la multiprise munie d'un bouton marche-arrêt, sur laquelle il avait branché les différentes décorations lumineuses.

Sam bascula l'interrupteur, et l'arbre quelconque et passablement miteux se para d'une majestueuse aura.

Le cœur de Natalie s'illumina aussi vivement que l'arbre.

Ce moment de grâce, où ils étaient réunis tous les trois la faisait se projeter au-delà de la période des fêtes, imaginant des choses auxquelles elle n'avait peut-être pas le droit de rêver.

Elle n'avait pas seulement de l'attirance pour Desmond. Malgré ses doutes concernant l'avenir, elle était follement, profondément, désespérément amoureuse de lui. Et ce constat était d'autant plus effrayant qu'elle ne savait pas ce qui avait poussé Desmond à se replier sur lui-même et à se mettre à l'écart du monde. Ses cicatrices devaient être profondes, et certaines n'avaient probablement jamais guéri.

Elle observa Sam, qui regardait Desmond avec l'admiration qu'il aurait eue pour un héros. Eh oui, elle n'était pas la seule à être tombée sous le charme du lieutenant.

— J'ai fait des lasagnes, et je me disais que tu pourrais te joindre à nous pour le dîner, proposa-t-elle.

Et elle réalisa combien elle avait envie qu'il dise oui, ce soir, et pour tous les autres soirs de sa vie.

Il renifla ostensiblement.

— Alors, c'est ça qui sent si bon ?

C'était idiot, mais ce compliment lui fit chaud au cœur.

— C'est un des plats préférés de Sam.

— Eh bien, après les délicieux pancakes qu'on nous a servis chez Tante Polly, je fais confiance à son jugement.

Il lui adressa un clin d'œil.

— Sans compter que je n'ai pas mangé de plats faits maison depuis un bout de temps.

Natalie était à la fois triste pour lui, et ravie de pouvoir le nourrir.

— Combien de temps ?

Il haussa les épaules, et elle eut l'étrange impression qu'il avait peur de révéler quelque chose qu'il ne voulait pas qu'elle voie.

— Donc, je ne dois pas me mettre la pression pour t'impressionner ?

— Tu m'as déjà impressionné avec tes biscuits.

— Ah ! Mes biscuits te plaisent ?

— Ce n'est pas la seule chose qui m'attire chez toi.

Un délicieux frisson courut le long de la colonne vertébrale de Natalie, et ses bras se couvrirent de chair de poule.

Cela voulait-il dire qu'il ressentait la même chose qu'elle ?

Avant qu'elle ait pu dire quoi que ce soit, Sam s'approcha de Desmond et tira sur sa manche. Desmond s'accroupit à la hauteur de l'enfant.

— Qu'est-ce que tu veux, mon grand ?

Sam pressa trois touches, et on entendit : Aime. Sapin. Merci.

— Tu as trouvé un sapin là-dessus ? demanda Desmond, d'un ton impressionné.

Sam sourit et hocha la tête.

— Bon travail, fiston. Tope là.

Il tendit la main, paume ouverte, et Sam la frappa avec enthousiaste.

— Je serais ravi de t'aider à la cuisine, ajouta-t-il, en se tournant vers Natalie. Mais, d'abord, il faut que j'aille chercher dans ma voiture une dernière chose pour le sapin.

— Oh ? Qu'est-ce que c'est ?

De quoi pouvait-il s'agir ? Il avait déjà fait tellement pour eux.

— C'est une surprise.

Natalie se sentait elle-même comme une enfant pendant qu'elle attendait Desmond, qui revint avec un grand paquet rectangulaire et plat.

Il le posa par terre, sortit un canif de sa poche, et s'agenouilla pour le déballer, révélant un train électrique.

— C'est pour faire le tour de l'arbre, expliqua-t-il.

— Oh ! c'est merveilleux ! s'exclama Natalie.

Mais sa voix ressemblait étrangement à un croassement.

Sentant qu'elle risquait de se mettre dans l'embarras, sans parler de Sam et de Desmond, elle se précipita dans la cuisine.

Éclater en sanglots serait difficile à expliquer. Comment pourrait-elle expliquer quelque chose qu'elle ne comprenait pas elle-même ?

Même si elle le voulait de toutes ses forces, elle ne trouvait pas les mots pour exprimer sa gratitude à Desmond.

Elle ne pouvait imaginer une meilleure figure paternelle

pour Sam. Desmond était en compétition pour le titre de meilleur papa du monde.

Seule dans la cuisine, elle essuya ses yeux, et écouta Desmond qui parlait avec Sam tout en assemblant les rails.

De temps en temps, la tablette de Sam disait un mot. Jusqu'à présent, son fils répugnait à l'employer, et elle devait l'y encourager. Peut-être n'était-il pas prêt jusqu'alors.

Ou peut-être était-ce sa relation avec Desmond qui l'avait encouragé à le faire.

Quoi qu'il en soit, elle se réjouissait de cette minirévolution.

Au cours des jours sombres qui avaient suivi la mort de Ryan, tomber de nouveau amoureuse ne lui avait jamais traversé l'esprit. Puis son chagrin s'était peu à peu atténué, et elle s'était dit qu'elle ne retrouverait jamais personne d'aussi exceptionnel que Ryan.

À présent, elle se surprenait à rêver aux possibilités qui s'offraient à elle.

- 7 -

Après avoir installé et mis en marche le train, Desmond s'accorda quelques minutes pour partager la joie de Sam, avant de rejoindre Natalie.

Constatant combien elle était émue, il avait compris qu'elle avait besoin de rester un peu seule et l'avait laissée se réfugier dans la cuisine.

Quand il entra dans la pièce, elle était penchée au-dessus du four, et en sortait un grand plat rectangulaire. Lorsqu'elle se redressa, son visage était rougi par la chaleur de la cuisson.

— Ça y est ? demanda-t-elle, en déposant le plat sur le dessus de la gazinière, et en ôtant ses gants matelassés. Tu as terminé d'installer le train ?

— Viens vérifier par toi-même.

Il lui tendit la main, en espérant qu'elle la prendrait. Elle le fit, et il sentit son cœur se gonfler d'allégresse.

— Tu avais raison, murmura-t-elle, le visage tourné vers lui.

— Désolé, mais tu pourrais être plus précise ? J'ai souvent raison à propos de beaucoup de choses.

Elle leva les yeux au ciel et lui donna un coup de coude.

— Je faisais allusion à l'arbre. Il est beau… à sa façon à lui.

Il passa les bras autour de sa taille et l'attira contre lui.

— Tu es en train de dire que tu doutais de moi ?

— Je n'aurais pas dû.

Elle eut une petite moue contrite.

— Je le saurai pour la prochaine fois.

— J'y veillerai.

Sam fit un bruit et ils sursautèrent avant de se tourner vers lui. Le chat avait fait dérailler le train.

— Oh ! oh, dit Desmond. Un accident est signalé sur la voie. Les secours arrivent.

— On verra cela après le dîner, décida Natalie. Les lasagnes sont en train de refroidir. Sam, va mettre Shadow dans ta chambre. Il a fait assez de bêtises pour aujourd'hui.

Sam récupéra le chat et fila sans demander son reste.

Desmond se tourna vers Natalie, en affichant une expression narquoise.

— Euh, tu m'avais bien dit que ton père était sergent instructeur dans l'armée ?

— Quoi ? Mon ton était trop brusque ?

— Oh oui, je les ai vus tous les deux trembler dans leurs bottes.

— Et toi ? Tu trembles aussi dans tes bottes ?

— Oh que oui.

— Bien. Et maintenant, à table, mauvaise troupe !

Le repas terminé, Desmond aida Natalie à débarrasser la table et à faire la vaisselle. Même des tâches aussi ordinaires prenaient une nouvelle signification quand il les partageait avec elle.

— Et si nous allions dehors voir de quoi notre sapin a l'air vu de la rue ? proposa-t-il.

— C'est une très bonne idée. Et nous pourrions même parcourir le quartier et admirer les décorations des voisins. Certains se donnent beaucoup de mal pour créer un décor féerique.

L'enthousiasme de Natalie se tempéra soudain.

— Ce n'est pas un problème, avec ta jambe ?

— Je ne suis pas un invalide, répliqua-t-il.

Il regretta sa brusquerie en voyant l'expression contrite de Natalie. La blesser était la dernière chose qu'il voulait.

— Ne t'inquiète pas pour moi, dit-il, d'un ton radouci. Tout ira bien.

Se tournant vers Sam, il posa la main sur son épaule.

— Ça te dit d'aller faire un tour dehors, mon grand ?

Sam sourit et leva les pouces.

Ils s'équipèrent de leurs manteaux, écharpes et bonnets, et s'en allèrent affronter le froid.

— Notre sapin est très beau, dit Natalie, en observant sa façade depuis le trottoir d'en face.

— Tu as l'air surprise, marmonna-t-il.

Et quand elle rit, il lui pinça gentiment le bout du nez.

Sam tira sur sa manche et lui indiqua le bout de la rue.

— Je crois qu'il veut vérifier le niveau des compétiteurs, traduisit Natalie.

Desmond hocha la tête.

— Tu as bien raison. Allons-y.

Sam partit devant, et Desmond en profita pour prendre la main de Natalie. Sa jambe lui faisait un peu mal, mais le pas tranquille qu'ils avaient adopté ne la sollicitait pas trop.

Une voiture passa au ralenti et le conducteur actionna son klaxon, en agitant la main. Desmond le salua à son tour, et réalisa combien sa vie avait changé en si peu de temps.

Il faisait des choses qu'il n'aurait jamais imaginé faire un mois plus tôt Il lui venait aussi des pensées qu'il n'aurait jamais imaginé formuler, et des désirs qu'il avait remisé aux oubliettes depuis longtemps.

Lorsqu'ils revinrent à la maison, ils admirèrent une dernière fois leur arbre depuis la rue.

Desmond posa la main sur l'épaule de Sam, et dit d'un ton solennel :

— Je déclare Sam le meilleur sélectionneur d'arbre en forêt de tout Loon Lake.

De retour à l'intérieur, Natalie annonça à Sam qu'il était temps pour lui de se laver les dents et de se préparer à aller se coucher.

Tandis que l'enfant se dirigeait vers la salle de bains, elle ajouta à l'attention de Desmond :

— J'espère que tu resteras un peu après.

— Avec plaisir.

— Je reviens tout de suite.

Elle commença à s'éloigner, mais se tourna pour voir ce qu'il faisait, comme si elle avait peur qu'il ne détale dès qu'elle aurait le dos tourné.

Cette idée fit sourire Desmond, tandis qu'il posait ses pieds déchaussés sur la table basse.

Elle grimaça et revint vers lui.

Il ôta ses pieds.

— Désolé. Ce n'est pas autorisé ?

— Non, non. Ce n'est pas un problème que tu surélèves tes jambes. Vraiment, fais comme chez toi. Mais, je me demandais… Est-ce que ta jambe te fait mal ? Je n'aurais pas dû t'obliger à faire le tour du quartier à pied dans le froid.

— J'ai beau apprécier ton inquiétude à mon sujet, je connais le mot « non ».

Il força un rire.

— Et je l'utilise aussi souvent que j'en ai envie.

— Bien sûr. Je…

Elle rougit, et se mordilla la lèvre inférieure.

Qu'est-ce qui lui prenait ? Il n'avait pas envie de se

disputer avec elle, et surtout pas pour quelque chose d'aussi ridicule.

Il se leva et vint vers elle, en essayant de masquer sa claudication, et posa sa main en coupe sur sa joue.

— Tout va bien.

Comme elle semblait sceptique, il la fit pivoter et la poussa gentiment.

— Vas-y. Fais ce que tu as à faire. Je ne bouge pas d'ici.

Elle lui jeta un coup d'œil par-dessus son épaule.

Il sourit.

— En fait, je serai là-bas sur le canapé.

Elle commença à s'éloigner dans le couloir, et lança à la cantonade.

— Mets tes pieds sur la table, lieutenant. C'est un ordre.

— Oh ! crois-moi, j'ai bien l'intention de le faire. Mais, dis-moi quelque chose…

Elle s'arrêta et pivota sur ses talons.

— Oui ?

— Tu as l'intention d'être aussi directive tout le reste de la soirée ?

Haussant un sourcil, il l'observa malicieusement depuis le fond de la pièce.

Écarquillant les yeux, elle rougit.

— Sois patient. Tu le sauras tout à l'heure.

Elle se hâta de disparaître au fond du couloir avant qu'il ait pu répondre.

Au lieu de s'offusquer d'être ainsi malmené et commandé, il sourit. Peut-être parce que la promesse des choses à venir faisait toute la différence.

Il venait à peine de reprendre sa place sur le canapé, les pieds posés sur la table basse, que Natalie réapparut, suivi de Sam et du chat.

— Il veut te dire bonne nuit.

Sam tendit sa petite main et Desmond la serra, puis il attira l'enfant contre lui pour une accolade.

— Allez, Sam, dit-il. Je crois que Shadow veut aller se coucher.

Le petit garçon gloussa et prit son chat dans ses bras.

La poitrine de Desmond se comprima tandis qu'il suivait des yeux la mère et l'enfant qui s'éloignaient dans le couloir.

À quoi ressemblerait de faire partie de ce rituel tous les soirs ? De faire partie du monde de Natalie… pour toujours ?

Revenant au salon quelques minutes plus tard, elle prit place à côté de lui sur le canapé.

— Tu veux regarder un film ? demanda-t-elle. Je promets de rester éveillée, cette fois.

Il avait autre chose en tête, mais il était prêt à saisir n'importe quelle excuse pour s'attarder. S'il fallait pour cela regarder un film – même une sirupeuse romance de Noël – qu'il en soit ainsi.

Passant un bras derrière elle sur le dossier du canapé, il joua avec ses cheveux.

— Si c'est ce que tu veux.

— Pour être honnête, je préférerais…

Elle tira sur le col de son T-shirt, et se tortilla sur le canapé.

— Bon sang, je suis une femme du XXIe siècle, indépendante et libérée, et ça ne devrait pas être aussi difficile, mais ça l'est. Et c'est aussi très, très gênant.

Le soulagement envahit Desmond, accompagné par un frisson de sensualité.

Étaient-ils sur la même longueur d'onde ?

Il semblait bien, en tout cas, que sa longue période de célibat soit terminée.

Il ouvrit la bouche et réalisa qu'il n'avait pas de protection sur lui. Il n'en avait même pas à la maison.

Il pesta en son for intérieur.

— J'aurais adoré, mais je n'ai pas de…

— J'en ai ! déclara précipitamment Natalie.

— Pardon ?

— J'en ai acheté. Quand nous étions à Boston. Je me suis dit que personne ne me connaissait là-bas, donc…

— Attends !

Il lui prit le menton entre le pouce et l'index et lui releva la tête. Elle avait le visage écarlate.

— Tu es bien allée à Boston après notre rencontre ?

— Qui te dit que je les ai achetés pour toi ?

— Eh bien, je… D'accord, je plaide coupable pour cette supposition.

Elle lui donna un coup de coude.

— Bien sûr que c'est pour toi !

Refermant les bras autour d'elle, il se pencha pour l'embrasser. Mais avant, il avait une dernière question.

— On parle bien de préservatifs, n'est-ce pas ?

— Effectivement. Et maintenant, embrasse-moi.

Quelqu'un lui secouait l'épaule, essayant de la réveiller. Natalie grommela et se retourna, essayant de se blottir contre… contre du vide.

Elle ouvrit un œil.

— Des ?

— Oui, c'est moi.

Il déposa un baiser sur son front.

Soudain réveillée, elle se redressa.

Desmond se tenait à côté du lit, tout habillé. Elle jeta un coup d'œil à son réveil et constata qu'il était minuit et demi.

— Tu as dit que tu voulais que je parte avant que Sam ne se réveille.

— Je ne voulais pas avoir l'air de te jeter dehors, mais je te remercie de respecter mon souhait.

— Pas de problème. Il va bientôt neiger, et il vaut mieux que je parte maintenant. Mais si ça s'accumule, je reviendrai pour t'aider à déneiger.

Elle bâilla.

— La ville ne le fait pas ?

— Dans la rue, oui. Mais pas dans ton allée.

— Sache que j'ai acheté une pelle à neige.

Basculant les pieds par-dessus le rebord du matelas, elle se leva et attrapa son peignoir posé sur le banc en bout de lit. Une fois enveloppée d'éponge rose pâle, elle alluma sa lampe de chevet.

— La météo annonce au moins vingt-cinq centimètres.

Elle noua la ceinture de son peignoir.

— J'ai aussi acheté une pelle pour Sam.

— Dans ce cas…

Elle lui donna un coup d'épaule.

— Je t'ai dit que ce n'était pas un peu de neige qui allait m'effrayer.

— C'est bien.

D'un geste du menton, il désigna la boîte de préservatifs sur la table de chevet. En la découvrant, il s'était moqué de sa taille surdimensionnée, demandant à Natalie si elle avait eu un prix de gros.

— Nous avons à peine entamé ton stock.

Elle lui tapota le torse.

— Je ne me plains pas.

Cela faisait trois ans qu'elle n'avait pas été intime avec un homme, mais ça n'expliquait pas la nuit incroyable qu'elle avait passée avec Desmond. Outre leur fantastique alchimie sexuelle, il s'était confié à elle, lui parlant de son demi-frère, et du suicide de celui-ci, de ses relations conflictuelles avec sa mère, de son père biologique... bref, révélant une partie de lui qu'il n'avait jamais montrée à personne.

À présent, elle le comprenait mieux, et elle fondait beaucoup d'espoir dans un avenir ensemble.

Aussi cliché que ça puisse paraître, le monde, son monde, semblait plus lumineux et attirant.

Ils se serrèrent dans les bras l'un de l'autre et échangèrent un long baiser.

Un bruit soudain à la porte les fit sursauter, et Desmond s'écarta.

Natalie tourna la clé dans la serrure et entrebâilla le battant. Shadow se faufila dans la chambre avec un miaulement qui ressemblait fort à un reproche.

Elle se pencha pour le prendre dans ses bras.

— D'habitude, je laisse ma porte entrouverte, comme ça, il peut aller et venir entre la chambre de Sam et la mienne, expliqua-t-elle.

Desmond gratta le chat derrière les oreilles, et tenta de donner un dernier baiser à Natalie, mais Shadow se redressa et lui bloqua le passage.

— Tu as de la chance que je sois de bonne humeur, dit-il, en riant.

Natalie aussi était d'une humeur radieuse. Quoi de plus normal après les heures magiques qu'ils venaient de passer, à tenter de se rassasier l'un de l'autre ?

— S'il y a trop de neige tout à l'heure, ne bouge pas. Je viendrai. Tu n'es pas habituée à conduire sur la neige.

— Mais je dois t'aider avec les chevaux ! De toute façon, il va bien falloir que j'apprenne à conduire par tous les temps, puisque j'ai l'intention de rester ici.

— Je m'occupe des chevaux. Et ne sors pas tant que le chasse-neige ne sera pas passé.

Shadow commençait à donner des signes d'impatience dans ses bras, et elle le déposa sur le lit.

— Sachez, lieutenant, que j'ai mon permis depuis dix ans.

— Mais aucune expérience sur la neige.

Elle lui tira la langue.

— Tu m'énerves !

Il fixa sa langue, et ses yeux s'assombrirent. Pendant quelques secondes, il sembla mener une bataille avec lui-même. Finalement, il l'embrassa et se dirigea vers la porte.

— Nous ne pourrons pas utiliser ta boîte géante si tu es plâtrée jusqu'au cou.

— Tu marques un point, concéda-t-elle.

Et déjà, elle attendait avec impatience leurs retrouvailles.

Elle le suivit jusqu'à la porte et l'embrassa.

— Je veux que tu saches que je ne te demanderai pas à nouveau de réaliser des décorations de Noël.

Il inclina la tête.

— Ah non ?

— Ce n'était pas loyal de ma part, et je veux que tu saches que je respecte ton droit à ne pas vouloir les faire. Je n'aurais pas dû insister après ton premier refus.

— Merci, mais je suis content que tu n'aies pas renoncé aussi aisément.

Il lui caressa la joue.

— Moi aussi, mais je voulais quand même que tu saches que je regrette de t'avoir harcelé.

Elle s'appuya contre lui.

— Mais, sache que c'est la seule chose que je regrette.

— J'en suis heureux, murmura-t-il, tandis que ses lèvres rencontraient les siennes en un baiser plein de promesses.

— À demain.

Natalie se posta derrière la baie vitrée du salon et regarda Desmond monter dans son pick-up et quitter l'allée en marche arrière.

Sa présence lui manquait déjà.

Regagnant sa chambre, elle se pelotonna sur son lit, et prit Shadow dans ses bras.

Le visage enfoui dans la douce fourrure du chat, elle laissa ses pensées l'entraîner vers les jours précédant la mort de Ryan.

Ils s'étaient disputés à propos de son souhait de reprendre ses études et d'obtenir son diplôme. Ryan trouvait cela inutile et coûteux, et considérait que c'était une perte de temps. Elle n'était pas d'accord. Il avait voulu en parler, mais elle était trop en colère pour avoir une discussion rationnelle, et elle avait refusé. La situation était restée tendue entre eux, et ils n'avaient pas eu le temps de se réconcilier avant son décès.

Quand il était sorti ce jour-là avec Sam, elle boudait et n'avait pas embrassé Ryan. Elle avait toutes les raisons de penser qu'il rentrerait à la maison, et qu'ils auraient le temps d'en reparler et de trouver un accord.

Avec un soupir, elle alla à la fenêtre, écarta le rideau occultant, et observa les flocons qui tourbillonnaient dans le halo d'un réverbère en contrebas de la rue.

Elle était tombée amoureuse de Desmond Gallagher.

Ce n'était pas un simple de coup cœur, ni une addiction physique. Encore qu'elle fût peut-être un peu grisée par la passion qu'ils venaient de partager, mais elle était assez mature pour séparer les deux.

Elle était tombée amoureuse de lui avant ce soir. Comment aurait-il pu en être autrement après avoir vu comment il se comportait avec Sam ?

Desmond s'était inséré dans leur vie comme la pièce manquante d'un puzzle.

Elle retourna vers son lit, ôta son peignoir et enfila une chemise de nuit. Puis elle se glissa sous la couette. Seule. Pour cette fois.

La mort de Ryan lui avait montré combien la vie pouvait être cruelle, distribuant à l'aveugle, et sans qu'on s'y attende, ses mauvais coups. Mais sa rencontre avec Desmond lui avait aussi prouvé que certaines des plus belles choses apportées par la vie survenaient aussi par hasard.

- 8 -

Quelques heures plus tard, Natalie se réveilla sous le poids d'un chat de trois kilos assis sur sa poitrine, et les secousses portées à son épaule par un petit garçon de cinq ans.

Elle souleva Shadow et le déplaça à côté d'elle, avant de se redresser.

— Quoi ?

Sam courut à la fenêtre, écarta le rideau, et colla son nez à la vitre.

— Il a neigé ?

Elle attrapa son peignoir sur le banc et l'enfila par-dessus sa chemise de nuit. Puis elle alla ouvrir les rideaux en grand, et le chat sauta sur l'appui de fenêtre.

Sam continuait à montrer la neige.

Quelques flocons tombaient encore, mais il semblait que la chute de neige majeure s'était arrêtée. Natalie n'en était pas tout à fait sûre.

— Oui, nous allons sortir. Mais, d'abord, il faut prendre le petit déjeuner.

Et un café pour elle. Il lui fallait absolument une bonne dose de caféine.

— Va t'habiller pendant que je prépare tout.

Elle enfila un sweat-shirt et un jean, glissa ses pieds dans des chaussons fourrés, et se dirigea vers la cuisine.

Il lui fallait bien admettre qu'elle était très enthousiaste aussi.

Et ça n'avait rien à voir avec le fait que Desmond avait promis de venir l'aider à dégager l'allée.

Rien à voir, vraiment ?

Elle considérait le fait qu'il se soit confié sur ses sentiments envers son père biologique comme une grande avancée dans leur relation. Desmond n'était pas quelqu'un qui se confiait facilement.

Si on ajoutait à cela la façon dont il avait créé des liens avec Sam, elle avait toutes les raisons d'espérer qu'ils puissent très prochainement former une famille tous les trois. Peut-être même y aurait-il d'autres enfants dans les années à venir…

Après avoir placé une dosette dans la cafetière, Natalie sortit du pain et des œufs. Elle aurait de la chance si elle parvenait à convaincre Sam de manger plus qu'une bouchée d'omelette et de toast. Mais ça avait le mérite d'être rapide à préparer.

Elle battait les œufs quand un klaxon retentit.

Desmond ?

En proie à une exaltation soudaine, elle posa son bol et retira la poêle du gaz.

On frappa à la porte, et Sam courut à travers le couloir, une chaussette à un pied et l'autre dans la main, suivi comme toujours de Shadow.

— Sam ! cria Natalie.

Mais il avait déjà ouvert la porte du vestibule. Il eut plus de mal avec la porte extérieure, et Natalie le rejoignit pour la déverrouiller à sa place.

Un vent froid s'engouffra dans la maison, tandis que

Desmond entrait, transportant avec lui une odeur de neige et de feu de bois.

Sam désigna l'extérieur, tandis que Desmond tapait ses bottes sur le paillasson pour en détacher la neige.

Quand ce fut fait, il ébouriffa les cheveux de l'enfant.

— Oui, il y a beaucoup de neige dehors. Mais je crois qu'il te faut d'abord autre chose à tes pieds.

— Et il doit prendre son petit déjeuner, ajouta Natalie.

Desmond ôta sa parka, qu'il suspendit à la patère. Puis il défit ses bottes et les déposa dans l'entrée.

— Sam, enfile ta deuxième chaussette, insista Natalie.

Puis elle reporta son attention sur Desmond.

— Tu es bien matinal. Tu as déjà terminé avec les chevaux ?

— Bien sûr, qu'est-ce que tu crois ?

— Tu as déjeuné ?

— Une barre de céréales, ça compte ?

Ses deux chaussettes aux pieds, Sam se redressa et brandit un pouce.

— Non, ça ne compte pas, décréta Natalie. J'ai prévu une omelette et des toasts.

Sam soupira, l'air déconfit.

— Ta mère a raison, dit Desmond. C'est une nourriture beaucoup plus saine.

Natalie remplaça son bol par un saladier et ajouta des œufs, puis elle sortit une poêle plus grande.

L'observation de Sam et Desmond ces dernières semaines lui procurait des sentiments mitigés.

Elle était heureuse qu'ils s'entendent si bien, mais elle savait qu'il était déjà trop tard pour empêcher Sam de souffrir si les choses tournaient mal entre Desmond et elle.

Elle lui jeta un coup d'œil et conclut que Sam ne serait

pas le seul à souffrir. À chaque instant passé avec Desmond, elle tombait un peu plus amoureuse de lui.

Sam s'installa à table, tira à lui un bloc de papier et des crayons, et commença à dessiner.

— Je peux faire quelque chose pour toi ? demanda Desmond.

« Tombe amoureux de moi aussi » fut la première réponse qui lui vint.

Évidemment, elle ne le dit pas.

— Si tu veux un café, il y a des dosettes à côté de la cafetière. Les tasses sont dans le placard juste au-dessus. Fais comme chez toi.

— Tu en veux un ?

— Je n'ai pas encore fini le premier.

Elle indiqua le mug à côté de la gazinière.

— Mais j'aurai sûrement besoin d'un supplément de caféine pour tenir le choc.

— Quelqu'un t'a fatiguée la nuit dernière ?

Son expression était impassible, mais son regard s'était assombri.

Malgré l'accélération de son rythme cardiaque, elle lui opposa une expression tout aussi neutre.

Ce n'était pas facile quand elle avait envie de glousser comme une adolescente, ou se mettre à chanter comme si elle était dans une comédie musicale.

— On peut dire ça, répondit-elle.

Sam se leva et tendit à Desmond le dessin qu'il venait de faire.

— Je crois qu'il a envie de faire un bonhomme de neige, commenta-t-il. C'est ça, mon grand ?

Sam hocha la tête, et Desmond le chatouilla, le faisant glousser joyeusement.

— Et c'est ce que nous allons faire. Mais avant, il faut manger nos œufs.

Natalie articula un « merci » silencieux, et fit glisser l'omelette sur un plat. Puis elle déposa les toasts sur une assiette et apporta le tout à table.

Ils ne faisaient que prendre un petit déjeuner ensemble, mais elle sentait un frisson de bonheur la traverser à chaque fois qu'elle posait les yeux sur Desmond.

Et elle ne pouvait s'empêcher de penser à quoi pourrait ressembler sa vie si elle se réveillait tous les matins à côté de Desmond et se couchait tous les soirs dans le même lit que lui, partageant leur vie et leur amour.

Mais peut-être ne devait-elle pas trop se projeter dans un avenir incertain…

Dès que Sam eut avalé sa dernière bouchée, il bondit sur ses pieds et alla enfiler sa parka et ses tout nouveaux après-ski. Pendant ce temps, Natalie débarrassa la table et rassembla la vaisselle sale dans l'évier.

— Tu veux que je fasse la vaisselle ? proposa Desmond.

Elle secoua la tête.

— On verra ça plus tard. Sam veut sortir avant que la neige ne fonde.

Il rit.

— Ça ne risque pas d'arriver. Elle continue à tomber.

D'un signe de tête, Natalie désigna l'entrée, où Sam dansait d'un pied sur l'autre. Desmond échangea un regard avec elle et manifesta par un sourire sa compréhension de la situation. Après avoir enfilé sa parka, Natalie s'équipa d'un bonnet et de gants. Desmond baissa la tête vers ses pieds.

— Tu t'es acheté de nouvelles bottes aussi ?

— J'ai pris tes avertissements au sérieux. Je prends

même des notes. Donc, méfie-toi. Tu ne vas pas te débarrasser de moi aussi facilement

Il plaça ses mains de chaque côté de sa taille.

— Qu'est-ce qui te fait penser que j'ai envie de me débarrasser de toi ?

— Tu n'arrêtes pas de me mettre en garde contre la neige.

Il lui pinça la taille.

— Parce que je me soucie de ta sécurité. Pas parce que je veux te décourager.

— Tant mieux. Parce que je me plais beaucoup à Loon Lake. Et je me plais beaucoup avec toi.

— Je…

Sam tira sur la manche de Desmond et désigna l'extérieur.

— Oui, mon grand. J'arrive.

Il rajusta le bonnet de l'enfant.

— Allons construire le plus magnifique bonhomme de neige que Loon Lake ait jamais vu.

Natalie était rongée par le doute.

Que s'apprêtait à dire Desmond ? Allait-il reconnaître qu'il avait des sentiments pour elle ? Ou bien, voulait-il la prévenir de ne pas prendre leur relation trop au sérieux ? De ne pas accorder une importance excessive à ce qui s'était passé entre eux la nuit dernière ?

— Partez en avant, les garçons. Je veux prendre différentes choses pour le visage du bonhomme de neige.

Elle voulait surtout se ressaisir. Laisser retomber les sentiments trop proches de la surface.

Desmond était le premier homme avec qui elle était devenue intime depuis la mort de son mari. Il était donc normal que ses sentiments soient confus.

Elle trouva des grains de café et une carotte dans la

cuisine, ainsi qu'un vieux foulard et des gants dans un sac d'affaires qu'elle avait prévu de donner.

Après avoir pris une profonde inspiration, elle s'intima l'ordre de ne pas surinterpréter un commentaire que Desmond n'avait pas eu le temps de finir et s'aventura à l'extérieur.

Le futur était sans garantie. Pourrait-elle survivre à une autre perte ?

D'un autre côté, elle ne pouvait pas laisser la peur guider ses décisions, ou lui voler la possibilité d'être heureuse avec un homme extraordinaire, bien que parfois un peu grognon.

- 9 -

Trois jours s'étaient écoulés depuis la première chute de neige de la région. Depuis, les températures demeuraient en dessous de zéro. La blancheur qui recouvrait le jardin, persistait, et le bonhomme de neige de Sam était toujours en place.

Natalie se blottit contre Desmond, tandis qu'ils profitaient ensemble dans son lit de quelques heures volées. Brody et Mary avaient inclus Sam dans un groupe d'enfants qu'ils emmenaient faire de la luge, et son fils avait été ravi de partir.

Ils lui avaient proposé de venir, mais elle avait trouvé important de laisser un peu de liberté à Sam, pour qu'il apprenne à gagner en autonomie.

Ce n'était pas uniquement pour rester seule avec Desmond, et mettre sérieusement à mal son stock de préservatifs.

Du bout des doigts, elle lui caressa délicatement le torse.

— Tu as toujours voulu être pilote ?

— J'ai toujours été intéressé par tout ce qui touchait aux avions, répondit-il, en faisant aller sa main de haut en bas sur son bras.

— Après ton accident, tu n'aurais pas pu devenir instructeur, ou autre chose ?

Elle détestait l'idée qu'il ait été obligé d'abandonner quelque chose qu'il adorait.

Il bâilla.

— Peut-être…

— Mais tu as préféré partir.

— Je ne dis pas que je n'ai pas aimé l'armée, mais…

— Quoi ? Dis-moi.

Elle brûlait de tout savoir de l'homme qu'elle aimait.

— Voler était le rêve de Patrick. Après sa mort, je crois que je l'ai intégré comme étant le mien. Pas consciemment. Je ne sais pas… J'ai peut-être pensé que ma mère reporterait sur moi tout l'amour qu'elle avait pour mon frère.

— Je devine qu'elle ne l'a pas fait.

— Non. Même mort, Patrick occupait toujours la première place.

Il soupira.

— J'ai toujours pensé qu'être le favori était une bonne chose. J'étais même jaloux de Patrick, alors qu'il a toujours été généreux et protecteur avec moi. Il avait beau n'avoir que cinq ans de plus que moi, il était un peu comme un père. Il m'a appris tellement de choses.

— Tu sais pourquoi il s'est suicidé ?

— Non. Mais je crois que les attentes démesurées de notre mère à son égard lui mettaient beaucoup de pression.

— Je suis désolé que tu aies eu à subir tout ça.

— J'ai survécu.

— Mais ça a biaisé ta vision de la famille.

Il haussa un sourcil.

— Tu crois ? Ou alors, c'est toi qui te fais des illusions sur le sujet.

— Je ne veux pas penser ça.

— Parce que tu es une éternelle optimiste, qui ignore la réalité.

— Hé ! Ce n'est pas juste.

Il l'avait agacée avec ses commentaires. Et son expression

supérieure n'aidait pas. Elle n'appréciait pas de devoir défendre l'optimisme.

— Ce n'est pas parce que je crois aux histoires qui se terminent bien et aux familles heureuses que je vis dans un monde imaginaire.

— Ton mariage avec le père de Sam était parfait ?

— Bien sûr que non. Je n'ai jamais parlé de perfection. Ce n'est pas la même chose. Une relation n'a pas besoin d'être parfaite pour être heureuse ou réussie.

Ses propres mots réveillèrent la culpabilité liée aux derniers jours de sa vie avec Ryan.

— Les relations ne sont jamais garanties, mais il faut au moins essayer, conclut-elle.

Et elle y croyait.

— Pourquoi t'exposer à avoir le cœur brisé ?

— Parce que, si tu ne le fais pas, comment peux-tu dire que tu as vécu ? Les seules personnes qui ne souffrent pas sont celles qui sont mortes. Franchement, je n'aspire pas à être morte.

Le sang qui battait à ses oreilles l'empêchait de se concentrer sur ses pensées.

Pourquoi s'était-elle engagée dans cette conversation, alors qu'elle savait que Desmond allait dire des choses qu'elle n'avait pas envie d'entendre ?

Peut-être parce que ce n'était pas non plus la solution d'enfouir sa tête dans le sable.

Desmond eut un claquement de langue impatient.

— Et tu crois que moi j'en ai envie ? demanda-t-il.

— Pas consciemment. Mais, ne rien ressentir, ce n'est pas vivre.

Elle était triste pour lui. Quelle épouvantable existence.

— Ouvrir ton cœur à quelqu'un, te rendre vulnérable, c'est ouvrir la porte aux ennuis. Comment peux-tu souhaiter cela ? Ne me dis pas que tu crois à toutes ces âneries du style : « Il vaut mieux avoir aimé et perdu que pas aimé du tout. »

Il secoua la tête et la regarda comme s'il était désolé pour elle.

Elle essaya d'évacuer la boule de plus en plus grosse qui lui obstruait la gorge.

Elle savait que Desmond était cynique, mais elle n'avait pas réalisé à quel point, et ça la mettait mal à l'aise.

— J'ai peut-être perdu Ryan, mais j'ai Sam. Et je ne regrette ni de l'avoir connu, ni de l'avoir aimé.

— Ah, Natalie, excuse-moi. Je n'aurais jamais dû te dire ça.

Il l'attira plus étroitement contre lui.

— Je n'ai pas envie de me disputer avec toi.

Elle ne voulait pas non plus perdre un temps précieux en vaines querelles, mais elle n'était pas sûre qu'il accepterait sa façon d'envisager les relations.

Elle pouvait jeter l'éponge et le quitter. Mais, qu'est-ce que cela prouverait ? Ça ne ferait que renforcer ses croyances.

En revanche, si elle restait, elle pouvait lui montrer qu'aimer quelqu'un ne conduisait pas forcément à des peines de cœur.

Elle leur devait à tous les deux d'essayer, mais elle ne pouvait pas tenir à bout de bras une relation si Desmond n'y mettait pas du sien. Elle savait qu'il tenait à elle. Il n'était sans doute pas prêt à l'admettre, mais ses actions le prouvaient. Il était sorti de sa zone de confort pour Sam et elle.

Si elle renonçait maintenant, elle risquait de le regretter toute sa vie.

Posant la tête contre son torse, elle écouta son cœur battre.

— Moi non plus, je n'ai pas envie de me disputer avec toi, dit-elle.

Il glissa ses doigts sous son menton, leva son visage vers lui, et l'embrassa.

— Combien de temps nous reste-t-il avant le retour de Sam ?

Elle sourit.

— Assez de temps pour que je me félicite d'avoir acheté une boîte grand format.

Le plaisir montait en elle, irrésistible, et l'embrasait comme une torche. Étourdie, sentant qu'elle perdait pied, elle cria « je t'aime ».

Cédant à son tour au vertige ultime, Desmond ne tarda pas à retomber à côté d'elle.

Étonnée par son silence, elle finit par réaliser ce qu'elle avait dit.

Elle n'avait pas prévu de faire cette grande confession maintenant, mais les mots lui avaient échappé. Impossible de faire machine arrière, maintenant.

Ses sentiments étaient trop forts pour les retenir plus longtemps. Et elle avait la tête tournée de soulagement de pouvoir se révéler au grand jour.

Devoir avancer masquée ne lui plaisait pas. Elle détestait mentir.

La vérité était qu'elle l'aimait. C'était aussi simple que ça. Elle ne pouvait peut-être pas déterminer précisément quand c'était arrivé, mais elle ne pouvait plus revenir en arrière. Elle était perdue.

— J'aurais préféré que tu ne dises pas ça.

La voix de Desmond la fit sursauter.

— Pourquoi ? C'est la vérité. Et depuis un moment, déjà.

— On avait dit que ça resterait informel.

Informel ? Elle n'avait peut-être pas beaucoup d'expérience, n'ayant connu que le père de Sam, mais elle savait que ce qu'il y avait entre eux était spécial. Naturellement, elle savait que l'alchimie sexuelle n'avait rien à voir avec l'amour, mais ils avaient partagé beaucoup plus que des étreintes passionnées.

Sa gorge était de plus en plus serrée, et il lui devenait difficile de déglutir.

Le futur qui avait été si clair quelques heures auparavant se dissolvait dans le néant.

Mais elle était la seule à blâmer. C'était elle qui s'était inventé des histoires. Et pendant qu'elle était en train de tomber éperdument amoureuse, Desmond donnait dans l'informel.

— Quand avons-nous dit ça ? Est-ce qu'il existe un règlement que j'aurais dû suivre ?

— Tu vois ? C'est ce qui arrive quand on balance ces mots.

Son intonation et son expression étaient dures et emplies de reproches.

La réaction de Desmond fit tiquer Natalie. On avait l'impression qu'il lui en voulait d'être tombée amoureuse.

— Ces mots ? Tu veux dire « je t'aime » ?

— Oui, ceux-là.

— Tu ne peux même pas les prononcer.

Comment avait-elle pu se tromper à ce point ?

Natalie sentit son visage s'empourprer d'humiliation.

Elle lui avait dit qu'elle l'aimait, et il la traitait comme si elle avait fait quelque chose de mal. Comme si l'amour était une mauvaise chose.

— Que s'est-il passé ? Qu'est-ce qui a changé ? Nous sommes toujours les mêmes personnes.

Elle perçut dans sa propre voix une intonation suppliante qui lui déplut.

Mais elle savait que ce qu'elle venait de dire n'était pas vrai. Elle avait tout changé en prononçant ces mots. Des mots que Desmond refusait d'entendre. Il était incapable de les prononcer, et plus encore de les penser.

Tout était peut-être sa faute…

Non ! La seule erreur qu'elle avait faite, c'était d'être tombée amoureuse d'un homme qui refusait de donner son cœur.

Il bondit hors du lit et pointa sur elle un index accusateur.

— Je croyais que nous étions sur la même longueur d'onde. Visiblement, je me trompais.

— Visiblement, répéta-t-elle sèchement, tandis qu'il commençait à s'habiller.

Elle soupira et se leva à son tour. Attrapant son peignoir sur le banc en bout de lit, elle l'enfila. Elle avait besoin de se couvrir, comme si le tissu-éponge rose avait le pouvoir de la protéger contre la douleur qu'elle sentait monter en elle. Elle croisa étroitement les pans, noua la ceinture. Par ce geste symbolique, elle essayait de contenir son cœur. Sinon, il exploserait et les pièces s'éparpilleraient comme des confettis.

— Je suis désolée que tu trouves aussi offensant le fait que je sois amoureuse de toi.

Sa voix était rauque et à peine reconnaissable.

Il relâcha bruyamment son souffle et glissa ses bras dans sa chemise en flanelle.

— Je n'ai jamais rien dit de tel. Tu me prêtes des mots que je…

— Tu n'as peut-être pas dit précisément cela, mais dès que je t'ai dit que je t'aimais, tu n'as plus eu qu'une seule idée : te défiler. Tu t'es rhabillé en un éclair, et maintenant te voilà presque à la porte.

— Natalie, je…

— Ah non ! Ne dis pas un mot. Et, ne crois pas que je vais m'excuser de t'aimer.

— Comment peux-tu m'aimer ? Ma propre mère en était incapable. Ashley non plus ne m'aimait pas.

— Je ne connais pas ta mère, mais le problème venait d'elle, pas de toi. Si elle te repoussait, ou te traitait moins bien que tu ne le méritais, c'était sa faute, pas la tienne. Quant à Ashley…

L'intonation de Natalie était devenue franchement méprisante.

— Je ne perdrai même pas mon temps à dire ce que je pense d'elle.

— Je n'ai jamais demandé que tu fasses partie de ma vie. Tu as déboulé en force, et tu as continué à revenir malgré ce que je t'ai dit. Est-ce que tu l'aurais oublié ?

— Non, mais il semble que toi, tu aies oublié ce que tu as dit, il y a une heure.

Il grommela.

— Quoi ? Qu'est-ce que j'ai dit ?

— Rien qui ait une quelconque importance.

Évidemment, c'était important. Les paroles de Desmond lui avaient donné l'impression qu'elle était spéciale. Peut-être lui avaient-elles donné le courage de confesser ce qu'elle ressentait. Ces mots avaient changé sa vie et il ne s'en souvenait pas.

Elle se leva, les jambes tremblantes, et dut prendre appui sur la table de chevet pour retrouver son équilibre.

— Soyons clairs pour qu'il n'y ait aucune erreur possible. Tu dis que tu ne veux pas de moi dans ta vie ?

— Peut-être que je n'ai pas envie d'être ajouté à la liste

de tes fichus projets ! Peut-être que ma vie me plaisait comme elle était, avant que tu ne l'envahisses avec ton bavardage incessant et tes biscuits qui font grossir.

Natalie ferma les yeux, en essayant de contrôler sa douleur. La mort de Ryan lui avait procuré beaucoup de chagrin, mais elle avait fini par faire son deuil. Cette fois, c'était pire. Desmond la blessait intentionnellement, remuant profondément le couteau dans la plaie, pour être bien certain de faire couler le sang.

— Natalie, je suis désolé. Je n'aurais pas dû dire ça. C'était mesquin et cruel. Je suis tellement désolé. Je…

— Non, arrête !

Elle se sentait glacée de l'intérieur.

— C'est moi qui réclamais de l'honnêteté, tu te souviens ? Tu sais ce qu'on dit, « fais attention à ce que tu souhaites »…

— Je n'aurais pas dû dire tout ça. S'il te plaît, crois-moi.

À présent, son ton était suppliant, comme s'il l'implorait de lui pardonner.

Natalie n'avait pas assez de force pour gérer sa propre peine, et elle ne pouvait pas assumer en plus celle de Desmond.

Et Sam ? Quelles répercussions cela aurait-il sur lui ? Elle aurait dû protéger son fils. S'interposer quand elle avait constaté que des liens commençaient à se créer entre eux. Il était probablement trop tard maintenant. Sam devait déjà s'être attaché à Desmond et le considérer comme un père.

Elle secoua la tête.

— Si c'est ce que tu ressens vraiment, alors tu dois livrer le fond de ta pensée. Je suis une adulte. Je ne vais pas mentir et dire que ça ne me fait pas mal, mais c'est mieux que je sache où tu en es de tes sentiments.

Sans le laisser répondre, elle poursuivit.

— Ce que je ne te pardonne pas, c'est pour Sam. Tu as pensé à lui, au moins ?

Il eut l'air stupéfait.

— J'ai toujours été attentionné avec lui.

L'expression de Desmond aurait pu être comique si toute cette situation n'était pas aussi tragique.

— Tu as fait en sorte qu'il t'aime, et maintenant tu veux faire machine arrière. Il a cinq ans ! Comment peut-il encaisser ça, alors que moi, qui suis adulte, je ne le peux pas ?

— Ce que j'ai dit…

Il soupira.

— Je n'aurais pas dû. J'étais en colère.

Il voulut lui prendre la main mais y renonça en la voyant se crisper.

— C'est le fait que je t'aime qui te met en colère ? Parce que je n'ai jamais voulu ça. Et si je pouvais cesser de t'aimer, je le ferais tout de suite. Tu n'es pas un homme facile à aimer. Et, en ce moment, ce n'est pas très agréable. Mais c'est comme ça que ça fonctionne. Je n'ai pas pu m'empêcher de tomber amoureuse, et je ne peux pas revenir en arrière. Alors, peut-être… peut-être que tu devrais t'en aller.

Elle avait besoin qu'il parte. L'angoisse menaçait de détruire le fragile contrôle qu'elle exerçait encore sur ses nerfs. Si elle s'effondrait, elle deviendrait une pauvre loque larmoyante, disant des choses qu'elle regretterait plus tard, réclamant à Desmond ce qu'il ne pourrait ou voudrait lui donner.

Desmond avait le dessus parce qu'elle avait admis qu'elle l'aimait, mais elle avait toujours sa fierté. C'était peut-être d'ailleurs tout ce qui lui restait, et c'était un bien piètre réconfort.

— Ça m'ennuie de partir en sachant que tu crois que je pensais vraiment ce que j'ai dit.

Il tendit à nouveau la main, mais elle eut un mouvement de recul.

— Natalie, s'il te plaît.

— Ce que tu penses n'est pas le problème. Visiblement, le fait que je t'avoue mon amour t'a tellement effrayé que tu n'as plus eu aucune retenue.

Elle avait les paupières brûlantes, mais elle contint ses larmes en écarquillant le plus possible ses yeux. Elle pleurerait plus tard quand elle serait seule, parce que le spectacle ne serait pas beau à voir.

— Je ne vois pas pourquoi nous n'aurions pas pu continuer comme c'était.

— Parce que j'ai un fils, et chaque relation, chaque lien que je forme avec quelqu'un d'autre l'impacte aussi. Il est petit, et mon premier devoir est envers lui. Je ne peux pas laisser des hommes aller et venir dans sa vie comme si ça n'avait aucune importance.

— Bon sang ! Je n'ai pas l'intention de l'abandonner.

Il se massa la nuque.

— Je parle d'émotions contradictoires entre toi et moi.

— Mais je ne peux pas supprimer mes émotions. Je ressens ce que je ressens. Et ce que j'ai dit reste entre nous. Je ne peux pas le reprendre, et je ne suis pas sûre d'en avoir envie.

Elle reprit son souffle.

— C'est peut-être mieux pour tous les deux d'en rester là. Je dois penser à mon fils. Je veux qu'il devienne un homme respectueux des femmes, et…

Il sursauta, comme si elle l'avait frappé.

— Tu es en train de dire que je ne te respecte pas ?

— Non, mais je veux que Sam comprenne que, dans une relation saine, les deux parties partagent leurs sentiments. Il ne faut pas qu'une seule personne porte tout le poids.

— Que vas-tu lui dire à propos de nous ?

— La vérité. Je lui dirai que, parfois, les adultes ne réussissent pas à faire fonctionner une relation, et qu'ils finissent par se dire des choses méchantes et se faire du mal. Et, dans ces conditions, il est mieux de partir chacun de son côté.

— Natalie…

— Je crois que nous avons dit tout ce qui devait être dit. Je voudrais que tu partes, maintenant.

Arrivé à la porte de la chambre, Desmond posa la main sur la poignée et se retourna.

Son regard lui communiquait une vibrante supplique.

Elle ferma les yeux.

La porte s'ouvrit et se referma sur un discret cliquètement qui se réverbéra dans tout le corps de Natalie comme une explosion.

- 10 -

Desmond termina de nettoyer la stalle d'Augie, et se déplaça vers la suivante comme un automate.

Deux jours s'étaient écoulés depuis sa dispute avec Natalie. Chaque heure passée renforçait son malaise. Il ne trouvait plus le sommeil, et son estomac n'acceptait que le café et les comprimés anti-remontées acides.

Le bon côté des choses était qu'il se souciait comme d'une guigne de sa jambe mutilée, et que l'écurie était d'une netteté irréprochable parce que l'activité physique lui faisait du bien.

Dommage qu'il ne soit pas porté sur la boisson. Il aurait pu trouver l'oubli. Mais il avait peur, en faisant cela, de ne jamais retrouver son chemin vers la réalité. L'addiction était un autre des travers de sa mère qu'il ne voulait pas reproduire.

« Tu m'as fait tomber amoureuse de toi. »

Les mots accusateurs de Natalie résonnaient dans sa tête, le transperçant comme ces éclats de verre qu'il utilisait pour ses créations.

Il portait des gants pour protéger ses mains quand il travaillait. Dommage qu'il n'existe pas un moyen aussi simple de protéger son cœur !

Combien de fois s'était-il dirigé vers sa voiture, avec l'intention d'aller chez Natalie, pour finalement faire demi-tour et se réfugier dans son atelier ?

Qu'avait-elle dit à Sam ? Qu'y avait-il à dire, d'ailleurs ?

Son propre père avait moins à se reprocher que lui, parce qu'il n'avait jamais établi aucune relation avec son fils. Lui, en revanche, était coupable d'avoir établi un lien avec un petit garçon orphelin, et d'avoir disparu ensuite.

Natalie était là pour consoler Sam. Mais qui la consolerait ?

Était-elle en train de préparer des biscuits ? Est-ce que le chat courait après le train, renversant les wagons d'un coup de patte ? Sam utilisait-il davantage sa tablette pour communiquer ?

Il n'avait de réponse à aucune de ces questions, et il n'en aurait peut-être jamais.

Qu'avait-il fait ?

Il avait détruit la meilleure chose qui lui soit jamais arrivée.

Il cilla, essayant d'éclaircir sa vision, mais il voyait toujours flou.

Il s'essuya les yeux sur sa manche et s'attaqua à une nouvelle stalle.

Le bruit d'un camion qui s'arrêtait dans la cour ne tarda pas à l'interrompre. Posant sa fourche, il sortit de l'écurie.

Lorsqu'il vit le camion de transport de chevaux, son estomac se révulsa. Ce n'était pas bon signe.

De toute façon, tout allait de travers depuis cette nuit où Natalie avait gâché leur relation... Une voix réprobatrice hurla dans sa tête que c'était sa faute à lui, et à personne d'autre. Et, il avait beau essayer de la faire taire, il n'y arrivait pas. Sa plus grande erreur avait été d'essayer d'être quelqu'un qu'il n'était pas.

Il posa une main en visière au-dessus de ses yeux, pour voir qui était son visiteur.

— Brody ! Qu'est-ce que tu fiches ici ?

— Gallagher ? C'est toi ? Eh bien, mon vieux, tu as une sale tête.

— Tu as fait tout ce chemin en camion pour me dire ça ?

Il se massa le front, essayant d'apaiser le mal de tête qui ne le quittait pas depuis deux jours.

— Non. Natalie m'a demandé de venir chercher les chevaux.

— Elle a un endroit pour les héberger ?

Brody soupira.

— J'ai à peine la place, mais j'ai accepté de prendre Augie. Les autres seront recueillis chez un fermier à trente kilomètres d'ici, en attendant qu'une décision soit prise pour l'avenir du programme d'hippothérapie.

Trente kilomètres ? Natalie devait vraiment le haïr pour déplacer les chevaux aussi loin.

— Je vais t'aider à les charger, proposa-t-il.

— Merci.

Brody lui lança un regard en coin.

— On dirait que tu as salement débloqué.

Desmond se crispa, détestant l'idée que quelqu'un soit au courant de ses problèmes.

Mais, était-ce vraiment important ? Il suffisait de le regarder pour voir dans quel état il se trouvait. Et tout le monde en ville devait déjà savoir pourquoi.

Il s'était montré en compagnie de Natalie et Sam, se comportant comme s'ils étaient une famille. Comme s'il avait fini par croire que les familles heureuses existaient, et qu'il pouvait en faire partie.

— Je prends cette expression morose pour un oui.

Brody éclata de rire et secoua la tête.

— Tu me fais penser à moi quand j'ai failli tout gâcher avec Mary.

— Ah bon ?

Il ne connaissait pas bien Mary, mais il savait, rien qu'à les regarder, qu'ils avaient une relation solide.

Brody grimaça, comme si le souvenir était pénible.

— Il a fallu qu'elle sorte de ma vie pour que je me ressaisisse et que j'ouvre les yeux.

— Mais, vous êtes tellement heureux, maintenant.

— Oui. J'ai dû ravaler ma fierté et admettre que j'avais tout gâché.

Brody lui donna une vigoureuse tape sur l'épaule.

— Mais ça en valait la peine.

— Tu as peut-être réussi à régler le problème, mais je ne suis pas ce genre de types. Je ne suis pas comme toi ou Riley.

— Ne dis pas n'importe quoi. On est tous faits de la même façon.

Desmond leva les yeux au ciel.

— Trêve de plaisanterie ! Occupons-nous des chevaux.

— Alors, tu renonces sans même essayer ?

— Tu ne comprends pas.

Desmond croisa les bras sur son torse.

Brody ricana.

— Oui, c'est ce que j'ai dit à Riley quand il a essayé de me raisonner.

C'était trop tard pour ça. Quelqu'un aurait dû essayer de le raisonner avant qu'il ne prononce ces mots horribles.

— Je suis sûr que ma situation est bien pire que la tienne. J'ai dit des choses impardonnables.

— Ce n'est pas à toi de le décider.

— Comment ça ?

— Natalie est la seule à pouvoir décider si c'est ou non impardonnable. C'est elle qui devra estimer si elle peut passer l'éponge ou pas. Mary m'a pardonné d'être un crétin et, de ce que j'ai compris, Meg a fait pareil pour Riley.

D'un geste de réconfort, Brody lui tapota le bras.

— Il semble que les femmes ont une grande capacité à pardonner. Ça ne veut pas dire qu'elles ne nous font pas de reproches quand nous avons tort, mais elles nous pardonnent parce qu'elles savent que nous ne pouvons pas nous empêcher de déraper.

Était-il possible qu'il n'ait pas perdu toutes ses chances avec Natalie ? Et plus encore, voulait-il une nouvelle opportunité d'être avec elle et Sam ?

Oui. Plus que son désir de prendre la fuite. Plus que tout ce qu'il avait désiré jusqu'à présent.

Il avait peut-être mis ses rêves de côté, mais il avait vraiment envie d'une famille. Une famille heureuse et normale qui panserait les blessures de son enfance dysfonctionnelle.

C'était pour cela qu'il avait ignoré les signaux d'alerte dans sa relation avec Ashley. Il voulait y croire, et il s'était trompé. Mais, au lieu d'apprendre de ses erreurs, il en avait fait une nouvelle. Une erreur colossale.

Il secoua la tête.

— Je ne suis pas sûr qu'elle acceptera de me pardonner.

— Personne ne peut le savoir. Mais, je vais te donner le conseil que m'a donné Riley.

Desmond n'avait pas envie de l'entendre. C'était peut-être mieux comme ça. Il pouvait retrouver sa vie de solitaire ici. Profiter de la paix, du calme. Pas de bavardages incessants. Pas de biscuits trop caloriques.

Mais, à quoi songeait-il ? C'était l'enfer depuis qu'il avait tout gâché avec Natalie.

— Qu'est-ce que c'est ?

Brody haussa les sourcils.

— Le conseil de Riley ?

Desmond hocha la tête, impatient.

— Il m'a dit de dire à Mary que je l'aimais et que je m'étais comporté comme un idiot.

— Et ça a fonctionné ?

Desmond était sceptique. Et il y avait de quoi, car il ne pouvait imaginer Brody dire quelque chose d'aussi horrible que ce que lui avait dit.

— Oui. Et je suis reconnaissant à la vie de m'avoir apporté Mary et Elliott. Chaque jour, je déploie tous mes efforts pour mériter la famille que nous avons créée.

Brody secoua la tête.

— J'ai toujours cru que je voulais être seul, qu'il valait mieux ne pas prendre le risque de souffrir. Mais, laisse-moi te dire que c'est de la foutaise. Ma meilleure décision a été d'arrêter de m'inquiéter de ce qui pourrait arriver, et de vivre dans le présent. Il faut profiter de ce que la vie nous apporte maintenant, et laisser le futur là où il est.

Natalie ouvrit la porte du magasin général de Loon Lake, et la cloche fixée dans l'encadrement tinta. Quelque chose dans ce son démodé la faisait toujours sourire, mais ce n'était pas facile depuis trois jours.

Serait-elle à nouveau capable de sourire en se sentant véritablement heureuse ? Heureusement, elle avait de la pratique, à force de sourire aux inconnus qui faisaient des commentaires sur le mutisme de Sam.

Tavie releva la tête du magazine qu'elle avait ouvert sur le vieux comptoir en bois.

— Sam n'est pas avec vous, aujourd'hui ?

— Il est à la bibliothèque avec Addie et Teddy Miller.

Natalie ôta ses gants et déboutonna les deux premiers boutons de sa parka rouge.

— J'ai décidé de mettre à profit mon temps libre

pour faire quelques courses, et m'assurer qu'Ogle tiendra bien le rôle du Père Noël lors de la vente aux enchères de ce soir.

Tavie tapota son casque de cheveux exagérément crêpés et laqués.

— Il ne manquerait ça pour rien au monde.

— Tant mieux.

Natalie tordit ses gants entre ses mains.

— J'ai décidé de laisser Sam attendre tout seul dans la file d'attente pour aller confier ses secrets au Père Noël. Je sens qu'il est temps que je lui laisse un peu de liberté. Mais c'est difficile.

Tavie approuva d'un hochement de tête.

— Vous pensez que ça l'incitera à utiliser davantage sa tablette ?

— C'est le but.

Elle ne dit pas qu'il avait commencé à le faire, mais qu'il avait délaissé la tablette depuis que Desmond et elle avaient rompu.

Rompu ? Avaient-ils seulement eu une véritable relation ? Elle était tombée amoureuse, tandis que lui… il avait tout simplement cédé à une attirance physique.

Tavie tendit la main au-dessus du comptoir et lui tapota le bras.

— Ne vous inquiétez pas. Ogle sait quoi faire. Sam sera entre de bonnes mains.

Natalie ne corrigea pas l'erreur de Tavie. Elle l'appréciait beaucoup, mais elle savait qu'il valait mieux éviter de lui confier certaines choses, la vieille dame risquant de se lancer dans une grande campagne de réconciliation.

— Merci. Il risque de ne plus croire très longtemps au Père Noël, et je veux que ça se passe bien. D'autant que je l'ai convaincu que le Père Noël savait à quel point il aimait les Lego.

— À son âge, mes petits-fils n'en avaient jamais assez. Il sait ce qu'il veut ?

— Jusqu'à présent, il rêvait de l'aéroport, mais je crois qu'il a changé d'avis.

Elle avait fait de son mieux pour expliquer à Sam pourquoi Desmond ne venait plus, mais ça n'empêchait pas son fils de courir à la fenêtre chaque fois qu'il entendait un bruit de voiture dans la rue.

Ça lui brisait le cœur quand elle le voyait se détourner de la fenêtre, dépité et, à chaque fois, elle en voulait à Desmond.

Consciente que Tavie la regardait curieusement, elle fit un effort pour se ressaisir et afficher un semblant de sourire.

— Hier, nous sommes tombés sur Liam McBride, dans son uniforme de pompier. Il venait de faire un cours sur la sécurité dans l'école de sa nièce, Fiona, et il a donné à Sam un badge et un porte-clés en forme de casque, qu'il avait dans son camion. Sam a ouvert des yeux grands comme des soucoupes et, en rentrant, il s'est jeté sur le catalogue de jouets en me montrant tout ce qui avait trait aux pompiers.

— Liam est un si gentil garçon. Sa mère peut être fière de lui et de sa petite famille. Vous avez vu comme ses jumeaux ont grandi ? La dernière fois…

Ravie de ce changement de conversation, Natalie consulta ostensiblement sa montre.

— Oh ! vous avez vu l'heure ? Il faut vraiment que je file.

Elle quitta le magasin, rassurée sur la rencontre à venir entre Sam et le Père Noël.

Elle n'était pas seule.

Elle avait Sam et tous les amis qu'elle s'était faits depuis son installation à Loon Lake.

Tout irait bien. Elle surmonterait cette épreuve.

Et un jour, peut-être, elle rencontrerait un homme qui n'aurait pas peur d'aimer.

- 11 -

Ce soir-là, Natalie se gara sur le parking de l'église, et trouva facilement un emplacement.

Il était encore tôt, et les gens commençaient seulement à arriver, mais elle avait besoin de jeter un dernier coup d'œil aux objets présentés à la vente. Elle voulait s'assurer que personne n'avait déposé quelque chose à la dernière minute.

En outre, ça lui faisait du bien de s'occuper. C'était toujours mieux que de rester assise à pleurer sur son sort.

Elle sortit de sa voiture et remonta le col de son manteau pour se protéger de la morsure du froid, tandis qu'elle traversait le parking. Addie avait insisté pour venir plus tard avec Sam et Teddy.

Dans la réserve que le pasteur Cook avait mise à sa disposition pour stocker les dons, elle actionna l'interrupteur et se figea aussitôt.

La plupart des objets offerts par les habitants avaient été écartés pour faire de la place à…

Natalie cilla, n'en croyant pas ses yeux.

Sur le présentoir central s'accumulaient des dizaines de décorations en vitrail.

Lentement, comme si elles risquaient de disparaître à son approche, elle mit un pied devant l'autre et prit le temps d'admirer les délicats objets d'art.

Retournant à la porte, elle inspecta le parking et ne vit aucune trace du pick-up de Desmond.

Son cœur se serra. Il avait réalisé les décorations qu'elle lui avait demandées, mais il n'avait pas voulu assister à la vente. N'était-ce pas le signe qu'il ne voulait plus rien avoir à faire avec elle et avec Sam ?

Dès que la nouvelle se répandit à propos des objets fabriqués par Desmond, les gens se précipitèrent pour faire une offre préliminaire. Et, chaque fois qu'une nouvelle personne entrait dans le bâtiment, le cœur de Natalie faisait un bond dans sa poitrine.

Ils s'attardèrent pour poser des questions sur le programme d'hippothérapie, et les officiels de la ville promirent une subvention. On l'encouragea même à gérer la partie administrative du programme. Elle promit d'y réfléchir.

— Hé, c'est vrai ? demanda Addie, en déboulant dans la salle.

— Vérifie par toi-même.

— Il a fait ça pour toi ? Eh bien, je retire tout ce que j'ai dit à son sujet.

— Je pense que c'est plutôt pour Sam. Il sait ce que les chevaux représentent pour lui.

Addie secoua la tête.

— C'est beaucoup de travail pour un type qui s'en fiche. Il a dû y passer des jours et des nuits pour fabriquer tout ça.

Natalie haussa les épaules.

— Je ne sais plus ce que je dois penser.

— Et si tu lui posais la question directement ?

— J'aimerais bien, mais il n'est pas là. Il a dû déposer ses créations et repartir aussitôt.

— Tu es sûre que tu as bien regardé ? Avec cette foule, ce n'est pas évident. Je peux surveiller les stands, si tu veux. Sam est dans la file d'attente pour rencontrer le Père Noël. Nous sommes arrivés un peu en retard, et il est dans les derniers. Mais, ne t'inquiète pas, Tavie le surveille du coin de l'œil.

— Je ne m'inquiète pas. Ogle sait quoi faire.

— Que vient faire Ogle là-dedans ?

— C'est lui qui tient le rôle du Père Noël.

— Pas du tout. Il m'a aidée à décharger les gâteaux que j'ai faits pour la vente de pâtisseries.

— Quoi ?

Natalie essaya de ne pas s'affoler. Ogle avait forcément expliqué à son remplaçant ce qu'il fallait faire.

Elle se précipita vers l'endroit où les enfants attendaient pour rencontrer le Père Noël, et chercha à localiser Sam.

Son fils était sur les genoux du Père Noël, qui lui disait quelque chose à l'oreille. Tout sourire, Sam hochait la tête.

Le vieil homme au costume rouge releva la tête, et captura son regard. Les gros sourcils et la barbe postiches masquaient son identité, mais les yeux bruns qui la fixaient lui disaient quelque chose.

Le Père Noël dit à nouveau quelque chose à Sam, qui approuva d'un signe de tête, et sauta à terre pour courir vers elle. La tirant par la manche, il l'attira dans la salle réservée au catéchisme.

— Mais enfin, Sam…

Riant aux éclats, son fils la poussa dans la pièce et détala.

— Sam, attends !

Elle se retourna et buta contre le Père Noël, qui lui posa les mains sur les épaules et la poussa gentiment dans la classe.

Fermant la porte, il alluma le plafonnier et ôta son couvre-chef rouge bordé de fausse fourrure blanche.

— Desmond ?

Il hocha la tête et se débarrassa de sa fausse barbe.

— Je… je ne comprends pas.

Elle avait du mal à former une pensée cohérente.

— Que se passe-t-il ? Pourquoi es-tu déguisé en Père Noël ?

— J'ai convaincu Ogle de me laisser prendre sa place.

— Mais, pourquoi ?

— Parce que je voulais te prouver combien j'ai changé depuis notre dernière discussion.

— Tu t'es habillé en Père Noël pour moi ?

— Tout ce que j'ai fait, c'était pour toi, Natalie. J'ai fait les décorations pour toi.

— Mais, je t'ai dit que je ne voulais pas que tu te sentes obligé de les faire. Et aussi, que je n'aurais jamais dû insister autant.

— Tu ne comprends pas ? Je suis content que tu aies insisté, parce que tu as remplacé mes mauvais souvenirs de Noël par des bons.

— Tu le penses vraiment ?

Elle tendit la main pour le toucher, pour s'assurer qu'il était bien réel. Il la saisit et entrelaça ses doigts aux siens.

— J'ai du mal à réaliser que tu aies fait ces décorations. Elles sont tellement belles…

— Elles ne sont pas à la hauteur pour exprimer combien je suis désolé. J'ai agi…

Il lui pressa la main, et reprit son souffle.

— Je me suis comporté comme un imbécile. Peux-tu me pardonner ? Je te jure que je ne pensais pas ce quc j'ai dit. J'avais peur. Mes… Mes sentiments pour toi et pour Sam m'effrayaient. C'est toujours le cas. Mais c'est encore plus terrifiant de vivre sans vous. Sam et toi, vous êtes toute ma vie. J'étais si malheureux sans vous. Je ne mangeais plus. Je ne dormais plus. Je veux passer tout le reste de ma vie avec vous. Dis-moi que c'est encore possible. Que je n'arrive pas trop tard.

— Oh ! Des, moi aussi, j'étais malheureuse, s'écria-t-elle, les larmes aux yeux.

D'un geste impatient, il glissa la main sous sa tunique rouge, arracha le rembourrage qui lui ajoutait de l'embonpoint et, refermant les bras autour de Natalie, l'attira contre lui.

— Allons, ne pleure pas. S'il te plaît, je ne veux pas te faire pleurer. Je t'aime. Bien plus que je ne le croyais possible. Ce que je ressentais pour Ashley n'avait rien à voir avec ce que je ressens pour toi. Et j'aime Sam aussi. De tout mon cœur.

— Je t'aime aussi, dit-elle, dans un sanglot.

Il prit son visage en coupe entre ses mains et l'embrassa longuement, éperdument.

De longues minutes plus tard, le front appuyé contre celui de Natalie, Desmond cherchait à reprendre son souffle.

— J'ai dit à Sam que j'avais quelque chose pour toi, mais j'avais besoin de sa permission pour te le donner, parce que ça le concerne aussi.

— Pourquoi avais-tu besoin de sa permission ?

Elle avait peur d'y croire, mais ne pouvait s'empêcher d'espérer.

Il sortit un petit écrin en velours noir de la poche de son pantalon.

— Le pantalon du Père Noël a des poches ?

C'était tout ce que lui inspirait la situation ? Mais, en se concentrant sur un détail sans importance, peut-être essayait-elle de tempérer ses attentes, au cas où l'écrin ne contiendrait pas ce qu'elle pensait.

— Heureusement, celui-ci en a.

Desmond souleva le couvercle de l'écrin, révélant un solitaire qui étincelait de mille feux.

— J'ai dit à Sam que je voulais être son père et t'épouser, mais que j'avais besoin de son accord pour les deux.

— Tu as fait ça ?

Il hocha la tête.

— J'ai fait ça. Il a brandi ses pouces avec enthousiasme, et je lui ai dit que j'espérais que sa mère aurait la même réaction.

Il mit un genou à terre.

— Natalie Pierce, veux-tu m'épouser ?

Avant de répondre, elle rejeta la tête en arrière pour le regarder.

— Tu sais que de grands défis attendent Sam.

— Nous lui donnerons un foyer solide et aimant pour l'aider à aller de l'avant. Nous lui transmettrons, à lui et à ses futurs frères et sœurs, les qualités nécessaires pour conquérir le monde.

— Des frères et sœurs ?

Elle ne s'était pas projetée aussi loin.

— Tu ne veux pas ?

Elle sourit entre ses larmes.

— Si. Bien sûr que si. Il faut remplir ton immense maison.

— Avec des enfants et des animaux.

La joie de Natalie s'évanouit tout à coup.

— Oh ! non ! Les chevaux…

— Ils sont toujours chez moi. Je n'ai pas supporté l'idée que Brody les emmène. Je ne voulais pas perdre ce lien avec Sam et toi. Il faut que tu saches que je ne suis rien sans vous.

— Mais tu es tout pour Sam et moi.

Se hissant sur la pointe des pieds, elle lui donna un tendre baiser, qui ne tarda pas à s'enflammer.

Lorsqu'ils s'écartèrent pour reprendre leur souffle, Desmond posa son front sur celui de Natalie.

— Au fait, tu n'as pas répondu à ma question.

Rejetant la tête en arrière, elle chercha son regard, et y lut tout ce qu'elle avait tant attendu : l'amour, la confiance, la compréhension... Depuis le jour où il l'avait vertement rembarrée dans son atelier, Desmond avait fait du chemin, surmontant sa peur d'aimer.

— Oui, mille fois oui, Des. Je veux devenir ta femme.

— Je serai là pour Sam et toi jusqu'à la fin de mes jours. Tu as ma parole.

Natalie sentit son cœur se dilater de joie.

— C'est le genre de fin heureuse que j'aime.

— Moi aussi.

NADINE GONZALEZ

Une famille pour le play-boy

Traduction française de
ROSA BACHIR

PASSIONS

HARLEQUIN

Titre original :
THE REBEL'S RETURN

© 2022, Harlequin Enterprises ULC.
© 2022, HarperCollins France pour la traduction française.

Prologue

— Elle n'exauce pas les vœux, vous savez.

Ces paroles sages lui avaient été offertes par une voix masculine suave, au léger accent traînant. Eve Martin tenta de ne pas se laisser charmer. Oui, elle était hypnotisée par cette fontaine à champagne de plusieurs étages, mais à raison. Eve avait commencé sa soirée en regardant l'eau du robinet se déverser dans sa tasse en porcelaine ébréchée. Elle s'était préparée pour sa misérable soirée quand un désespoir morne l'avait saisie. Pendant un long moment, elle avait regardé l'eau se répandre par-dessus le bord de sa tasse et tourbillonner bruyamment avant de disparaître, comme ses espoirs, ses rêves, ses ambitions et tous les plans bien établis qu'elle avait élaborés depuis l'âge de douze ans. Autrefois, elle était en pleine ascension et enchaînait les succès. À présent, elle était sur une pente descendante qui menait à l'oubli. Eh bien, elle se refusait à disparaître de cette façon.

L'obstination valait mieux que le désespoir. En ce jeudi soir, c'était cette obstination qui l'avait poussée à quitter son pyjama et à prendre un taxi pour se rendre en ville. Elle avait demandé au chauffeur de la conduire à la seule adresse qu'elle connaissait, celle du Texas Cattleman's Club. Ce n'était que lorsqu'ils s'étaient garés devant l'entrée qu'elle avait compris son erreur. Tout ce qu'elle voulait, c'était prendre un verre au bar, un plaisir simple qui lui avait manqué durant toutes ces semaines d'hospitalisation. Mais apparemment, une soirée battait son plein dans le country club. Eve s'était agitée sur la banquette, ne sachant que faire. Son chauffeur n'avait été d'aucune aide. Si elle lui avait demandé de la reconduire chez elle, elle aurait payé soixante dollars pour rien. Dieu savait qu'elle n'avait pas d'argent à gaspiller.

En fin de compte, une troisième personne avait réglé la question. Le voiturier du country club s'était avancé et avait ouvert la portière côté passager. La prenant vraisemblablement pour une invitée et impatient de débloquer la circulation, il lui avait tendu la main.

— Bonsoir, madame. Bienvenue au Cattleman's Club.

Par ces mots, l'employé lui avait offert l'accès au sanctuaire doré de l'élite de Royal. Eve s'était mêlée aux invités dans le grand hall menant à la salle de bal. Elle s'était sentie perdue dans la foule de gens et avait marché sans but, jusqu'à ce qu'elle remarque la fontaine de champagne colossale au centre de la pièce. Elle s'était avancée et avait regardé, fascinée, un employé perché sur une échelle verser bouteille après bouteille sur une pyramide de flûtes. Passer de l'eau du robinet au champagne pétillant, c'était un net progrès. Qui sait ? Elle pourrait même s'amuser à cette soirée.

« Elle n'exauce pas les souhaits, vous savez. »

Un simple regard sur l'invité qui avait prononcé cette phrase prouvait le contraire. Pour quelqu'un, quelque part, il était sans nul doute un souhait devenu réalité. Vêtu d'un costume bleu marine sur mesure, les mains dans les poches, la tête penchée pour mieux attirer son attention, cet homme aux cheveux noirs, au teint doré et aux yeux bruns brillants était incroyablement séduisant.

Sur l'échelle, l'employé vida la dernière bouteille avec un grand geste théâtral.

— Et voilà ! Santé !

Eve ne se le fit pas dire deux fois. Ayant soudain très soif, elle prit une flûte. À son grand désarroi, tout l'édifice de champagne s'effondra. Des éclats de verre volèrent autour d'elle. Le champagne se répandit sur sa robe rouge cerise, inonda ses chaussures, tourbillonna autour de ses chevilles et éclaboussa ses jambes. Choquée, elle laissa glisser son propre verre, qui se brisa à ses pieds.

Pendant que les gens autour d'elle se dispersaient, elle resta figée sur place. Ne retiendrait-elle donc jamais la leçon ? L'obstination valait mieux que le désespoir, mais rien n'était plus fort que le destin. Eve n'aurait pas dû quitter son bunker pour tenter le sort. Son seul souhait, à présent, était de disparaître.

- 1 -

Le coup de foudre, Rafael Arias Wentworth n'y avait jamais cru. Jusqu'à ce qu'il pose les yeux sur elle. Elle était là, immobile, fixant une fontaine de champagne au centre de la grande salle de bal. Les cheveux relevés en chignon, elle était éblouissante dans sa robe rouge rubis. Mais c'était surtout son teint caramel qui le fascinait. Qui était-elle ?

Rafael était encore secoué par une autre expérience, ce qui expliquait peut-être sa réaction excessive face à cette jeune femme. Plus tôt dans la soirée, il s'était rendu dans un quartier éloigné du centre-ville pour rendre visite à un vendeur de voitures. Ce n'était pas un commercial qui vendait des berlines familiales dans un showroom climatisé. Non, ce vendeur recevait ses clients dans un bâtiment ordinaire entouré d'une clôture en chaînes et gardé par d'énormes chiens qui étaient en réalité des amours. Manny Suarez restaurait des voitures haut de gamme. Rafael lui avait téléphoné depuis Miami quelques semaines plus tôt. Et le garagiste venait apparemment de lui dégoter une voiture parfaite. Après avoir posé des dizaines de questions, Rafael s'était décidé. Il s'était engagé à débourser un quart de million de dollars pour une Camaro décapotable de 1969. La carcasse rouillée n'avait pas de pneus et reposait sur des parpaings. On aurait dit qu'elle avait été tirée d'un lac. Mais Rafael était sûr que Manny lui rendrait sa splendeur d'antan.

Il avait quitté le garage plein d'énergie. En retard pour la soirée du TCC, il avait traversé les rues de Royal à bord de sa Jaguar XK-E de 1972, soigneusement restaurée. Les décapotables anciennes étaient son péché mignon. Comme les femmes en rouge, apparemment.

Cette fête était une obligation professionnelle. Rafael ne pouvait pas la manquer, mais il n'avait aucune intention de s'attarder. Il avait un plan pour ce genre d'événements : prendre un verre, faire le tour de salle puis s'éclipser sans être remarqué. Mais il avait aperçu la créature et… la foudre l'avait frappé.

Amour au premier regard ou non, Rafael passerait son tour. Le cœur d'un homme n'était pas infini, et ce soir, il était déjà tombé sous le charme d'une Chevrolet ancienne. Il posa son verre de tequila sur le plateau d'un serveur. Il allait partir, mais pas avant d'avoir obtenu le nom de cette jeune femme. Ce serait une information utile si jamais il prévoyait de tomber amoureux un autre soir.

Il approcha, prêt à la saluer. Elle fixait toujours le champagne qui se déversait le long de la pyramide. Il dit la première chose qui lui vint à l'esprit.

— Elle n'exauce pas les souhaits, vous savez.

Il avait espéré lui soutirer un sourire. Au lieu de quoi, il récolta un regard noir. Puis deux événements se produisirent dans une succession rapide, comme le tonnerre après les éclairs. L'échelle tomba sur la fontaine. Et la fontaine s'effondra. Le fracas. Les éclats de verre. Les éclaboussures de champagne. Tout cela, Rafael n'y prêta pas attention. Car il venait de reconnaître la jeune femme. Evelyn Martin. Une part de lui aurait dû savoir.

Le sentiment qu'elle avait éveillé en lui n'était pas de l'amour, mais un sentiment tout aussi violent.

Rafael n'avait pas le temps de s'attarder sur ces considérations pour l'instant. Dans la salle de bal, c'était le chaos. À côté de lui, un homme tapotait frénétiquement son costume avec une serviette en papier. Une femme se lamentait sur l'état de ses chaussures haute couture. Mais Eve Martin restait immobile face à la catastrophe, et Rafael devait admettre qu'il y avait quelque chose de séduisant dans son attitude. Quoi qu'il en soit, il ne fallait pas qu'elle reste ici.

— Venez avec moi, dit-il.

Il posa un bras autour de ses épaules et la conduisit hors de la salle. Elle avait les yeux baissés et semblait tendue. Une fois dans le hall, il lui demanda si elle allait bien. Pas de réponse. Était-elle en état de choc ?

— Parlez-moi. Dites quelque chose pour que je sache que vous allez bien.

Elle prit une profonde inspiration, comme pour se préparer à affronter un peloton d'exécution.

— Je vais mourir d'embarras.

— C'est tout ? J'annule les secours, dans ce cas.

Elle essuya son front humide avec ses doigts.

— Je suis dans un piètre état.

Il avait le sentiment que cette déclaration avait plus à voir avec son état d'esprit qu'avec son apparence.

— Voulez-vous aller vous rafraîchir aux toilettes ? suggéra-t-il.

Elle secoua la tête.

— Non.

Des employés bouclaient la grande salle. D'autres

distribuaient des serviettes aux invités trempés. Rafael en saisit deux et en donna une à Eve.

— C'était un accident, dit-elle d'une voix tremblante.

Il s'essuya les mains.

— Un sacré accident, renchérit-il.

Elle serra la serviette contre sa poitrine.

— Je ne voulais pas…

— Vous ne vouliez pas… quoi ? Vous pensez que c'est votre faute ?

Il se mit à rire.

— J'ai pris un verre ! protesta-t-elle.

— C'est comme ça que ça fonctionne. Ils versent le champagne, vous prenez un verre.

— Je l'ai peut-être saisi de la mauvaise façon.

Soit elle avait un syndrome de la victime, soit elle avait une vision déformée de la réalité.

— Désolé de briser vos illusions, Calamity Jane. Vous n'êtes pas si puissante.

— Que s'est-il passé, alors ?

— L'échelle est tombée sur la fontaine.

— Oh…

— Eh oui ! C'était très spectaculaire. Navré que vous ayez manqué ça.

— Ça ne fait rien, dit-elle avec un soupir de soulagement. J'ai eu assez de sensations fortes pour ce soir. Merci.

— Je crois que la soirée est finie, dit-il.

Il prit son téléphone, prêt à envoyer son code au voiturier.

— Quel est votre code ? demanda-t-il. Je vais demander que l'on amène votre voiture.

— Inutile. Je prendrai un taxi.

Il rangea son téléphone.

— Vous avez besoin que je vous dépose ? Je vous reconduis chez vous.

— Non. Ça va, merci.

— Ça ne va pas. Vous êtes trempée.

— Seuls mes pieds sont trempés. Je pense que je survivrai.

— N'en soyez pas si sûre. Selon ma chère grand-mère, vous allez attraper une pneumonie et mourir dans les vingt-quatre heures.

— Votre chère grand-mère a tort. Et vous m'avez déjà suffisamment aidée. Merci.

— Avant de me décerner une médaille, Evelyn, il faut que vous sachiez que je me sers de vous comme bouclier.

L'étincelle dans ses yeux disparut.

— Vous savez qui je suis ?

Rafael ne répondit pas. Pourquoi était-elle surprise qu'il la connaisse ? Tous les gens de Royal avaient lu des articles sur elle. Ils savaient exactement qui elle était et la surveillaient sans doute de près. Que des gens vous connaissent ou pensent vous connaître n'était pas un sentiment agréable. Il était bien placé pour le savoir.

— Et qui êtes-vous ? demanda-t-elle.

Il n'eut pas le temps de répondre car il vit approcher Paul et Jennifer Carlton, un couple d'agents immobiliers que tout le monde surnommait P & J.

— Je vais vous chuchoter quelque chose à l'oreille, prévint-il. Ça ne vous ennuie pas ?

Elle ouvrit de grands yeux.

— Pourquoi, au juste ?

— J'ai besoin de votre aide.

Il baissa la tête et chuchota :

— Faites comme si nous étions en pleine conversation.

— Je ferai de mon mieux.

Hélas, le plan de Rafael échoua. Le couple qu'il essayait d'éviter approcha malgré tout.

— Rafael ! s'exclamèrent Paul et Jennifer en même temps.

Evelyn pivota vers lui.

— Rafael…

Et elle comprit.

— Est-il vrai que vous avez des vues sur la propriété des Richardson ? demanda Paul.

— Paul, Jennifer, connaissez-vous Evelyn Martin ? demanda-t-il, esquivant leur question.

Après avoir salué poliment Evelyn, ils reprirent leur interrogatoire.

— Beaucoup de nos clients sont intéressés par cette propriété, dit Jennifer. Si le motel est en vente, préparez-vous à une guerre d'enchères.

— Si nous allions en discuter autour d'un verre ? suggéra Paul.

— Désolée, intervint Evelyn, nous allions partir. Un malheureux accident est arrivé.

Le « nous » le désarçonna.

— Oh ! fit Jennifer. Que s'est-il passé ? Et pourquoi votre robe est-elle trempée ?

— Une fontaine de champagne s'est effondrée, répondit-elle.

— Bonté divine ! s'exclama Jennifer.

Rafael remarqua les petites perles de liquide qui ajoutaient de la brillance à la robe d'Evelyn.

— Il faut que nous vous retirions cette robe, dit-il.

Elle lui décocha un regard noir. D'accord, concéda-t-il. Cette fois, le « nous » était de trop.

— Déposez-moi simplement chez moi, Rafael. Je peux me débrouiller pour le reste.

Paul et Jennifer les observaient avec intérêt. Il fallait qu'il se débarrasse d'eux. Ces deux-là étaient de vraies commères. Bientôt, tout Royal inventerait des histoires sur Evelyn et sur lui. Rafael avait déjà subi ce genre de situations.

— Il vaut mieux que je reconduise Evelyn chez elle avant qu'elle n'attrape une pneumonie, dit-il. Content de vous avoir vus.

— Bonne soirée, répondirent Paul et Jennifer.

Rafael les regarda s'éloigner.

— Prête ? demanda-t-il.

Evelyn sembla hésiter. Il vit sur son visage le moment précis où elle prit sa décision.

— Absolument, dit-elle. Cette soirée est un fiasco. Je vous suis.

Ses mots étaient teintés de déception. Rafael éprouva de la compassion pour elle. Elle avait fait l'effort de sortir, et voilà comment sa soirée se terminait… C'était injuste. Rafael jeta un regard circulaire et repéra un serveur portant un plateau de flûtes de champagne. Il lui fit signe de venir, prit une flûte et la donna à Evelyn.

— Vous la méritez, dit-il.

— Je croyais que nous partions ?

— Dans un instant. Le voiturier me préviendra va quand ma voiture sera prête. En attendant, je connais un endroit où patienter. Venez avec moi.

- 2 -

Rafael Wentworth avait une apparence impeccable. Quoi d'étonnant ? Il appartenait à l'une des familles les plus anciennes de Royal. Eve n'était pas une experte – c'était sa sœur Arielle, la spécialiste de cette ville – mais elle connaissait la réputation de sa famille. Cammie Wentworth avait très généreusement pris en charge le neveu d'Eve pendant qu'elle avait été hospitalisée. Le nom de Rafael était puissant, et il le savait. Il n'avait pas pris la peine de se présenter car il avait supposé qu'elle savait qui il était.

Il lui avait demandé de le suivre, et elle avait obéi, sans poser de questions. Ils empruntèrent une porte de service puis se dirigèrent vers un banc, sous un magnolia. Quelques instants plus tard, Eve buvait du champagne sous le vaste ciel du Texas, en compagnie de l'héritier d'une grande fortune. C'était le dernier jour d'un mois de janvier long et épuisant. La soirée était douce. Rafael retira sa veste et la posa sur ses épaules.

— J'ai aimé la façon dont vous avez géré P & J, dit-il.

— Vous parlez de ce couple ? C'est ainsi que vous les appelez ?

— C'est ainsi que tout le monde les surnomme. Je ne peux pas le nier, nous formons une bonne équipe, vous et moi. C'est peut-être parce que nous venons tous les deux du sud de la Floride.

— Vous êtes originaire de la Floride ?

— Je viens de Miami.

Certes, elle en savait très peu sur cet homme, excepté que, pendant un temps, il avait été lié au sujet délicat qui l'avait amenée au Texas. Il avait rapidement été mis hors de cause, mais Eve aurait dû se douter que ce ne serait pas la dernière fois qu'elle entendrait parler de lui. Après tout, il était le frère de Cammie Wentworth. Cammie était l'une des premières personnes qu'Eve ait rencontrée en ville, et leurs vies étaient désormais entremêlées.

— Ne vous emballez pas, prévint-elle. Miami a le pouvoir de créer un lien entre de parfaits inconnus.

Il esquissa un sourire.

— Je n'aurais pas pu dire mieux.

Eve sortit son téléphone de sa poche, ouvrit une application de navigation et lui montra une carte.

— Emmenez-moi à cette adresse et nous serons quittes.

Il jeta un coup d'œil à l'écran.

— Je suis passé dans cette partie de la ville tout à l'heure.

Pourquoi un Wentworth se rendrait-il dans ce quartier populaire ?

— Vraiment ? Que faisiez-vous là-bas ?

Son sourire se fit mystérieux.

— Un jour, si vous êtes gentille, je vous le dirai.

À son tour, Eve sourit, ce qui ne lui était pas arrivé depuis… quoi ? Six mois ?

— Puis-je vous poser une question ? demanda-t-elle.

— Bien sûr.

— Pourquoi êtes-vous venu ici ce soir ? Manifestement, vous n'avez pas envie d'être là.

Il poussa un grand soupir.

— C'est le prix à payer quand on fait des affaires dans cette ville.

— Est-ce vraiment une corvée ?

— Je le pense. À la fin d'une longue journée, la dernière chose que je veux, c'est rester debout et échanger des banalités.

Il avait les coudes sur les genoux et les mains jointes sous son menton. Dans cette position, il lui rappelait ces statues de la Renaissance, parfaitement symétriques et ciselées de manière exquise.

— Et que voulez-vous ? demanda-t-elle.

— Un steak, une bouteille de rouge, un cigare… mon lit.

Que ne donnerait-elle pas pour toutes ces choses ! Sauf le cigare.

— Je suis curieux. Pourquoi êtes-*vous* venue ?

— J'avais envie de m'amuser.

Que pouvait-elle dire d'autre ? Après des mois dans un hôpital, elle avait eu envie de porter ses anciens vêtements et retrouver la jeune femme pleine de vie qu'elle avait été. Mais ce serait trop se dévoiler. La plupart des gens n'avaient pas besoin d'une bonne raison pour aller prendre un verre.

— Vous amuser ? s'étonna-t-il.

— Oui, m'amuser.

— Je vais vous confier un secret. Jamais personne ne s'est amusé dans un country club. Ce n'est pas permis.

— Je ne vous crois pas !

La musique et les conversations parvinrent jusqu'à eux. La fête avait repris. Personne dans ce club ne laisserait une flaque de champagne gâcher la soirée.

Rafael se leva et desserra sa cravate.

— C'est comme ça qu'ils vous attirent. Mais ne soyez pas dupe. Ce club sert à cultiver son réseau et à s'élever dans l'échelle sociale. C'est tout.

— Vous êtes fou.

— Trésor, c'est la loi du Texas.

Eve laissa échapper un petit rire, ce qui, en soi, était un petit miracle. Ce matin, elle avait pleuré en prenant son café. Ces derniers mois avaient été très éprouvants. Elle avait perdu son sens de l'humour et sa capacité à rire.

— Vous pensez que je plaisante ? lança-t-il. Vérifiez le règlement du TCC. Il indique précisément qu'aucun membre ne doit s'amuser, en aucune manière. Si vous enfreignez les règles, on vous raccompagne jusqu'à la sortie.

— Je ne suis pas membre, alors je suis tranquille.

— Ah bon ? s'étonna-t-il, retroussant ses manches.

Le clair de lune projetait une bande argentée sur ses cheveux noirs. Il était peut-être l'homme le plus séduisant qu'elle ait jamais vu.

— Comment avez-vous fait pour entrer ? questionna-t-il.

Elle était simplement… entrée. Il ne lui était pas venu à l'esprit que le club n'était pas ouvert à tous. Elle porta son verre à ses lèvres pour tenter de masquer son anxiété. Allait-on la chasser du club ?

— Evelyn, y a-t-il quelque chose que vous ne me dites pas ?

— Je préfère que l'on m'appelle Eve, pas Evelyn.

Elle avait très chaud, tout à coup. Et sa robe humide et collante ne faisait qu'aggraver la situation.

— *Eve*. Qu'est-ce que vous ne me dites pas ?

— Je ne connaissais pas les règles, se défendit-elle. Le seul club auquel j'appartiens est un club de gym.

— Alors… comment avez-vous fait pour entrer ?

— Je n'ai rien fait ! Mon taxi s'est garé devant. Il bloquait la circulation et le voiturier m'a entraînée vers l'entrée.

Il émit un rire doux et chaleureux qui l'enivra.

Elle retira ses escarpins trempés et plongea ses orteils dans l'herbe. Au point où elle en était, autant se mettre à l'aise.

— Eve Martin, vous êtes une femme rebelle.

Non, au contraire. C'était bien là le problème. Elle était ennuyeuse, stable et prévisible. Sa petite sœur, Arielle, était drôle et spontanée. À la pensée d'Arielle, une douleur lui comprima la poitrine. Elle prit une longue gorgée de champagne pour la faire passer.

— Je crois que je vous aime bien, avança-t-il.

Eh bien, c'était gentil.

— Je vous aime bien aussi.

— Vous savez quoi ? Je me demande si nous ne pourrions pas combiner nos deux buts ce soir.

Fidèle à sa nature, Eve étouffa rapidement l'intérêt que Rafael éveillait en elle.

— Nous ne pouvons rien combiner du tout.

— C'est dommage, déplora-t-il. Je venais d'avoir une idée géniale.

Les alarmes dans sa tête résonnaient si fort qu'elle s'entendait à peine penser.

— Laquelle ?

Il regarda au loin et montra l'ouest.

— J'aimerais vous emmener là-bas.

Elle tendit le cou et remarqua une grande bâtisse perchée sur une colline. C'était le genre d'endroits où on pouvait manger un repas copieux. Était-ce cela, son idée ? Un dîner tardif ?

— Je ne vais nulle part avec vous. Je suis affreuse.

Elle avait envie de retrouver son lit. Mais quel lit ? Pas le lit plein de bosses de son logement temporaire, ou le lit dur qu'elle avait laissé à Miami. Et certainement pas le lit d'hôpital dans lequel elle avait été confinée pendant des semaines après son arrivée à Royal. Elle était épuisée et n'avait pas d'endroit confortable pour se reposer.

— Vous n'êtes pas affreuse, et même si vous l'étiez, ce ne serait pas un souci. C'est une auberge.

— Si vous pensez me convaincre de finir la soirée dans une chambre d'hôtel avec vous, vous avez perdu l'esprit.

— Ce n'est pas un hôtel, c'est une auberge. Faites-moi confiance, je connais la différence.

Dans les deux cas, les chambres avaient un lit.

— Essayez-vous de dire que les gens ne font pas l'amour dans les *auberges* ?

— Non, dit-il, imperturbable. Ils font l'amour. Mais seulement dans le noir, et dans la position du missionnaire.

— Quoi ?

Une digue céda en elle, et elle s'esclaffa de bon cœur. C'était si bon de rire à nouveau…

Il s'assit à nouveau sur le banc.

— Vous me faites confiance, Eve ?

— Non.

Elle ne lui faisait pas confiance, mais elle avait envie de caresser son visage du bout des doigts. L'un n'empêchait pas l'autre.

— Pourriez-vous essayer ? insista-t-il. Juste pour un soir.

— Non.

— Je comprends. Mais savez-vous ce qui nous attend à l'auberge Belleview ? Une douche à vapeur, un room service, un service de blanchisserie, un téléviseur, et un balcon avec vue sur une jolie roseraie. Nous pourrons dîner et nous engager dans une conversation entre adultes. Est-ce que quelque chose dans cette liste vous tente ?

Tout la tentait. Après son séjour à l'hôpital, Eve avait entamé une rééducation physique. Ce soir, elle avait poussé son corps au-delà de ses limites, et elle se sentait épuisée. Un room service, même dans une auberge modeste, lui paraissait d'un grand luxe. Bien qu'elle sache qu'il ne fallait pas dire oui à un homme charmant qui vous invitait dans un hôtel, un motel, ou une auberge, c'était exactement ce qu'elle comptait faire. Elle mettait cela sur le compte du champagne, l'élixir préféré du dieu des mauvais choix.

Rafael consulta. Son téléphone.

— Ma voiture est prête. Alors ?

— Eh bien, allons-y.

— Intrépide, dit-il, presque pour lui-même. Ça me plaît.

Ils se dirigèrent vers le stand du voiturier, où le véhicule les attendait. Rafael Wentworth conduisait une voiture sportive ancienne, comme celles que l'on voyait dans les vieux films italiens. Il lui ouvrit sa portière puis alla s'installer au volant.

— Vous avez eu assez d'émotions pour ce soir, dit-il, faisant vrombir le moteur. Partons d'ici.

Ils s'éloignèrent dans la nuit, laissant le Texas Cattleman's Club derrière eux.

- 3 -

Lorsqu'ils arrivèrent à l'auberge, Eve s'agita sur le siège passager. Regrettait-elle sa décision ? se demanda Rafael. Étant hôtelier de profession, et il ne pouvait pas passer devant un établissement sans aller y jeter un coup d'œil. Eve et lui avaient besoin d'une bonne douche et d'un bon repas. Prendre une chambre ici était une solution pratique. Mais si Eve ne se sentait pas à l'aise, il la reconduirait chez elle.

— Eve, nous pouvons partir.

Elle se figea, la main sur la poignée de la portière.

— Mais… nous venons d'arriver.

— Vous semblez mal à l'aise.

— Il faut que je retire cette robe, c'est tout.

— Et vous avez l'air un peu nerveuse, aussi.

Elle balaya ses inquiétudes du revers de la main.

— C'est juste mon air habituel.

Ce n'était pas vrai. Il l'avait vue effrayée, choquée, amusée. À aucun moment, depuis le peu de temps qu'il la connaissait, il ne l'avait vue si fébrile.

— Vous pouvez vraiment me faire confiance, Eve. On m'a accusé d'avoir fait un bébé à l'une des sœurs Martin. Je ne vais pas risquer de créer un autre scandale.

Elle relâcha la poignée. À présent, elle semblait effrayée, choquée, mais pas le moins du monde amusée.

Rafael s'empressa de présenter ses excuses, mais ne parvint qu'à débiter une série de mots désordonnée.

— Oh ! mince, désolé… Ce n'est pas ce que je voulais dire.

Il avait cru avoir digéré toute cette histoire autour du bébé mystère de Royal. Apparemment, il était encore contrarié et amer. Sa rancœur s'étendait à toute cette maudite ville.

À l'âge de dix-sept ans, sur un coup de tête, Rafael était allé vivre en Floride. Il était de retour au Texas depuis quelques mois, à la demande de sa famille. Son père, Tobias Wentworth, souhaitait se réconcilier avec lui. Pourtant bien décidé à couper les liens avec son passé, Rafael avait fini par céder. Naturellement, Royal l'avait accueilli avec un scandale.

Il y avait quelques semaines, Cammie, sa demi-sœur, et son fiancé, Drake, avaient pris en charge un bébé abandonné. Les autorités avaient cherché à retrouver le père. Sans qu'il sache comment, Rafael s'était retrouvé sur la liste des géniteurs potentiels.

Le bébé en question était le fils d'Arielle Martin, une jeune journaliste free-lance originaire de Floride, qui lui avait téléphoné quelques fois pour obtenir une interview. Ces rares contacts avaient suffi pour que la rumeur de sa paternité fasse le tour de la ville. Rafael n'avait pas perdu de temps : il avait lavé son nom grâce à un test de paternité. Depuis, de l'eau avait coulé sous les ponts. Pourtant, il était sur le point de partager une chambre avec la sœur d'Arielle. La femme qui était venue à Royal afin de retrouver le père de son neveu. C'était peut-être une très mauvaise idée.

Eve détacha sa ceinture de sécurité.

— Je veux la nuit que vous m'avez promise. Vous comprenez ?

Cela sonnait comme un ordre. En général, Rafael n'appréciait guère les ordres. Mais pas cette fois.

— Oui, madame.

À la réception, le responsable de nuit reconnut Rafael et offrit aussitôt un surclassement en suite de luxe.

— Une suite de deux chambres, insista Eve.

— La suite dispose de deux chambres séparées, assura le manager. Si vous voulez bien patienter, je reviens dans un instant.

Il alla programmer leurs clés magnétiques. Eve observa Rafael d'un air suspicieux.

— Pourquoi est-il si empressé avec vous ? Vous êtes un habitué ?

— Courtoisie professionnelle, répondit Rafael. Je travaille dans le domaine de l'hôtellerie.

— Intéressant. Je l'ignorais.

— Je vais ouvrir un ranch de luxe à Royal, avec des commodités similaires à cet établissement, mais en mieux.

— Vous êtes ici pour surveiller la concurrence, n'est-ce pas ?

— Chut, murmura-t-il, posant l'index contre ses lèvres.

Elle sourit.

— Sournois… Je savais que vous aviez une bonne raison de venir ici.

— Mais ce n'était pas la raison à laquelle vous pensiez, répliqua-t-il avec un clin d'œil.

Elle leva les yeux au ciel. Dans la lumière tamisée du hall, sa peau caramel semblait plus douce encore. Elle était de taille moyenne, et si mince qu'elle semblait presque frêle.

Rafael se rappela qu'elle avait passé plusieurs semaines à l'hôpital. Cela n'avait pas dû être facile pour elle.

Rafael se réjouissait que la tension entre eux soit en train de disparaître. Il voulait la faire rire à nouveau, comme tout à l'heure, quand ils étaient seuls dans le jardin.

— Attention ! avertit-elle.

— Qu'y a-t-il ?

— Chut…

Soudain, elle s'avança vers lui et posa les lèvres sur les siennes. Rafael se raidit.

— Jouez le jeu, murmura-t-elle contre sa bouche.

Il n'eut pas à recourir à ses piètres talents d'acteur car tout son corps était électrisé. Attirant Eve tout contre lui, il l'embrassa langoureusement. Elle saisit les revers de sa veste et s'abandonna à cette étreinte. Il l'entendit gémir juste avant qu'elle ne recule.

— Je pense que c'est suffisant, déclara-t-elle d'une voix tremblante.

— Comment ça ?

— Je vous ai embrassé pour faire diversion, expliqua-t-elle. P & J viennent d'arriver.

Paul et Jennifer Carlton étaient le couple le plus ennuyeux du Texas, mais à cet instant, Rafael avait bien envie de leur envoyer une corbeille de fruits et une bouteille de vin.

— Je croyais que vous vouliez tester votre théorie sur le sexe dans une auberge.

— Arrêtez de penser à ça ! le tança-t-elle. Ils sont tout près. Ne regardez pas dans leur direction.

Aucun risque, il était trop captivé pour les lèvres d'Eve, enflées par leur baiser.

— Bon… Ils sont entrés dans la salle du restaurant, dit-elle. Vous pouvez regarder maintenant.

— Non. Je vous crois sur parole.

Le manager leur apporta leurs clés.

— Merci, dit Rafael.

— Autre chose, monsieur ?

— Nous aurons besoin du service de blanchisserie. Et faites-nous porter une bouteille de votre meilleure tequila.

— Certainement, monsieur. Je vous souhaite une excellente soirée.

- 4 -

Dans l'ascenseur, Eve fixa sur la pointe de ses escarpins. Elle pouvait mentir à Rafael, mais pas à elle-même. À la vérité, elle avait eu envie de l'embrasser. Toute la soirée, elle avait rêvé de goûter sa bouche tentante, d'ébouriffer ses cheveux, de respirer le parfum de sa peau. Elle avait saisi la première excuse pour lui donner un baiser. C'était aussi simple que cela.

Et maintenant, ils montaient vers le dernier étage dans un silence pesant. Au moment où les portes de l'ascenseur allaient s'ouvrir, Rafael appuya sur une touche pour les maintenir closes.

— Écoutez, je…, commença-t-il.

Elle risqua un regard vers lui. Il semblait aussi embarrassé qu'elle.

— C'était vraiment minable, ce que j'ai dit sur votre sœur, et j'en suis désolé.

— D'accord.

Eve espérait qu'il n'attendait pas une réponse plus nuancée. Sa pique l'avait blessée. L'espace d'un instant, elle avait paniqué, ne sachant que faire ou que dire. À l'exception de quelques policiers et de certains journalistes, personne ne lui parlait ouvertement d'Arielle. Sa sœur était, aux yeux de tous, une étrangère, arrivée à Royal pour déterrer de vieux secrets et raviver des rancœurs anciennes avant de disparaître mystérieusement.

— Je n'ai jamais rencontré votre sœur. Elle m'avait téléphoné à deux ou trois reprises pour me demander une interview. Chaque fois, j'ai décliné. Elle voulait m'interroger sur mon passé, sur mes liens avec Royal et avec la famille Wentworth. Je ne veux pas penser à mon passé, encore moins en parler avec une inconnue.

Arielle était journaliste et rêvait d'être publiée un jour dans *Vogue* et *Time*. Elle était venue à Royal dans le but d'écrire un article sur une histoire vieille de cent dix ans, impliquant le célèbre country club de la ville. Pour gagner sa vie pendant son enquête, elle avait pris un emploi dans une maison de retraite. Selon son journal intime, elle s'était intéressée à l'un des résidents, qui avait eu une vie bien remplie.

— Je pense qu'elle s'intéressait plus à Harmon Wentworth qu'à vous… Est-il votre grand-oncle ?

— Nous sommes parents, mais nous ne sommes pas proches.

— Elle était très intéressée par l'Amérique des petites villes. J'imagine qu'elle essayait de comprendre ce qui rend Royal si particulière – et sans doute de percer ses secrets.

Rafael afficha un sourire sardonique.

— Il y a assez de conflits familiaux à Royal pour remplir une encyclopédie.

— C'est ce que j'ai cru comprendre.

— En tout cas, je suis désolé.

Il relâcha la touche de fermeture des portes. Eve la pressa aussitôt.

— Que se passe-t-il, Eve ?

— Je voulais juste vous dire que ce n'est pas grave. Excuses acceptées.

— Nous sommes réconciliés ? demanda-t-il.

— Oui, dit-elle, relâchant le bouton. À présent, sortons de cet ascenseur.

Eve suivit Rafael dans un couloir calme menant à leur suite. Il ouvrit la porte, alluma les lumières et posa la clé sur la console de l'entrée. Elle le précéda dans le salon.

— J'adore !

— Ce n'est pas mal, commenta-t-il.

La décoration était traditionnelle et de bon goût. Les baies vitrées offraient une vue sur un immense jardin.

— Nous devrions prendre des notes, suggéra-t-elle.

Elle se dirigea vers le bureau, s'emparant d'un bloc-notes et d'un stylo.

— Première impression : la vue est superbe, murmura-t-elle tout en écrivant.

— Vous êtes généreuse.

— Vous êtes dur.

— Ce n'est que de la pelouse.

Rafael ouvrit la porte du placard de l'entrée, trouva un peignoir en éponge et lui tendit.

— Vous avez besoin d'aide pour enlever votre robe ?

— À vrai dire, oui, répondit-elle en lui tournant le dos. Aidez-moi à descendre la fermeture Éclair.

Elle aurait bien besoin d'une paire de mains supplémentaire. Elle avait eu toutes les peines du monde à fermer cette robe tout à l'heure.

Quand Rafael saisit la tirette, elle retint son souffle. Il prit tout son temps pour descendre la fermeture, faisant courir un frisson le long de sa colonne vertébrale. Incapable de parler, Eve le remercia d'un bref signe de tête. Serrant le peignoir contre sa poitrine, elle fila vers l'une des chambres et s'y enferma à clé.

Dans la salle de bains adjacente, elle retira prudemment

la robe rouge trempée et la laissa tomber sur le sol de marbre. Puis elle détacha ses cheveux. Elle était en train de retirer son soutien-gorge quand elle entendit frapper à la porte.

Elle retourna dans la chambre et entrouvrit le battant. Bien qu'elle ait enroulé une serviette autour d'elle, elle avait l'impression d'être nue.

— Oui ?

Rafael parcourut du regard sa gorge et ses épaules.

— Donnez-moi la robe. L'employée de la blanchisserie est là.

Eve referma la porte. Elle se précipita dans la salle de bains, ramassa la robe et la roula en boule. Rafael était appuyé contre le chambranle quand elle revint. Elle lui tendit le vêtement.

— Voilà.

— Merci, mademoiselle. Je commande à dîner. Comment aimez-vous votre steak ?

Bonté divine... Rien que l'idée d'un steak la fit saliver.

— En fait... Je prendrai du saumon grillé et des asperges.

— Vous êtes sérieuse ?

— Tout à fait.

— C'est ce que vous voulez manger ?

— Non. Mais je dois être raisonnable.

— Une raison particulière ?

— J'essaie juste... de manger sainement.

Elle ne pouvait pas évoquer ses problèmes cardiaques sans gâcher l'ambiance.

— Vous êtes disciplinée.

Peut-être un peu trop, pensa-t-elle.

— Vous êtes sûre de vous ? Vous pouvez changer d'avis.

— D'accord ! Je veux un steak, céda-t-elle. Bien cuit.

— À point, dit-il avec un sourire. Vous pouvez me faire confiance là-dessus. Je suis un spécialiste en steaks.

La confiance semblait être le thème de la soirée, songea-t-elle quand elle lui claqua la porte au nez une seconde fois.

- 5 -

Le jet puissant de la douche lui martelait les épaules et le dos, mais cela ne suffisait pas à dissiper la tension dans ses muscles. Eve tenta de chasser Rafael de son esprit, d'oublier son beau visage, ses cheveux noir de jais, sa peau dorée… Et puis, ce baiser… S'appuyant contre la paroi de verre, elle revit le moment où le faux baiser était devenu réel.

Elle se trouvait dans une auberge avec un homme splendide qui l'attirait terriblement. Alors pourquoi se cachait-elle dans cette salle de bains ? Elle sortit de la cabine de douche et se sécha. Si elle pouvait changer d'avis sur le steak, ne pourrait-elle pas changer d'avis sur d'autres sujets ?

Après avoir enfilé un peignoir, elle gagna le salon. Rafael n'y était pas. Eve entendit le jet de la douche dans l'autre chambre. Elle saisit le bloc-notes sur la table basse, se pelotonna sur le canapé et compléta sa liste.

Peignoir : très doux.

Produits de toilette : de premier ordre !

Un instant plus tard, Rafael apparut, pieds nus, vêtu d'un peignoir plus grand que le sien. Il semblait plus détendu. Plus accessible, aussi.

— Vous êtes bien installée, observa-t-il.

Elle ramena ses pieds sous elle.

— Les gens ne viennent peut-être pas ici pour des nuits sauvages, mais les peignoirs sont une bonne compensation.

— Ha ! Vous devriez ajouter ça à la liste.

Elle lui montra le bloc-notes.

— Tout est inscrit ici.

— Puis-je jeter un coup d'œil ?

Elle lui tendit la liste, qu'il lut en silence.

— Votre échelle d'appréciation est intéressante.

— Je ne travaille pas dans l'hôtellerie, fit-elle remarquer. Mes impressions sont celles d'une cliente lambda.

— Très utile.

— Quels établissements possédez-vous ?

Il posa le bloc-notes sur la table basse.

— Le Miami Sky. Et le Sky Blu, à Fort Lauderdale.

— Vous plaisantez ?

Ces deux hôtels étaient branchés et réputés. Le Miami Sky était un endroit prisé pour prendre un verre entre collègues après une journée de travail.

— Pourquoi n'ai-je jamais entendu parler de vous avant de venir à Royal ? s'étonna-t-elle.

— Je me fonds dans la masse.

Elle n'en était pas si sûre. Rafael était un homme très séduisant. Bien qu'il prétende n'avoir jamais rencontré Arielle, Eve se demandait si sa sœur avait déjà croisé son chemin.

On frappa à la porte. Le dîner allait être servi.

— Prête ? demanda Rafael avec enthousiasme.

— Il me tarde !

La cuisine du Belleview était phénoménale. Soit le chef était un génie, soit Eve n'avait pas mangé de repas correct depuis bien longtemps. Après le dîner, elle mit sa liste à jour.

Cuisine : fabuleuse !

Rafael secoua la tête.

— Vous êtes trop facilement impressionnable.

— Dit-il alors qu'il a dévoré son steak !

Ils s'installèrent sur le canapé pour savourer des tranches de gâteau à la crème.

— Est-ce que je me suis bien occupé de vous ?

Elle passa le doigt sur le glaçage et le lécha.

— Je crois.

Il posa son assiette et s'étira.

— Maintenant, il est temps pour une conversation d'adultes, décréta-t-il.

Eve joua avec le nœud de son peignoir.

— Je crois que je vais passer mon tour.

— Désolé, ce n'est pas une option. Revoyez le programme.

— J'ai une idée. Si nous changions le programme ?

— Hors de question. J'ai des questions auxquelles je veux des réponses.

— C'était votre plan depuis le début ? Me nourrir et me faire parler ?

— C'est un bon plan. Il fonctionne à chaque fois.

Et apparemment, il allait fonctionner ce soir.

— Que voulez-vous savoir ?

— Qui êtes-vous, Eve Martin ? En dehors de la femme mystérieuse qui est arrivée à Royal avec un bébé dont elle recherchait le père ?

Selon son dossier médical, elle était une femme afro-américaine de vingt-huit ans, célibataire. Elle avait fait des études supérieures, et elle avait une maladie coronarienne et une malformation cardiaque récemment diagnostiquées, qui l'avaient conduite à un coma. Rien de tout cela n'était séduisant, plaisant ou excitant. Or, c'était ce qu'elle voulait être ce soir.

— Continuez, dit-il.

— Vous d'abord, répliqua-t-elle pour gagner du temps.

— Moi ? La réponse dépend de la personne à qui vous posez la question.

— C'est à vous que je la pose. Je vous ai peut-être jugé un peu vite. Vous m'avez l'air d'être un type bien.

Rafael utilisa une serviette en tissu pour enlever les miettes de biscuit qu'elle avait sur le menton. Un geste d'une tendresse inattendue.

— Je ne suis pas si gentil, dit-il doucement.

— Vous l'avez été avec moi.

Jusqu'ici, Eve avait toujours évité les hommes comme Rafael, séduisants et sûrs d'eux. Résultat : elle n'avait connu qu'une série de rendez-vous ennuyeux et d'ébats tièdes – pas de folles escapades ni de baisers renversants.

Il se leva et alla chercher la bouteille de tequila et les quartiers de citron apportés par un employé tout à l'heure. Il versa des glaçons dans deux verres et posa le tout sur la table basse.

— Je vous ai conduite ici, je vous ai empêchée de vous coucher tôt, je vous ai fait manger un steak, je vous ai fait boire – il lui servit un verre – et je vous fais boire encore.

Elle accepta la tequila, effleurant sa main au passage.

— Vous oubliez que j'ai pris quelques décisions, dit-elle.

Il s'assit sur le tapis et s'appuya contre un fauteuil.

— En tout cas, ne baissez pas la garde avec moi.

— Merci de me prévenir, dit-elle, le rejoignant sur le sol.

Il leva son verre.

— *Salud !*

— Santé.

Elle but une gorgée de tequila. L'alcool lui réchauffa le cœur.

— Votre sœur et vous étiez proches ? demanda-t-il.

Elle soupira.

— Nous étions sœurs, mais pas vraiment proches.

— C'est la même chose avec ma demi-sœur. Mais nous faisons des efforts.

Eve joignit les mains dans son giron. Puisque Rafael avait mentionné Cammie, c'était peut-être le moment d'aborder un sujet délicat. La sœur de Rafael était la responsable légale temporaire du neveu d'Eve. Après la mort d'Arielle, Eve était venue à Royal pour retrouver le père de Micah. Hélas, quelques heures après son arrivée, elle avait fait un malaise et avait été hospitalisée. Cammie Wentworth, présente au bon endroit au bon moment, avait proposé de s'occuper du bébé.

— C'est étrange de vous rencontrer dans de telles circonstances, dit-elle. Votre sœur est la responsable légale de mon neveu.

— Ah ! Je me demandais qui était ce petit bonhomme.

Eve n'était pas dupe. Aucun trait d'humour ne rendrait cette situation moins embarrassante.

— Votre sœur est une femme très généreuse. Elle a été ma bouée de sauvetage.

— Elle est formidable. Moi, je suis le demi-frère à problèmes.

— Je vois ça.

— Cammie et moi n'avons pas grandi ensemble, expliqua-t-il. Qu'est-ce qui vous a éloignées, votre sœur et vous ?

— Il y avait la différence d'âge, pour commencer. Et puis, nous avions des caractères opposés. Nous étions constamment en compétition l'une avec l'autre.

— À cause des garçons ?

— Nous étions en compétition pour tout, sauf pour les garçons. Arielle collectionnait les aventures. Pas moi. Elle me trouvait barbante.

— Vous, barbante ? Où était-elle allée chercher ça ?

— Elle l'a noté dans son journal.

— Elle a écrit « Eve est barbante » dans son journal ?

— Pas en ces termes précis.

Arielle était douée pour l'écriture. Ses mots exacts étaient : *Si seulement Eve pouvait sortir de son train-train, se faire de nouveaux amis, partir en week-end, coucher avec quelqu'un, trouver un travail qui lui plaise vraiment, nom d'un chien !*

— Je vous trouve très amusante.

— Attendez que je vous exaspère avec mes listes et mes feuilles de calcul.

— Vous êtes organisée. C'est une qualité que j'apprécie.

— Eh bien, ma sœur n'appréciait pas. Ça la rendait folle.

— Selon moi, c'est de la rivalité classique entre sœurs. La famille n'est pas toujours le meilleur juge, Eve. Je suis bien placé pour le savoir.

— C'était plus qu'une simple rivalité. Nous voulions absolument prouver à l'autre qu'elle avait tort. Je voulais qu'elle voie que mon style de vie bien ordonné était le meilleur, le plus sûr. Et cela me rend triste parce que, au bout du compte, quand elle est revenue du Texas, enceinte, effrayée et honteuse, la façon dont elle m'a regardée…

Eve sentit sa gorge se nouer.

— Elle pensait que j'avais gagné, je le voyais dans ses yeux, dit-elle d'une voix émue.

Elle prit une grande inspiration puis continua :

— Je n'ai pas gagné. Je n'ai rien gagné du tout.

— Personne ne gagne à ce jeu stupide, Eve. Personne.

— En tout cas, j'ai perdu, c'est sûr. Après son accouchement, ma sœur a eu… des problèmes de santé. De mon côté, j'avais mes propres soucis. Peu après sa mort, j'ai perdu mon emploi, à cause de fausses accusations de fraude. La presse locale s'en est fait l'écho et mes comptes bancaires ont été gelés. Mon avocat doutait que la cour me laisse la garde de Micah. Alors, j'ai pris le premier bus pour le Texas, je me suis évanouie, j'ai fini à l'hôpital, et j'ai perdu Micah malgré tout.

— C'est là que Cammie est entrée en scène ?

— Oui.

Rafael émit un long sifflement.

— Cela fait beaucoup d'épreuves, conclut-il.

Eve était de son avis. Et elle n'avait même pas évoqué les détails les plus pénibles. Après avoir appris par son avocat qu'elle risquait de perdre la garde de Micah, Eve avait pleuré dans sa voiture pendant une heure, avant de décider de fuir vers l'Ouest. Puisqu'elle risquait d'être emprisonnée, il était impératif qu'elle réunisse Micah et son père, avait-elle pensé. Malheureusement, Arielle n'avait jamais dévoilé l'identité de cet homme, et Eve n'avait pas posé de questions, ne voulant pas être indiscrète.

Après avoir vu son avocat, Eve était rentrée chez elle et, le cœur battant, avait commencé à faire ses bagages. Elle avait jeté ses vêtements et ses papiers importants dans une valise et pris la boîte de métal contenant les dix mille dollars hérités de sa grand-mère. Elle avait rempli le sac à langer de Micah de boîtes de lait en poudre, de couches et d'une douzaine de grenouillères. C'était ainsi qu'elle avait trouvé, dans une poche latérale du sac, le journal intime d'Arielle. Sa sœur y relatait en détail son séjour à Royal. Ce carnet recelait vraisemblablement les seuls indices sur le père de Micah qu'Eve aurait jamais.

— Donc, conclut-elle, je ne vous en veux pas d'être contrarié par cette histoire de paternité. Je sais ce que c'est que d'être accusé à tort. C'est terrible, et personne ne devrait subir cela.

Il l'étudia un instant.

— Un simple test ADN a lavé mon nom, dit-il. Ce n'était pas si simple pour vous. Que s'est-il passé ?

— Vous n'êtes pas au courant ?

— J'ai entendu quelques rumeurs.

— On m'a accusée d'avoir volé des centaines de milliers de dollars à la firme qui m'a offert mon premier emploi.

Rafael remplit son verre.

— Voler un banquier d'investissement cupide, ce n'est pas vraiment voler, non ?

— Un vol est un vol.

— Si vous le dites. Mais vous n'aviez rien volé.

— Comment le savez-vous ?

— Vous n'êtes pas si maligne.

— J'étais plutôt compétente, rétorqua-t-elle, piquée au vif.

— J'ai tort ? demanda-t-il.

— Tout à fait. Ce n'était pas un plan complexe ! J'aurais pu l'élaborer.

— Peut-être. Mais vous n'auriez pas pu l'exécuter.

— Je peux faire tout ce que je décide de faire.

Au fond d'elle, Eve savait que son indignation était mal placée. Étrangement, Rafael lui offrait une porte de sortie. Pourquoi ne la prenait-elle pas ?

— Navré de mettre en doute vos talents d'escroc. Mais vous avez failli vous évanouir à l'idée d'avoir renversé une fontaine à champagne dans un country club. Et vous voudriez que je croie que vous avez volé de l'argent à l'un des financiers les plus puissants de Miami ?

Touché.

— En tout cas, ils ont arrêté la personne qui a essayé de me piéger. Je suis blanchie.

— Tout est bien qui finit bien, conclut-il avec un sourire.

Il saisit un quartier de citron et le porta à ses lèvres. Eve le regarda, fascinée. Et à nouveau, elle fut emportée par son imagination. Et, si pour une fois, elle oubliait la raison ?

Sa décision prise, elle se mit à genoux et dénoua la ceinture de son peignoir.

Rafael posa son verre sur la table basse avec un bruit sec.

— Qu'est-ce que vous faites ? demanda-t-il.

— Je baisse la garde.

Les pans du peignoir s'écartèrent. Le regard brûlant de Rafael passa sur son corps.

— Eve… Qu'est-ce que j'ai dit à ce sujet ?

— Je veux la nuit que vous m'avez promise.

Il appuya la tête contre le dossier du canapé et l'observa.

— Je suis presque sûr de ne pas vous avoir promis cela.

Elle referma le peignoir.

— Au temps pour moi.

Mais il saisit la ceinture et attira Eve vers lui. Elle se laissa volontiers faire. Le baiser qu'ils échangèrent était rude et exigeant. Eve essaya de chevaucher Rafael mais il l'en empêcha.

— Eve, nous sommes face à un dilemme.

— Lequel ?

— Soit nous appelons le réceptionniste pour lui demander de nous envoyer une boîte de préservatifs, soit…

Elle l'interrompit en posant l'index contre ses lèvres.

— Contente-toi de m'embrasser, dit-elle.

Avec des mains expertes, il fit glisser le peignoir sur ses épaules et admira son corps nu.

— Où ça ? demanda-t-il.

— Où tu veux.

Il déposa un baiser au creux de son cou.

— Et ensuite ? demanda-t-il. Montre-moi.

Elle désigna son nombril. Puis elle le guida vers sa hanche. Lentement, méthodiquement, il déposa des baisers chauds partout sur son corps avide. Eve s'agita et se cambra sous les assauts de ses lèvres.

S'embrasser sur le tapis moelleux : exquis.

- 6 -

Blottie dans le lit, Eve était en train de rêver des mains de Rafael sur sa peau, de ses rires doux dans l'obscurité, de ses baisers sur son corps brûlant. Puis, brusquement, elle se réveilla, tremblante – et seule. Elle appela Rafael et n'eut pour réponse que le silence. Un mot était posé sur la table de chevet. Elle le lut deux fois, l'esprit encore un peu embrumé par la tequila.

Ma chère Eve, j'ai une urgence. Je dois partir, mais je n'ai pas le cœur de te réveiller. Quelques petites choses :
Ta robe est dans le placard de l'entrée.
Appelle le room service et le petit déjeuner te sera servi.
Quand tu seras prête, une voiture t'emmènera chez toi ou à tout autre endroit où tu souhaites aller.
Tout est payé d'avance.
Appelle-moi.

R.

Il avait inscrit son numéro de portable au bas du message.

Donc... il avait pris la poudre d'escampette. Peut-être n'était-il pas un type bien, finalement. Mais était-ce vraiment une surprise ? Abandonner les femmes dans des chambres d'hôtel et s'éclipser pendant leur sommeil, c'était sans doute son mode opératoire. Elle n'aurait pas cru qu'il était ce genre d'hommes. Pour une raison étrange, cette pensée ne s'enracina pas dans son esprit. Elle voulait laisser à Rafael le bénéfice du doute.

Elle sortit du lit. Point positif, elle avait une suite entière pour elle seule. La semaine dernière, elle avait quitté une chambre privée Airbnb pour s'installer dans un garage aménagé. Elle avait plus d'intimité, mais guère plus d'espace. Ici, il y avait tant de place qu'elle pourrait faire la roue – mais son kinésithérapeute n'approuverait pas.

Eve appela le room service. La commande avait déjà été passée, et quinze minutes plus tard, le petit déjeuner fut servi. Au menu, des aliments sains comme des flocons d'avoine, un yaourt et des fruits, mais aussi du bacon – croustillant, salé, goûteux. Elle saisit une tranche de bacon puis la reposa. À présent, sa vie avait changé. Le bacon, les steaks, l'alcool n'étaient plus permis, pas plus que les escapades avec de séduisants inconnus. Elle se servit un verre de jus d'orange et explora les pièces de la suite. Tout semblait différent à la lumière du jour. Eve observa le papier peint jaune pâle, les épais rideaux bordeaux, les meubles en bois massif et les tableaux représentant des chevaux.

Décoration : traditionnelle à l'excès.

Le lit de la seconde chambre était impeccable, Rafael ayant passé la nuit dans la première chambre, avec elle. Après avoir déposé une série de baisers sur son corps, il l'avait portée jusqu'au lit. Ils s'étaient endormis dans les bras l'un de l'autre. Eve dut rassembler toute sa volonté pour ne pas retourner sous les draps rien que pour avoir la sensation d'être encore avec Rafael. Elle ne pouvait pas s'accorder ce plaisir. Elle avait eu sa récréation ; il était temps de revenir à la réalité.

Après avoir fini son petit déjeuner, Eve fit couler un bain et plongea une bombe au parfum floral dans l'eau chaude. Elle devait se débarrasser de l'odeur de Rafael

Wentworth sur son corps. Quoi de mieux pour cela qu'une baignoire sur pieds ?

Quand Eve rentra enfin chez elle, elle enfila un legging rose et un haut assorti pour se mettre à l'aise. Elle avait une séance de kinésithérapie tout à l'heure et elle était impatiente de s'y rendre. Car les souvenirs de sa nuit avec Rafael ne lui laissaient pas de répit. Elle avait l'impression de sentir ses lèvres sur ses seins. Et si elle fermait les yeux, son numéro de téléphone clignotait dans son esprit telle une enseigne lumineuse.

Il fallait qu'elle oublie l'insouciant Rafael Wentworth. Ils étaient trop différents. Ce soir, pendant qu'il dînerait sans doute avec des amis, elle mangerait des nouilles chinoises seule dans son lit, tout en postulant à des offres d'emploi en ligne. Cela ne lui posait pas de problème ; elle n'avait plus envie de comparer sa vie avec celle des autres. Désormais, son objectif principal était de bâtir un avenir sûr pour son neveu et pour elle-même.

Elle envoya un SMS à Cammie, la gardienne temporaire de Micah, pour lui demander si elle pouvait passer les voir. Passer du temps avec le bébé l'aiderait à se reconnecter avec ses priorités.

L'amour qu'Eve portait à Micah était teinté de culpabilité. C'était ainsi depuis que l'infirmière avait placé le bébé dans ses bras, le jour de sa naissance. L'enfant avait besoin d'un contact peau à peau, et Arielle était trop mal en point pour le porter. Eve avait tenu Micah contre elle et lui avait chanté une berceuse, tissant un lien indéfectible avec le nouveau-né.

Certes, Arielle était malade, mais personne ne s'était attendu à son décès. La crise cardiaque qui l'avait emportée trois semaines après la naissance de Micah avait surpris les médecins eux-mêmes. Cependant, la mort inattendue et le chagrin déchirant n'étaient pas nouveaux pour Eve. Elle avait perdu ses parents dans un tragique accident, quelques années plus tôt.

À présent, Micah était toute sa vie. Elle remuerait ciel et terre pour qu'il ait l'avenir qu'il méritait. Elle n'était pas venue à Royal pour se divertir ou pour flirter avec des hommes splendides. Elle avait une mission : retrouver le père de Micah. Selon le journal d'Arielle, il était membre du TCC. Malheureusement, c'était le seul indice qu'elle ait trouvé. Un test ADN avait exclu Rafael, mais il y avait beaucoup d'autres hommes riches à Royal.

Eve effleura son cou à l'endroit où Rafael avait déposé un baiser. Elle garderait ce souvenir, mais elle était résolue à rayer cet homme de sa vie. Elle ne pouvait gérer qu'un événement bouleversant à la fois. Si elle le laissait faire, Rafael Wentworth lui briserait le cœur. Le fait qu'il ait fui ce matin la confortait dans son opinion. Il n'était pas du genre à s'attacher, et lorsqu'il serait prêt à tourner la page, il laisserait une blessure béante qu'elle devrait panser seule. Eve avait déjà soigné suffisamment de plaies, physiques et psychiques. Elle ne survivrait pas à une blessure de plus.

- 7 -

Si Rafael avait laissé un mot à Eve ce matin, c'était parce qu'il n'avait pas eu d'autre choix. À 4 heures du matin, un coup de fil l'avait tiré du lit : un échafaudage s'était effondré sur son chantier. Le ranch de luxe était toujours en construction et n'accueillait pas encore de clients. La résidence principale qui abritait la réception, les bureaux et quelques suites permanentes était terminée. Le restaurant était à moitié achevé, et son chef étoilé au guide Michelin créait de nouvelles recettes qu'il testait sur le personnel. Rafael espérait que tout serait prêt dans six mois. Ce serait juste, mais faisable. Mais cela signifiait tout superviser lui-même.

Eve étant profondément endormie, il n'avait pas eu le courage de la réveiller. Comme un voleur, il était sorti de la suite à pas feutrés, s'arrêtant à l'accueil pour prendre les dispositions nécessaires. Sur le chemin du chantier, il s'était inquiété autant de l'accident que du fait qu'Eve se réveille seule et perdue au Belleview.

Il y avait quelques semaines, Cammie avait voulu lui présenter sa petite protégée, pensant que deux personnes venant de Floride pourraient s'entendre. Sa sœur n'avait pas tort, toutefois Eve et lui avaient davantage que Miami en commun. Ils étaient des outsiders, dans tous les sens du terme. Il savait à quel point on pouvait se sentir isolé quand on était un étranger dans une communauté soudée, et il n'allait pas la laisser seule.

Il comptait lui téléphoner dès qu'il en aurait l'occasion. Avec tout le chaos sur le chantier, l'occasion ne se présenta pas avant le milieu de la matinée. Hélas, le réceptionniste du Belleview l'informa que la cliente était partie depuis une heure.

Rafael prit une pause vers midi et se rendit au garage de Manny pour finaliser l'achat de la Camaro.

— C'est bien que tu aies laissé ton chapeau haut de forme et ta queue-de-pie à la maison cette fois, plaisanta Manny après l'avoir accueilli.

Avec l'accident au chantier, Rafael n'avait pas pris la peine de mettre un costume. Il s'était simplement arrêté chez lui pour enfiler un T-shirt noir, un jean et une paire de bottes. Manny portait une chemise en jean et un pantalon de toile. Ils avaient le même âge et avaient tous deux réussi seuls. Manny avait travaillé dans l'un des garages les plus prestigieux de Dallas avant de monter son affaire à Royal, sa ville natale.

Dans le garage, plusieurs voitures étaient alignées. La Camaro était cachée sous une bâche en toile.

— Tu veux jeter un nouveau coup d'œil ? demanda le garagiste.

— À ton avis ?

Avec un grand geste, Manny retira la bâche et révéla ce qui ressemblait à une carcasse de voiture tirée d'un marais. Rafael grimaça, frappé par le remords de l'acheteur. La lumière crue du jour révélait des fissures et des bosses qu'il n'avait pas vues la veille. Qu'avait-il accepté d'acheter, bon sang ?

Manny avait sans doute vu sa déception sur son visage car il s'exclama :

— Hé ! Un peu de respect ! C'est une Camaro de 1969…

— Non. C'*était* une Camaro de 1969.

— Autrefois, cette bête dévorait l'asphalte.

— Aucun doute. Mais *aujourd'hui*, c'est une boîte de conserve rouillée.

— Tu as des regrets ? Ça arrive. Il faut que tu aies la foi, Rafe. Si tu n'es pas capable de voir la beauté de cette voiture, je ne peux rien pour toi.

Rafael observa les contours ronds de la carrosserie. Il voyait la beauté. Mais il n'était pas prêt à l'admettre.

— Quand j'en aurai fini avec cette boîte de conserve, comme tu dis, elle vaudra plus de cinq cent mille dollars dans une vente aux enchères. Alors, tu peux l'avoir maintenant pour le prix très bas sur lequel nous nous sommes mis d'accord hier soir, ou tu peux repartir dans ta jolie voiture et renoncer.

— Qu'as-tu prévu pour le moteur ?

Après une longue discussion, Rafael jeta le stylo avec lequel il avait signé les papiers sur Manny, visant la tête. Avant qu'il s'en rende compte, il se retrouva assis autour d'une table ronde, au fond du garage, mangeant des grillades avec les mécaniciens et parlant voitures. C'était une distraction bienvenue. Car Rafael s'inquiétait pour Eve et se demandait si elle était bien rentrée. Pourquoi ne lui avait-elle pas téléphoné ? Il n'avait pas son numéro, et sans moyen de la joindre, il se sentait perdu.

Après le déjeuner, Rafael roula lentement dans les rues animées. Eve vivait dans cette partie de la ville, non ? Il envisagea de se renseigner. Eve était connue en ville, et il pourrait probablement obtenir son adresse en interrogeant quelqu'un dans la rue. Ou alors… il pourrait questionner son adorable sœur. Bon sang ! Il aurait dû y penser tout de suite. Après tout, le neveu d'Eve était sous la garde de Cammie.

Rafael appuya sur l'accélérateur. Vingt minutes plus tard, il s'arrêta devant le ranch de Drake et de Cammie. Drake tapa sur le pare-brise et l'observa de son regard bleu glacier. Rafael sortit de la voiture.

— Rafe ! Tu es en avance, mon gars !

Rafael avait pris l'habitude de rendre visite à Cammie le vendredi après-midi, afin de renforcer leur lien familial. Elle n'était encore qu'une enfant quand il avait emménagé chez son père. Alors adolescent, Rafael n'avait rien voulu avoir à faire avec sa petite sœur. Il avait quitté la maison de son père à dix-sept ans, lorsqu'il avait compris qu'il n'avait pas sa place dans le clan Wentworth. Son existence même était une tache noire sur la réputation de la famille. Lorsqu'il était parti pour la Floride, il s'était promis de ne jamais revenir au Texas.

Cammie n'avait pas cessé de le contacter au fil des ans, et ces derniers mois, elle avait commencé à lui écrire des lettres pour plaider la cause de leur père. Perdre sa troisième épouse, l'amour de sa vie, l'avait anéanti. Apparemment, le vieil homme avait changé. Il réclamait une seconde chance. Au bout du compte, Rafael était revenu au Texas, mettant en suspens la vie qu'il s'était construite loin de Royal et s'interrogeant chaque jour sur sa décision. Cependant, il souhaitait sincèrement améliorer sa relation avec son père et resterait à Royal aussi longtemps qu'il le faudrait. Il avait entrepris des projets pour justifier son séjour en ville : le ranch, et la Camaro.

Autrefois, sa colère envers sa famille lui avait servi d'armure. Adolescent, il avait eu besoin de cette protection. Mais maintenant qu'il était adulte, elle l'écrasait.

Alors, Rafael faisait des efforts. Le samedi, il déjeunait avec son père, en général dans le bar Colt Room, au TCC. Le vendredi, il rendait visite à Cammie. Ils s'asseyaient autour d'un café et discutaient. Au début, ces rendez-vous étaient empreints de tension. Rafael était la raison pour laquelle la famille de Cammie avait explosé. Sa mère avait quitté leur père lorsqu'il avait fini par reconnaître Rafael comme son fils. Malgré cela, Cammie ne lui en voulait pas. Si la situation était inverse, Rafael ne serait sans doute pas aussi généreux.

Drake et lui se dirigèrent vers la maison.

— Cammie est dans la cuisine avec Eve et le bébé, dit Drake. Tu veux une bière ?

Rafael s'arrêta net.

— Qu'est-ce que tu viens de dire ?

— Une bière. Tu en veux une ?

Ce n'était pas de cela que Rafael parlait. Mais il dit oui pour la bière et, le cœur battant, passa devant pour entrer dans la maison. Il suivit le bruit des voix jusqu'à la cuisine. Eve était là, assise à table. Rafael sentit son cœur tressauter. Les cheveux noués en queue-de-cheval, elle portait un legging rose et tenait Micah dans ses bras.

Cammie était aux fourneaux, en train de remuer le contenu d'une casserole.

— Bonjour, Rafe ! Je ne m'attendais pas à te voir si tôt.

— J'étais dans le quartier, alors je suis passé dire bonjour.

Il chercha à capter le regard d'Eve.

— Bonjour, Eve.

— Tu étais dans le quartier ? s'étonna Drake.

— Et comment vous connaissez-vous, tous les deux ? demanda Cammie.

Eve sembla un peu paniquée.

— Tout le monde connaît tout le monde dans ce patelin, dit Rafael pour taquiner sa sœur

— Sottises ! rétorqua Cammie. Je suis contente que vous vous soyez rencontrés, en tout cas. Vous avez beaucoup de choses en commun.

— Tu n'arrêtes pas de me le dire.

Drake lui tapota l'épaule et lui donna la bière qu'il lui avait promise.

— Ne la dévisage pas comme ça, lui murmura-t-il à l'oreille. Tu vas lui faire peur.

Mais Rafael ne pouvait s'empêcher de la dévisager. La jeune femme devant lui, douce, tendre, avec un bébé dans les bras, était la même personne que la femme dure et directe qu'il avait rencontrée hier soir. Il lui fallait un peu de temps pour s'y faire.

Le téléphone d'Eve vibra. Elle jeta un coup d'œil à l'écran et gémit.

— Que se passe-t-il ? questionna Cammie.

— Mon kinésithérapeute doit décaler mon rendez-vous.

— Tu vois un kiné ? s'étonna Rafael

— Oui, répondit-elle sans le regarder. J'ai des problèmes d'équilibre.

Hier soir, il avait supposé que c'étaient ses talons aiguilles, le problème. Il savait qu'elle avait fait un long séjour à l'hôpital. Mais il n'avait pas soupçonné des séquelles physiques. Une bouffée de culpabilité l'envahit. Il l'avait empêchée de se coucher tôt, il lui avait fait manger un steak, lui avait fait boire de la tequila, et enfin, il avait pris possession de son corps. Ce qu'il pouvait être inconscient !

— Tout va bien ? demanda-t-il.

— Je vais bien ! rétorqua-t-elle, lui décochant un regard qui voulait dire : *tu sais que je vais bien !*

Rafael secoua la tête. Il n'en savait rien.

Le téléphone d'Eve vibra à nouveau. Elle regarda son neveu et prit une décision.

— Prends-le, s'il te plaît, dit-elle à Rafael. Je dois répondre. Il faut que je reprenne un rendez-vous.

Il se dirigea vers elle et lui prit le bébé des bras. Pendant qu'elle tapait un message sur son téléphone, il observa Micah avec un regard neuf. Le bébé avait des boucles noires et un beau teint doré. Et il avait les yeux d'Eve. Rafael lui chatouilla le menton pour voir s'il avait aussi son sourire. Mais Micah ne sourit pas. Cet enfant était malin.

— Regarde comme tu es doué avec lui ! s'exclama Cammie. Tu te souviens la première fois ? Tu ne voulais même pas le toucher.

— Je me souviens.

Les bébés étaient mignons, mais ce n'était pas pour lui.

— Tu feras un père génial, un jour.

Rafael haussa un sourcil.

— Tu as vu les voitures que je conduis ? Il n'y a pas de place pour des sièges pour bébé.

— Tu passeras à une berline familiale.

Drake s'appuya contre le plan de travail

— Ou tu auras un pick-up, comme nous.

Ce n'était sans doute pas le moment de leur parler de son dernier achat hors de prix.

Eve avait terminé son message.

— Je vais le reprendre, dit-elle.

Rafael replaça Micah sur ses genoux.

Drake prit la parole.

— J'ai entendu dire qu'il y avait un accident sur ta propriété.

Rafael avait oublié à quel point les rumeurs allaient vite à Royal.

— Un échafaudage s'est effondré sur le chantier.

Cammie coupait maintenant des herbes aromatiques.

— Il y a eu des blessés ? s'enquit-elle.

— Non, mais ça m'a tiré du lit à 4 heures du matin.

— Ça n'a pas dû te plaire, avança Drake.

— Vous n'avez pas idée à quel point ça m'a coûté.

Eve se détourna, les joues en feu.

— Tu ne peux pas être partout à la fois, observa Cammie. Il te faut de l'aide.

— Je cherche à engager une assistante.

— Tu n'en as pas déjà un ? demanda Cammie.

— Tu parles de Dan ? Il s'occupe des ressources humaines et de la gestion générale. J'ai besoin de quelqu'un pour les détails, les opérations du quotidien.

Eve le regarda avec insistance tout en berçant Micah. Qu'essayait-elle de lui dire ? Elle fut déconcentrée par son téléphone qui vibra à nouveau.

— Oh ! non ! s'exclama-t-elle. Ils veulent que je vienne *maintenant*.

— Quel est le problème ? demanda Cammie.

Elle versa les herbes aromatiques dans son plat. Rafael ignorait ce qu'elle cuisinait, mais cela sentait très bon.

— Prends ma voiture, Eve, dit-elle. Je ne vais nulle part.

— Je peux te déposer, intervint Rafael.

Du coin de l'œil, Rafael vit Drake rire sous cape.

— Parfait ! lança Cammie. Rafe te déposera.

— Non, merci, déclina Eve, serrant Micah contre elle.

Le nourrisson enfonça ses doigts potelés dans sa joue.

— Je ne veux pas m'imposer, ajouta-t-elle.

— Ce n'est pas un problème, assura Rafael.

Eve hésita un instant.

— D'accord, finit-elle par répondre.

— C'est réglé, conclut Cammie. Allez, filez, vous deux.

Eve parla à Micah.

— Tante Evie doit aller se faire soigner maintenant. Tu te souviens de ce que je t'ai dit sur ma rééducation ? J'adorerais rester pour te donner le bain et te lire une histoire. La prochaine fois. D'accord ?

Rafael la regarda déposer un baiser sur le front du bébé et lui murmurer un secret à l'oreille. Une vague de tendresse le submergea.

Cammie lui prit Micah des bras.

— Ne t'inquiète pas. On s'occupe du bain.

Sa petite sœur était la personne la plus généreuse qui soit. Elle adorait les enfants. Il était donc logique qu'Eve lui confie Micah sans crainte.

Drake les raccompagna jusqu'à la porte.

— Bonne soirée, vous deux. Soyez sages.

Rafael et Eve gagnèrent la voiture en silence, conscients d'être observés.

— Merci pour la balade, dit-elle.

— Tu allais finir par m'appeler un jour ? demanda-t-il.

— Non.

— Pourquoi ?

— Peu importe.

Au contraire, c'était important.

— Tu as cru que je m'étais enfui ?

— Oui et non.

Il lui ouvrit sa portière.

— J'ai du mal à te suivre, avoua-t-il.

— Ne t'inquiète pas, c'est oublié, esquiva-t-elle en montant dans la voiture. Il y a autre chose dont je veux te parler.

Dès qu'il fut derrière le volant, elle saisit son bras. Le contact était agréable, mais déroutant.

— Que se passe-t-il ? demanda-t-il.

— Engage-moi !

— Quoi ?

— Tu as besoin d'une assistante, et j'ai besoin d'un travail. Engage-moi !

Alors, c'était donc cela, pensa Rafael tout en s'engageant sur la route.

— Tu ne trouveras personne de plus méticuleux que moi, ajouta-t-elle. J'apprendrai. Je ferai tout ce qu'il faut.

Rafael s'arrêta à un feu tricolore.

— Tu as le poste.

Elle le relâcha.

— Rafael… je ne veux pas de traitement de faveur. Tu devrais suivre la procédure habituelle.

— Tu es ambivalente dans tous les domaines, on dirait. On te l'a déjà dit ?

— Je suis Gémeaux. Rafael, je ne demande pas la charité. Tout ce que je te demande, c'est d'accepter ma candidature.

— Et si je te faisais passer un entretien ? Tu te sentirais mieux ?

— Oui. Comme ça, tu pourras juger toi-même si je réponds ou non à tes besoins.

Rafael réprima un rire. Elle répondait à ses besoins, et elle le savait pertinemment.

— Où allons-nous ? demanda-t-il.

— Attends une minute.

Elle sortit son téléphone et ouvrit une application de navigation.

— Tu ne sais pas où nous sommes ? s'étonna-t-il.

Elle serra son téléphone.

— Ça n'aura pas d'influence sur mes performances professionnelles. Je m'appuie sur le GPS mais je retrouve toujours mon chemin.

— Calme-toi, Eve. L'entretien, ce sera pour plus tard.

En vérité, étant donné son expérience dans la finance, elle était surqualifiée. Mais la soirée d'hier lui avait appris une chose : ils formaient une équipe formidable.

— Plus tard, ce sera quand ?

— Que dirais-tu de ce soir ? suggéra-t-il.

— C'est le moment où tu reçois tes candidats en général ? Le soir ?

Le ton sec et le sous-entendu ne lui plaisaient guère.

— Eh bien, oui. J'invite les deux meilleurs candidats à dîner. Je n'engage que des gens avec lesquels je suis à l'aise. Mon entreprise est toute ma vie.

— Oh ! fit-elle, l'air contrit.

Rafael serra le volant. Il comprenait très bien ce à quoi il renonçait pour lui offrir ce travail. Si elle devenait son employée, elle serait inaccessible. Il devrait oublier tout ce qui s'était passé hier, or il n'était pas sûr d'y arriver. Était-il trop tard pour retirer son offre et l'aider à trouver un autre emploi ?

Lorsqu'ils arrivèrent à la clinique, Rafael trouva une place à l'ombre sur le parking.

— Aujourd'hui, c'est le renforcement du bas du corps, dit-elle.

Il déboucla sa ceinture et se tourna vers elle.

— Pourquoi as-tu besoin de rééducation ?

— Je suis restée à l'hôpital un certain temps, et il faut faire travailler mes muscles.

— Pour quelle raison étais-tu à l'hôpital ?

— Tu n'es pas au courant ?

— Je sais que tu t'es évanouie, c'est tout.

— Je n'ai pas le temps de t'expliquer maintenant. Et je t'assure que je vais mieux. Ça n'aura pas d'influence sur mon travail.

— Bon sang, Eve… Arrête avec ça !

Elle détourna le regard.

— Désolée. Je suis juste nerveuse.

Il voulut lui prendre la main, mais se ravisa.

— Je comprends.

— Il faut que j'y aille. Si je suis en retard, on va annuler mon rendez-vous.

— Comment vas-tu rentrer chez toi ?

— Ne t'inquiète pas, je me débrouillerai.

— Comment ?

— Il y a une navette pour les patients.

— Qui t'emmènera devant ta porte ?

— Elle m'emmènera suffisamment près, et la marche est un bon exercice.

— Je peux t'attendre ici.

— N'y pense même pas.

Elle ouvrit la portière. Avant de sortir, elle se pencha comme pour l'embrasser puis s'arrêta net. Venait-elle de comprendre qu'il n'était plus son amant mais son futur patron ? Des regrets voilèrent son regard. Puis elle cligna des yeux et recula.

— Quand et où puis-je passer l'entretien ? demanda-t-elle.

— Demain, 9 heures, à mon bureau. Cela te convient ?

— Très bien.

— Envoie-moi un SMS et je te communiquerai l'adresse. Tu as encore mon numéro, non ?

— Oui, j'ai ton numéro.

Et elle sortit de la voiture.

- 8 -

Si Eve devait choisir entre un bon amant et un bon poste, elle choisirait le poste. Sans aucun doute. Dommage que ce soit le même homme qui ait le pouvoir de lui offrir les deux. Non, ce n'était pas tout à fait vrai. Rafael lui offrait l'un ou l'autre, et elle avait pris sa décision. Elle avait vu la déception dans son regard. Semblable à la sienne. Personne ne l'étreindrait jamais comme il l'avait fait, ne déposerait des baisers sur sa peau, ne murmurerait son prénom…

En début de soirée, elle tapa d'une main tremblante un court message et l'envoya à Rafael.

C'est Eve.

Pardon, qui ça ?

Elle lui envoya une émoticône qui levait les yeux au ciel. Il répondit par une photo de lui en train de mordre dans un énorme hamburger. Elle lut la légende :

C'est mon dîner.

Elle prit une photo de ses nouilles sans sel et la lui envoya.

La réponse ne tarda pas à arriver

Jette ça et viens me rejoindre. Je t'offrirai le meilleur burger végétarien de Royal.

Elle emporta son téléphone et son bol de nouilles au lit.

Non ! Désolée. J'ai un entretien important demain matin avec un certain M. Wentworth.

Tu as un entretien avec un certain M. Arias. Et prépare-toi, on m'a dit que c'était un crétin.

Arias ? Vraiment ?

Si les rumeurs étaient vraies, la mère de Rafael, Rosa Arias, était une fille de Royal, d'origine mexicaine. Tobias Wentworth avait fait un bébé à sa maîtresse mais n'avait jamais eu l'intention de l'épouser.

Oui, vraiment. Tu n'es pas au courant ? Je suis le mouton noir de la famille.

Un sourire espiègle s'accrocha à ses lèvres.

Un loup déguisé en mouton, plutôt.

Il répondit par une émoticône loup.

Sois prudente. Ne te perds pas dans la forêt.

Elle passa le pouce sur l'écran, se demandant ce qu'elle pourrait répondre. Heureusement, il lui envoya l'adresse et lui souhaita bonne nuit. Eve se laissa tomber sur l'oreiller, le souffle court.

Plus tôt dans la journée, quand Rafael était entré en trombe dans la cuisine de Cammie, elle avait senti son cœur battre à coups redoublés. Elle se rendait souvent chez Cammie et n'était jamais tombée sur lui. Rafael avait dit qu'il n'était pas proche de sa sœur. L'homme qu'elle avait vu dans cette cuisine, buvant sa bière à la bouteille, n'avait rien à voir avec le gentleman tiré à quatre épingles qu'elle avait rencontré la veille. Le membre du country club. L'un des héritiers de la fortune des Wentworth. Avec sa barbe naissante, ses cheveux ébouriffés, son T-shirt froissé et son jean simple, elle l'avait trouvé renversant. Et très attirant.

Ce soir-là, Eve se coucha tôt, mais elle eut bien du mal à trouver le sommeil.

Son alarme sonna à 6 h 30 précises. Il lui fallut du temps pour trouver une tenue appropriée, car elle avait laissé sa collection de tailleurs-pantalons à Miami. Pour son entretien avec « M. Arias », elle opta pour un chemisier en soie bleu, une jupe crayon marine et une paire d'escarpins.

Eve quitta son appartement en avance. Ainsi, elle aurait tout le temps d'arriver au ranch et de se rafraîchir avant le rendez-vous fixé à 9 heures. Hélas, le bus arriva avec vingt minutes de retard et tomba en panne à quelques rues de l'adresse indiquée. Plutôt que d'attendre un nouveau bus, Eve fit le reste du trajet à pied.

La propriété Arias se trouvait sur un vaste terrain. Derrière les grilles, une longue allée menant à la résidence principale était ombragée par une voûte d'arbres feuillus. Il était 9 h 05. Eve était officiellement en retard.

Ce n'était pas la première impression qu'elle avait souhaité faire. Son but était de forcer Rafael à la voir comme une candidate sérieuse et non comme une pauvre victime. Se montrer en sueur et fatiguée à un entretien matinal n'était pas la meilleure façon d'y parvenir.

Elle parcourut l'allée en pierres dans ses chaussures confortables. Quand elle pensa à la façon dont elle arpentait autrefois les trottoirs bondés de Miami dans ses escarpins à talons aiguilles, un café Starbucks dans une main et le téléphone collé à l'oreille, elle eut envie de pleurer. À présent, elle ne pouvait même pas porter son neveu en toute sécurité. Tant qu'elle n'aurait pas retrouvé une force musculaire suffisante selon les médecins, elle ne pourrait pas récupérer la garde de Micah.

Elle arriva enfin à la résidence principale et marcha

péniblement jusqu'à l'espace d'accueil. Elle respira l'air climatisé et observa les lieux. La décoration était minimaliste et moderne : hautes fenêtres, tons crème et fauteuils de cuir couleur cognac.

Première impression : fabuleux !

Une hôtesse d'accueil installée derrière un bureau incurvé en marbre leva les yeux de son écran d'ordinateur.

— Êtes-vous Eve Martin ?

— Oui, dit Eve en s'avançant vers elle. Je suis en retard.

— Juste de quelques minutes.

La jeune femme blonde d'une vingtaine d'années se leva.

— Que vous est-il arrivé ? Vous venez de traverser un désert ?

Eve rougit d'embarras.

— Le bus est tombé en panne.

— Aïe !

L'hôtesse lui offrit une bouteille d'eau.

— On va vous refaire une beauté.

— Mais… je suis en retard, bredouilla Eve.

— Exactement. Vous n'êtes donc plus à cinq minutes près.

Son message était clair : mieux valait se montrer en retard et fraîche qu'en sueur et à l'heure.

— Je m'appelle Audrey, au fait.

— Enchantée.

Audrey prit dans son bureau une boîte de mouchoirs, un brumisateur et un miroir de poche.

— Tenez.

— Merci beaucoup.

— Il n'y a pas de quoi. J'étais extrêmement nerveuse quand j'ai passé mon entretien avec le grand Rafael Arias Wentworth. Sérieusement, il est formidable et cet endroit est génial. Étant donné les efforts que vous avez fournis pour arriver jusqu'ici, vous devez vraiment tenir à ce travail.

Depuis la montagne de factures juridiques et médicales sur laquelle elle était perchée, Eve voyait les choses différemment. Elle avait désespérément besoin de ce travail. Elle vivait de ses maigres économies et de l'héritage modeste de sa grand-mère.

Elle vérifia son reflet dans le petit miroir et lissa ses cheveux. Elle portait son chignon bas habituel. Elle essuya son visage et remit une couche de rouge à lèvres. Une pulvérisation de spray mentholé, et elle était prête.

— C'est bien mieux, commenta Audrey. Je vais prévenir M. Arias Wentworth de votre arrivée.

M. Arias Wentworth. C'était un peu long. Faudrait-il qu'elle l'appelle ainsi ? L'appellerait-il « mademoiselle Martin » ? Ce serait bizarre, puisqu'elle avait couché avec cet homme.

— Prenez l'ascenseur ou l'escalier pour rejoindre le premier étage, dit Audrey. Bonne chance !

Eve choisit l'ascenseur, ce qui se révéla être une erreur. Car cela lui rappela l'ascenseur au Belleview. Mais aussi le premier baiser que Rafael et elle avaient partagé dans le hall de l'auberge. Et le moment où Rafael avait écarté son peignoir et l'avait allongée sur le tapis. Elle avait les joues en feu quand les portes de l'ascenseur s'ouvrirent. Devant elle se tenait Rafael Arias Wentworth, l'air décontracté et néanmoins professionnel dans une veste indigo ajustée et une chemise bleu ciel. Ses cheveux noirs étaient légèrement humides et soigneusement brossés. Elle avait très envie de l'attirer dans l'ascenseur et de laisser des taches de rouge à lèvres sur son col amidonné. Leurs regards se croisèrent, et elle fut certaine qu'il savait exactement ce qu'elle pensait.

Cela commençait bien.

[illegible] prendra plus [illegible]

[illegible] en dehors [illegible]

[illegible] plus [illegible]

- 9 -

Rafael l'attendait devant l'ascenseur.

— Bonjour, Eve. Je commençais à croire que tu ne viendrais pas.

— Désolée d'être en retard. Ça ne se reproduira plus.

— Pas de souci. Suis-moi.

Il la conduisit vers l'espace de réception désert devant son bureau, caché derrière une double porte en verre fumé.

— Prends ce dont tu as besoin et laisse ton sac ici, dit-il, désignant un canapé en daim.

— L'entretien n'aura pas lieu dans ton bureau ? s'étonna-t-elle, cherchant dans son sac l'iPad qui contenait son CV.

— Non. Allons-y. Le petit déjeuner nous attend.

Le petit déjeuner ! Son humeur s'améliora aussitôt. Elle n'avait avalé qu'une barre de céréales ce matin, et elle était affamée.

Rafael prit l'escalier pour rejoindre le hall. Eve n'eut pas d'autre choix que de le suivre. Les marches étaient raides et le marbre brillant semblait glissant. Elle s'accrocha à la rampe comme un enfant en bas âge. Le diagnostic des kinésithérapeutes avait de quoi la perturber : *démarche anormale, faiblesse musculaire générale et manque de coordination*. L'objectif de sa rééducation était de retrouver sa « capacité de fonctionnement antérieure ». Parce qu'elle n'y était pas encore parvenue, l'assistante sociale en charge de son dossier l'avait estimée incapable de prendre soin d'un bébé à plein temps. À chaque séance de kinésithérapie, Eve devenait plus forte. Son endurance et son équilibre s'étaient grandement améliorés. Cependant, les surfaces non planes demeuraient une épreuve.

Audrey leur sourit depuis son bureau. Discrètement, elle leva les pouces à l'intention d'Eve. Eve fut gênée. Sa confiance en elle était liée à son bien-être physique. Elle avait toujours été sportive, et ces dernières années, elle avait suivi ses cours de gym avec assiduité. Et maintenant, elle s'accrochait à une rampe et avançait difficilement pendant que Rafael descendait l'escalier à grands pas. Quand il atteignit le hall, elle n'était qu'à mi-chemin. Dès que Rafael s'en rendit compte, il se précipita vers elle, montant les marches deux par deux.

— Je suis désolé, dit-il. Je devrais être plus prudent avec toi.

— Non, tu ne devrais pas, lâcha-t-elle entre ses dents.

— Si, je devrais. Quel mal y a-t-il à ça ?

Rien. Il n'y avait absolument rien de mal à ça, excepté que cela lui donnait le sentiment d'être faible et pathétique. L'année qui venait de s'écouler avait révélé son plus grand défaut : son incapacité à accepter de l'aide.

Rafael lui offrit son bras et attendit qu'elle le prenne. À contrecœur, elle saisit son coude. Ce simple contact la fit tressaillir. Ensemble, ils descendirent l'escalier. Ensuite, Rafael l'accompagna jusqu'à un belvédère dans le jardin. Une table ronde y était dressée. Rafael lui recula une chaise. Il lui expliqua qu'il avait demandé au chef de leur préparer une omelette espagnole.

— Pas de saucisses. Pas de bacon, précisa-t-il.

— Merci.

Rafael prit un croissant dans le panier au centre de la table.

— Tu ne voulais pas que cet entretien ait lieu autour d'un dîner, alors j'ai fait preuve de créativité.

Eve lui tendit la tablette sur laquelle était affiché son CV. Il la saisit et la mit de côté.

— Nous aurons bien assez de temps pour ça tout à l'heure, dit-il. Comment s'est passée ta soirée ?

— Monsieur Arias Wentworth, je ne peux pas vous dire comment faire votre travail, mais vous devriez commencer par les questions habituelles. Comme… Quels sont vos points forts ? Ou… Où vous voyez-vous dans cinq ans ?

— Quels sont tes points forts ?

— Eh bien…

— Et parle-moi de tes points faibles, tant que tu y es.

— Je suis pragmatique. Je n'ai aucun mal à oublier les fantasmes pour me concentrer sur la réalité.

Rafael esquissa un sourire.

— Ce n'est pas la réponse habituelle.

— D'accord. Je suis obstinée. Je n'abandonne pas un problème tant qu'il n'est pas résolu.

— Voilà qui est mieux, dit-il, faisant glisser la tablette vers elle. Pourquoi ne pas me dire simplement ce qu'il y a dans ce CV ?

— Entendu.

Elle se sentit nerveuse, tout à coup. Elle devrait peut-être jeter un coup d'œil à son propre CV pour ne pas s'emmêler les pinceaux.

— J'ai étudié le commerce à l'université de Miami. Puis j'ai accepté un stage chez mon ancien employeur, où j'ai gravi les échelons petit à petit.

Il hocha la tête.

— Très bien.

— Tu sais comment l'histoire se termine, donc ce n'était pas si bien.

Rafael pencha la tête et l'étudia. Eve savait ce qu'il pensait. C'était elle qui ne cessait de mentionner ce scandale, pas lui. Même quand on lui offrait un nouveau départ, tout ce qu'elle arrivait à faire, c'était déterrer les secrets du passé.

Rafael prit la cafetière au centre de la table et lui servit u café.

— Sucre ?

— S'il te plaît.

Il ajouta du sucre et lui donna la tasse. Elle l'accepta d'une main tremblante et la porta à ses lèvres.

— Tu es peut-être surqualifiée pour le poste que j'avais en tête.

Elle haussa les épaules.

— C'est cela ou serveuse, alors…

— Ce n'est pas vrai, tu as d'autres options. Cammie, Drake ou moi pouvons te trouver un travail.

— Non, dit-elle, reposant sa tasse. Audrey dit que c'est un lieu de travail formidable, et que tu es un patron de rêve.

— J'adore Audrey ! s'exclama-t-il avec un petit rire. J'aimerais que ce soit vrai, mais c'est faux. Je peux être difficile, Eve.

— Comment ça ?

Qui était face à elle ce matin ? Le mouton noir ou le loup gris ?

— Je traverse une période compliquée, confia-t-il. Revenir à Royal, composer avec Tobias, réapprendre à connaître Cammie… C'est difficile.

Rafael avait hérité d'un cocktail détonnant : argent, scandale, deuil, et un nom de famille qui fonctionnait comme un passeport diplomatique. Eve avait du mal à se mettre à sa place. Le nom des Martin n'ouvrait aucune porte. Son père avait quitté les Bahamas pour les États-Unis. Sa mère venait de Géorgie. Ils étaient de la classe moyenne inférieure, au mieux. Leur maison était leur seul patrimoine. Quand ils étaient décédés brutalement, Arielle et elle l'avaient vendue pour payer les obsèques et les autres dépenses, et avaient partagé ce qui restait. Eve avait aussi un héritage de sa grand-mère paternelle. Celle-ci leur avait laissé à Arielle et à elle dix mille dollars chacune. La vieille dame caribéenne, n'ayant pas confiance dans les banques, avait toujours rangé ses économies dans des boîtes de métal. Pour des raisons sentimentales, Eve avait conservé son héritage dans sa boîte de sablés danois d'origine. L'argent en espèces avait été bien pratique lorsque ses comptes bancaires avaient été gelés. C'était comme si sa grand-mère sage avait su qu'une femme avait toujours besoin de liquide. Au bout du compte, sa famille les avait laissées, Arielle et Eve, sur de bons rails. Les scandales étaient venus plus tard, et c'étaient elles qui les avaient provoqués.

— Cammie et toi, vous avez l'air de bien vous entendre, observa-t-elle.

Rafael passa la main sur sa mâchoire.

— Ça me demande des efforts. Je ne suis pas porté sur la famille. Je n'ai jamais eu une famille traditionnelle et je ne sais pas comment m'y prendre.

Rien de tout cela ne l'empêchait d'être un patron de rêve. À moins qu'il ne soit d'humeur changeante au bureau à cause de ses problèmes familiaux ? Si tel était le cas, soit. Eve avait déjà travaillé avec des personnalités difficiles dans le passé.

— Si tu as eu une mauvaise journée au travail, ne t'inquiète pas pour moi. Je peux le supporter.

— Je ne passerai pas mes nerfs sur toi. Il ne s'agit pas de cela.

— Alors, quoi ?

Il hésita.

— Ouvrir un ranch de luxe aussi près du TCC, c'est le succès assuré, finit-il par dire. Quand cette propriété a été mise en vente, j'ai sauté sur l'occasion. Mais Royal est le territoire de Tobias.

— Tobias est ton père. Exact ?

— Ne l'appelle pas comme cela.

Oups !

— C'est noté.

— Désolé, dit-il, penaud. Je ne voulais pas être sec.

— Écoute, ce ne sont pas mes affaires mais, selon moi, Royal est aussi le territoire des Arias.

Soudain, Eve comprit. Ce grand projet était un monument élevé à sa mère, déguisé en ranch de luxe pour voyageurs avertis. Le but de Rafael était de faire briller le nom des Arias, de narguer Tobias et de montrer à tout Royal que l'enfant du scandale était de retour.

— J'ai distribué l'argent comme des confettis pour ce projet et… pour d'autres choses. J'ai besoin d'être freiné. C'est là que tu entres en jeu.

— Est-ce que j'ai un travail ? demanda-t-elle.

Il était inutile de tourner autour du pot plus longtemps.

— Le poste est à toi, Eve. Accepte-le. Ou vas-tu exiger un test de performance physique ?

« Le poste est à toi. » Eve poussa un long soupir. Elle avait un travail. Dieu soit loué ! Il était maintenant temps de passer aux choses sérieuses. Elle posa les coudes sur la table et joignit les mains.

— Dans ce cas, parlons argent, dit-elle.

Le regard de Rafael s'éclaira. L'argent était-il son langage de l'amour ? Quelle coïncidence ! C'était aussi le sien.

— D'accord, Eve. Donne-moi ton tarif.

— Je ne suis pas bon marché.

— Impressionne-moi.

— Quarante mille.

— Allons, Eve. C'est une plaisanterie ?

— J'ai fait mes recherches, rétorqua-t-elle, vexée. Trente-cinq mille, c'est le salaire moyen d'une assistante de direction à Royal.

— Tu n'auras pas que des tâches administratives. Je veux que tu sois en charge du budget.

Son cœur palpita à cette perspective. Était-ce qu'il voulait dire par « freiner » ? Allait-elle contrôler le budget ? Manifestement, il consacrait trop d'argent à la rénovation des lieux. Elle lui conseillerait de laisser la « vendetta familiale » en dehors de ce projet.

— Est-ce que cela t'intéresserait ? demanda-t-il.

— Beaucoup.

Les feuilles de calcul, les budgets, les rapports, c'était son fort. Elle adorait trouver du sens aux chiffres. C'était assurément la compétence la plus ennuyeuse au monde, mais Eve s'en moquait.

— Je t'ai dit que ce travail comprenait des déplacements ? Est-ce que tu acceptes de voyager ?

— Oui, dans une certaine mesure. Je ne voudrais pas être éloignée de Micah trop longtemps.

— Je comprends. Un voyage de deux jours de temps en temps pour rendre visite à un fournisseur ou voir un site. Rien de plus.

Pas de suites adjacentes. Pas de dîners en peignoir. Pas de baisers sur le sol. Pas de nuits dans ses bras.

— Pas de problème.

— Sachant tout cela, quelles sont tes prétentions ?

— Quarante-cinq mille.

— Oh ! Eve !

Il roula sa serviette en boule et la jeta sur la table.

— Tu ne peux pas être timide pendant les négociations.

Le chef apporta leurs omelettes, qui sentaient délicieusement bon. Dommage qu'elle ait l'estomac noué à présent.

— Rafael, dit-elle un instant plus tard. Je n'ai pas l'avantage.

— Si. Tous les signes te désignent comme la candidate idéale. J'ai besoin de quelqu'un de compétent, qui souhaite commencer tout de suite. Plus important, j'ai besoin de quelqu'un en qui j'aie confiance. Alors, selon moi, tu as l'avantage. Profites-en.

— Je veux soixante-cinq mille dollars pour gérer les tâches administratives ainsi que le budget.

— Marché conclu.

La joie l'envahit.

— Vraiment ?

— La réponse habituelle est : « cela me convient ».

Un tel salaire signifiait qu'elle pourrait assurer une vie décente à son neveu, qu'elle retrouve son père ou non. Bien que cela ne soit pas approprié pour un entretien, elle posa la main sur celle de Rafael.

— Merci. Tu ne seras pas déçu.

À présent, elle devait aborder un sujet sensible.

— Rafael, dit-elle, le cœur serré, tu m'attires beaucoup, mais j'ai *besoin* de ce travail.

Il ne cilla pas, néanmoins la lumière dans ses yeux disparut.

— Je suis le fantasme que tu mets de côté pour te concentrer sur la réalité ?

Elle ne répondit pas. La réponse était évidente.
Rafael retira sa main.

— *Bienvenida al rancho*, mademoiselle Martin. Pouvez-vous commencer lundi ?

La réponse était évidente, cette fois encore.

- 10 -

Tu m'attires beaucoup, mais j'ai besoin de ce travail.

Assis face à Tobias Wentworth, Rafael bouillait intérieurement. Eve avait prononcé ces mots de manière très détachée, presque sans émotion. Eh bien, l'attirance était réciproque mais il ne pouvait pas éteindre son désir sur commande, contrairement à elle. Le feu qu'ils avaient allumé dans le jardin du TCC était rapidement devenu incontrôlable. Rafael pensait constamment à Eve. Il voulait finir ce qu'ils avaient commencé au Belleview. Malheureusement, il n'en était pas de même pour elle.

— Ces frites sont-elles bonnes ? demanda Tobias.

— Assez, oui.

Ils étaient installés à leur table habituelle, dans le restaurant Colt Room, au Cattleman's Club. Aujourd'hui, ils s'étaient retrouvés pour le dîner plutôt que pour le déjeuner. Rafael avait décalé leur rencontre après son petit déjeuner tardif avec Eve. Il avait commandé un hamburger accompagné de frites, comme toujours.

— Tu les transperces avec ta fourchette comme si tu avais quelque chose contre elles, fit remarquer Tobias.

Rafael observa son père, aux cheveux poivre et sel et aux yeux bleus très perspicaces.

Rafael était revenu à Royal car Tobias avait promis qu'il avait changé. Il disait avoir abandonné sa quête perpétuelle de fortune et avait fondé une organisation caritative pour le prouver. Il avait fallu la mort de la femme qu'il l'aimait pour provoquer cette transformation radicale. Tout comme il avait fallu la mort de sa maîtresse, la mère de Rafael, pour que Tobias reconnaisse Rafael comme son fils et le gratifie du nom des Wentworth. Pourquoi fallait-il qu'une femme doive mourir pour que cet homme retrouve le bon chemin ? C'était une question à laquelle Rafael aimerait avoir une réponse.

— J'ai eu une semaine compliquée, marmonna-t-il.

— J'ai entendu parler de l'accident sur ton chantier, dit Tobias en coupant son steak.

— C'était impressionnant. Mais as-tu entendu parler de la fontaine à champagne qui s'est effondrée dans la salle de bal ? C'était une catastrophe.

— Oh ! oui ! répondit Tobias avec un petit rire. J'aurais bien aimé voir ça.

Pour un vieil homme grincheux, son père pouvait être de bonne compagnie.

— J'ai appris par Cammie que tu avais pris un jeune stagiaire sous ton aile et que tu t'en sortais très bien avec lui, dit Tobias.

La fondation de son père fournissait assistance et soutien financier aux enfants des intervenants d'urgence tels que les pompiers et les secouristes. Cammie avait rejoint l'organisme en tant que directrice. L'hôtesse d'accueil de Rafael, Audrey, avait reçu une bourse grâce à la fondation et en faisait bon usage. Elle travaillait le matin et prenait des cours du soir dans une université de la région. Quand Cammie avait parlé à Rafael de Lucas, un adolescent intelligent menacé par le décrochage scolaire, Rafael avait proposé de le rencontrer. À présent, il n'arrivait pas à se débarrasser de lui – non pas qu'il le souhaite.

— Tu sais ce que c'est, dit Rafael, balayant son éloge

d'un revers de la main. On donne un peu d'attention à un gamin, et il finit par s'accrocher à toi à vie.

— Non, je ne sais pas ce que c'est.

Rafael fut saisi par une émotion douloureuse. Cela ne pouvait pas être de la culpabilité. Les relations de Tobias avec ses enfants avaient toujours été ténues. À un certain moment, il n'y avait pas eu de relation du tout, alors, on pouvait dire qu'il y avait du mieux.

— Ne t'inquiète pas, dit Rafael. Je t'apprendrai quelques techniques.

Certes, Rafael adorait son travail, mais il n'avait jamais eu hâte que le week-end se termine pour retourner au bureau. Pourtant, il avait passé son dimanche à attendre l'arrivée du lundi. Car il était impatient de revoir Eve. Il savait bien qu'il devait garder ses distances et la traiter comme n'importe quel autre employé, mais il ignorait comment faire. Dans son esprit, il se repassa le film de leur nuit torride, et s'arrêta sur le moment où elle lui avait offert son corps nu. Eve n'avait pas cherché à le séduire. Comme pour tout le reste, elle avait été directe et franche. Rafael avait trouvé cela très excitant. Leur brève aventure avait un goût d'inachevé. Dans ces conditions, comment cacher son désir pour elle ?

Enfin, lundi arriva. Rafael laissa à Dan, son bras droit, le soin d'expliquer à Eve le fonctionnement du ranch pendant qu'il faisait semblant de vaquer à ses affaires. Il comptait passer la voir plus tard dans la journée. Mais Dan lui téléphona au bout de quelques minutes, l'invitant à prendre part à sa discussion avec Eve.

— Notre nouvelle recrue a des… préoccupations sur ce qu'elle appelle « la Rolls des avantages en nature ».

Dan était un vétéran afro-américain homosexuel qui, comme il le disait lui-même, ne tolérait pas les caprices.

— Est-ce vrai ? demanda Rafael.

— Oui, monsieur. C'est vrai, intervint Eve.

Sa voix était forte et claire, plus combative que jamais. Rafael était ravi. Il s'adossa à son fauteuil de direction et joignit les mains derrière la tête.

— D'accord. Je vous écoute.

— Commençons par la voiture, dit Dan.

Rafael avait choisi lui-même le véhicule, une Cadillac.

— Eve, avez-vous des objections à l'octroi d'une voiture de fonction ? demanda-t-il.

— Mon prédécesseur avait-il une voiture de fonction ? rétorqua-t-elle.

— En aviez-vous une, Dan ? lança Rafael.

— J'avais un pick-up de fonction, répliqua Dan, placide. Préféreriez-vous un pick-up, mademoiselle ?

— Non, dit Eve. Mais une Cadillac…

— Ce n'est pas un Escalade ni rien de ce genre, fit valoir Dan. C'est une voiture compacte, robuste, fiable et très élégante.

— Soit ! fit Eve.

Rafael coupa son micro, ne pouvant réprimer un rire. Dan passa au sujet suivant.

— Nous avons ensuite évoqué l'assurance santé. Pas d'objections là-dessus.

— Aucune, ajouta Eve. Et merci.

— À présent, le logement, poursuivit Dan. Voici les clés de la résidence. La suite 3A se trouve au dernier étage. Je pense qu'elle vous plaira.

— Une suite ? Vraiment ?

— Nous n'avons rien de plus petit, Eve, intervint Rafael.

— Mon prédécesseur avait-il une suite dans la résidence ?

— Je n'en avais pas besoin, répondit Dan. Mon fiancé et moi louons un bungalow en ville.

— Je n'en ai pas besoin non plus, protesta Eve.

— Êtes-vous sûre de vous ? lâcha Dan.

— Monsieur Arias, dit-elle, j'aimerais vous parler en personne.

Rien ne ferait plus plaisir à Rafael.

— Ma porte est toujours ouverte, mademoiselle Martin. Passez me voir.

Quelques instants plus tard, elle entra en trombe dans son bureau, jolie et pimpante dans une robe jaune pâle.

— C'est trop ! s'exclama-t-elle.

— Bonjour, Eve. Assieds-toi.

— Sérieusement, à quoi joues-tu ? s'exclama-t-elle, ignorant son invitation. Une voiture ? Une suite ?

— Les avantages en nature sont adaptés à tes besoins. Dans ton cas, tu as besoin d'un véhicule et d'un temps de trajet plus court.

— Une voiture de fonction, c'est une Nissan ou une Toyota, pas une Cadillac.

— J'aime acheter américain.

— Tu conduis une Jaguar !

— Tu en sais beaucoup trop sur moi, repartit-il en riant.

Elle lui adressa un regard aiguisé. Il reprit son sérieux.

— Pourquoi ne pas me laisser t'aider, Eve ?

Eve approcha, serrant les poings. D'une voix ténue, elle lâcha :

— Je ne veux rien te devoir.

— La suite est disponible. Si tu ne la prends pas, elle restera vide.

L'Interphone sonna, et la voix d'Audrey s'échappa par le haut-parleur.

— Mary Richardson sur la ligne 1.

Mary Richardson et son mari, Keith, possédaient le motel voisin, le South Point. Rafael attendait ce coup de fil depuis un moment. Il demanda à Eve de lui accorder une minute. Elle s'installa sur le canapé. Presque aussitôt, il raccrocha. Sa voisine venait de le convoquer.

— Désolé, Eve, il faut qu'on y aille. Nous avons du travail.

- 11 -

Le motel South Point avait connu de meilleurs jours. Ou peut-être Eve était-elle encore émerveillée par la splendeur de la Casa Arias, le ranch de Rafael. Mary et Keith Richardson étaient des gens francs. Ils n'étaient guère enchantés par leur nouveau voisin ou par ses projets pour leur propriété. Mais, comme le dit Mary Richardson, ils étaient au bout du chemin. Il était temps pour eux de prendre leur retraite. Leurs enfants, adultes, ne souhaitaient pas garder ce vieux motel. Après une réunion familiale, ils avaient accepté de vendre.

— Comment procéder, telle est la question, dit Mary.

— Comment voulez-vous procéder ? demanda Rafael.

— Nous pourrions la mettre sur le marché et voir qui mord à l'hameçon, mais pourquoi perdre du temps ?

— Il n'y a pas de raison, en effet. Nous pouvons trouver un accord.

Eve n'avait pas besoin d'un dessin pour comprendre l'attrait de la propriété des Richardson. Le motel se trouvait près d'une intersection animée. En venant ici, Rafael lui avait expliqué qu'il souhaitait transformer le bâtiment en spa, afin d'attirer davantage de clients au ranch. Mais le véritable intérêt de ce motel était sa situation près des routes principales. Pour l'instant, la Casa Arias était bordée uniquement par une petite rue étroite. Réunir les deux propriétés augmenterait grandement l'accessibilité du domaine.

— Attendez, dit Keith Richardson, prenant la parole pour la première fois. D'après moi, vous avez davantage besoin de nous que l'inverse.

Rafael lança un regard vers Keith.

— C'est drôle, ce n'est pas du tout comme ça que je vois les choses.

Eve était captivée par Rafael, et par la lueur dans ses yeux noirs. Elle frissonna. Il avait beau essayer de prendre de la distance avec son nom de famille et de se distinguer, il était bien le fils de son père.

La discussion ne fut pas concluante. Rafael était étonnamment silencieux sur le trajet de retour. Eve aurait donné cher pour connaître ses pensées.

Il se gara sur sa place réservée. Au moment où Eve allait ouvrir la portière, il serra son poignet. Le contact physique était léger, pourtant, une vague de chaleur monta en elle. Rafael ne l'avait plus touchée depuis leur nuit à l'auberge. Les souvenirs de leurs ébats étaient encore vivaces.

— Désolé d'avoir insisté pour que tu t'installes dans la résidence. Je voulais juste t'aider. Je ne cherchais pas à te mettre mal à l'aise.

Il la relâcha puis sortit de la voiture. Elle le suivit jusqu'au bâtiment principal du ranch. Il l'accompagna à son bureau, situé au premier étage, puis s'éloigna, la laissant perdue et désorientée.

Eve était prête à rentrer chez elle quand Dan l'interpella dans le couloir.

— Mademoiselle Martin ! Attendez ! J'ai vos clés. La voiture est prête.

Il déposa le trousseau de clés dans sa paume. Elle le

fixa, se demandant si son hôte Airbnb lui offrirait une place de parking.

— Je vous accompagne, dit Dan.

Il l'emmena sur le parking réservé aux employés. Un élégant véhicule rouge attira aussitôt le regard d'Eve. Elle l'adorait. Plus tard, elle expliquerait à Rafael ce qu'étaient des acquisitions et des dépenses raisonnables. Pour l'instant, cependant, elle était impatiente de se mettre au volant.

— Elle est splendide.

— Qu'est-ce que je vous avais dit ? fanfaronna Dan.

— Dites-moi la vérité. Il achète ces voitures juste pour pouvoir les conduire ?

— Il les loue mais, oui, en effet.

— Pouvez-vous m'aider à régler le Bluetooth ?

— Pas de problème.

Dan fit plus que configurer le Bluetooth. Il ajusta le siège à sa hauteur, ajouta la station de radio locale à sa liste de favoris et entra l'adresse de son domicile dans le système de navigation. Elle le remercia et lui souhaita une bonne soirée. Une fois au volant, elle tapa l'adresse de Cammie et Drake et démarra. La journée avait été longue. Elle avait bien besoin de voir son neveu.

Après deux semaines, étonnamment, Eve avait déjà pris ses marques. Elle savait où se trouvaient la salle de repos, la salle de pause et la salle de sport ; chaque matin, elle prenait un café avec Audrey et d'autres collègues. Ses journées se ressemblaient. Elle travaillait jusqu'à 17 heures, et si elle n'avait pas de rendez-vous à la clinique, elle se rendait chez Cammie pour passer du temps avec Micah.

Pour l'essentiel, les affaires de Rafael étaient en ordre. Ce ne fut qu'au bout de plusieurs jours qu'elle remarqua un dossier suspect. Eve n'était pas une experte, mais un devis d'une entreprise de décoration lui semblait un peu élevé. Elle se servit de cette excuse pour demander une réunion d'urgence avec son patron.

Rafael l'évitait, ou plutôt, comme il l'avait dit, il lui « laissait de l'espace ». Il lui avait assuré qu'elle pouvait le voir quand elle le souhaitait. Mais elle n'était pas dupe. Ces nouveaux rôles qu'ils s'étaient assignés à eux-mêmes étaient étouffants. Car ils étaient plus qu'un employeur et une employée. Quand elle entendait sa voix dans le couloir, les regrets l'assaillaient. Quand elle prenait un déjeuner seule à son bureau, elle rêvait qu'ils puissent, ne serait-ce qu'un moment, discuter et plaisanter comme lors de leur première rencontre.

Elle avait enfin une excuse légitime pour aller le trouver. Quand elle lui téléphona, il lui rappela sa politique de la porte ouverte et l'informa qu'elle pouvait passer quand elle le souhaitait.

Elle alla aussitôt à son bureau et constata qu'il n'était pas seul. Un adolescent portant une chemise à boutons-pressions était assis sur l'une des chaises de cuir face au bureau. Rafael était installé à côté de lui, les pieds relevés sur le bureau. Ils sirotaient des milk-shakes et regardaient un documentaire consacré à Michael Jordan sur le téléviseur suspendu au mur.

— Que se passe-t-il ici ? demanda Eve avec le ton d'une maîtresse d'école.

Rafael fit pivoter nonchalamment sa chaise vers elle. L'envie d'aller vers lui, de l'embrasser, de se blottir dans ses bras la saisit de manière soudaine, et violente. Quand elle avait demandé à travailler pour lui, elle avait cru pouvoir cadenasser les sentiments qu'il éveillait en elle. Mais il n'en était rien. Néanmoins, elle ne pouvait pas se permettre de tout gâcher. Très bientôt, elle terminerait sa remise en forme, son médecin l'autoriserait à récupérer la garde de Micah, et elle devrait alors subvenir aux besoins de son neveu. Elle avait besoin de cet emploi.

— Mademoiselle Martin, dit-il. Entrez. Je vous présente Lucas, mon…

S'adressant à Lucas, il demanda :

— Qu'est-ce que tu es, déjà ?

— Vous êtes mon tuteur, dit l'adolescent. Je suis votre protégé.

— Je crois que le mot que je cherchais, c'est petit malin.

— Ça fait deux mots. J'ai raison ? demanda Lucas à Eve.

— Laisse-la en dehors de ça, le réprimanda Rafael.

— Il débute, dit Lucas. Cela ne fait que six semaines qu'il est mon tuteur. Il s'en sort plutôt bien, pour l'instant.

— Voici Evelyn Martin, mon assistante de direction.

— Enchantée, Lucas.

Le garçon sourit et leva ses pouces. C'était un garçon dégingandé, à la chevelure bouclée, au teint mat et au sourire espiègle.

Rafael reporta son attention sur elle.

— Qu'est-ce que vous m'avez apporté ? demanda-t-il avec douceur.

Eve fut désarçonnée.

— Je… j'ai repéré un problème dans le devis des décorateurs.

— Je vous écoute.

— Ils proposent du marbre pour le spa.

— C'est un problème ?

Lucas but bruyamment une gorgée de milk-shake.

— Il faut du marbre clinquant ! intervint-il.

— Le marbre est cher, expliqua Eve. Et puis, ce n'est pas pratique. C'est très bien pour certains espaces mais ce n'est pas le meilleur choix pour les salles de massage.

— Que suggérez-vous ? demanda Rafael.

— Du quartz. Bien plus résistant et tout aussi beau.

Il sembla sceptique.

— Vraiment ?

— Je me suis dit que vous auriez peut-être des doutes alors je suis allée chercher des échantillons.

Pendant sa pause, elle s'était rendue dans le magasin de matériaux le plus proche. Eve ouvrit la petite boîte en carton qu'elle avait apportée et en sortit des carreaux de quartz et de marbre. Les montrant telle une présentatrice de téléachat, elle déclara :

— Jugez par vous-même.

Rafael et Lucas rugirent. L'espace d'une seconde, elle crut que sa brillante présentation lui avait valu une standing-ovation. Mais il n'en était rien. Rafael et Lucas étaient captivés par l'écran de télévision. Michael Jordan venait de bondir sur le terrain et de faire un *dunk*.

Lucas brandit le poing.

— Ce type sait voler !

Rafael s'enfonça dans son siège.

— Ça me sidère à chaque fois. Absolument à chaque fois.

Tous deux passèrent à l'espagnol pour louer la prouesse de la star légendaire du basket-ball. Eve, furieuse, brandit les échantillons.

— Excusez-moi ! s'exclama-t-elle.

Rafael eut l'air contrit.

— Je suis désolé, mademoiselle Martin. Vous disiez ?

Le « mademoiselle Martin » si formel lui hérissait le poil.

— Vous êtes son tuteur. Vous ne devriez pas lui apprendre des choses ?

Rafael saisit la télécommande et mit la vidéo en pause. Lucas gémit en guise de protestation, mais Rafael lui fit signe de se taire.

— Elle a raison, dit-il. Premier enseignement : il faut respecter le temps de ses employés. Poursuivez, mademoiselle Martin.

Eve se sentit stupide. Après tout, c'était elle qui était entrée en trombe et qui avait gâché leur plaisir.

— Vous pourriez économiser jusqu'à cinquante dollars par mètre carré. Sans parler des dépenses d'entretien.

Rafael sortit son téléphone de sa poche et passa un appel.

— Jason, j'aimerais avoir un devis modifié, avec remplacement du marbre par du quartz dans les salles de massage. Passez en revue toutes les autres options moins coûteuses, et nous vous verrons mercredi… Ça me va.

Il mit fin à sa communication.

— Bon sang ! s'exclama-t-il. Je me sens productif.

Lucas posa une main sur son épaule.

— Beau travail, patron !

Eve croisa les bras, interloquée. Elle ne put s'empêcher de penser à ses propres stages de lycée, la plupart très ennuyeux. Elle avait accompli des tâches ingrates comme faire des photocopies ou apporter le café, rien que pour avoir le privilège d'ajouter le nom d'une entreprise sur son CV. Elle n'avait absolument rien appris, excepté comment se faire discrète. Elle ne savait rien de Lucas mais elle était prête à parier que ses parents n'étaient pas membres du TCC. Rafael apprenait une leçon à son protégé : on pouvait réussir dans les affaires et rester accessible. Eve aussi venait d'apprendre quelque chose : on pouvait s'amuser un peu pendant le travail.

Elle saisit la télécommande et appuya sur la touche Lecture.

Rafael se leva, lui prit les échantillons des mains et la fit asseoir dans le siège qu'il venait de laisser.

— Chocolat ou vanille ?

Il venait de lui proposer un milk-shake.

— Fraise.

Il afficha un sourire taquin.

— Entendu.

Ce soir-là, Eve rendit visite à Micah. Après l'avoir laissé jouer sur son tapis une bonne demi-heure, elle s'assit sur le sol et installa son neveu dans son giron. Elle lui chanta une berceuse que sa grand-mère bahamienne lui avait apprise. Eve ne pouvait pas fredonner cet air sans penser au destin de sa sœur, dont elle espérait qu'elle était en paix désormais.

Pour Eve, le plus dur était passé et l'avenir s'éclaircissait enfin. Très longtemps, elle avait adopté une posture défensive, essayant simplement de se protéger et de protéger Micah. À présent, il était temps de passer à l'offensive et de regagner du terrain. Elle voulait un meilleur avenir pour son neveu et pour elle-même. Par conséquent, elle devait redéfinir ses priorités.

C'était décidé, elle allait s'installer dans la suite de la résidence, que Dan lui avait fait visiter. L'espace était trois fois plus grand et plus lumineux que son minuscule logement temporaire. Les parquets étaient brillants, la cuisine était moderne, et une vaste baie vitrée offrait une belle vue sur le domaine. Eve pourrait admirer de splendides couchers de soleil depuis son salon.

En emménageant dans la résidence, elle s'épargnerait des trajets épuisants. Et l'argent économisé sur les loyers servirait à payer ses dettes.

Son patron était un homme d'affaires rusé. Doué pour saisir les opportunités et pour gagner de l'argent. C'étaient des compétences qu'elle devait développer. Puisqu'il était si décidé à lui venir en aide, peut-être pourrait-il l'aider à définir un plan de carrière ?

Micah s'endormit dans ses bras. Tandis que sa respiration devenait régulière, Eve sortit son téléphone et appela pour la première fois le numéro de Rafael. Il répondit à la première sonnerie, sa voix trahissant son incrédulité.

— Eve ? Tout va bien ?

— J'emménage dans la résidence.

— C'est vrai ?

— Oui. Quand puis-je m'installer ?

— Tout de suite. Je vais t'aider à faire tes cartons.

— Non. Je peux me débrouiller.

— Tu es sûre que tu n'auras pas besoin d'aide pour charger ta voiture ? Et ensuite porter les cartons jusqu'au deuxième étage ?

Il marquait un point. Elle ne devait pas porter de charges lourdes, ordre du médecin.

— D'accord ! Soit ! Passe chez moi ce soir.

— Envoie-moi ton adresse.

- 12 -

Rafael quitta une soirée donnée par un élu local pour traverser la ville et aider Eve à faire ses cartons. Il lui tardait de la revoir. Lorsqu'il lui avait proposé un logement dans sa résidence, c'était par pur calcul. Son offre généreuse était en réalité égoïste : il voulait avoir Eve près de lui. Il avait envie de lui dire : « Tu vois ? Tu avais tort à mon sujet. Je ne suis pas le Bon Samaritain de tes rêves. » Mais cela l'effraierait, à raison.

Il arriva à l'adresse indiquée. Eve vivait dans un garage transformé en studio Airbnb. C'était aussi morne qu'il l'avait imaginé. Égoïsme ou pas, il ne pouvait pas la laisser pas ici.

Elle ouvrit la porte, vêtue d'un legging gris bruyère et d'un T-shirt moulant orné d'un smiley qui s'étirait sur sa poitrine. La couleur vive flattait son teint chaud.

— Si j'avais su que c'était un déménagement chic, j'aurais mis ma seule robe de soirée.

— La rouge ? demanda-t-il avec enthousiasme.

— Non. L'autre.

— Ça fait deux robes.

— Qui s'en soucie ?

— Moi. J'aime la précision. Je peux entrer ?

Elle le toisa des pieds à la tête.

— Je ne crois pas, non.

— J'avais un rendez-vous, dit-il pour justifier son costume. Je vais enlever la veste et remonter mes manches.

— Volontiers ! J'adore quand tu relèves tes manches.

Rafael se repassa le film de toutes leurs interactions jusqu'à ce qu'il retrouve la scène : elle avait eu lieu le soir de leur rencontre, dans le jardin du TCC. Eve était assise sur le banc de pierre, le clair de lune ajoutant de la brillance à son regard profond. Rafael avait posé sa veste sur ses frêles épaules, desserré sa cravate et retroussé ses manches. Il avait senti qu'ils étaient au commencement d'une grande aventure, et il avait refusé de laisser leur soirée se terminer.

— Entre, dit-elle.

Il avança et referma la porte derrière lui.

La cuisine, la chambre, le minuscule salon, tout était disposé dans un seul et même espace. Rafael n'était pas un snob. Il avait vécu dans des logements plus petits après avoir quitté le foyer familial à dix-sept ans. Mais à cette époque, il se moquait du confort.

Elle montra les verres à vin et à eau alignés sur le plan de travail.

— Si tu pouvais les emballer dans du papier journal, dit-elle, ce serait génial.

Eve alla plier du linge sur son lit. Rafael se mit au travail. Il remarqua qu'Eve évitait son regard quand il retira sa veste.

— Tu veux boire quelque chose ? demanda-t-elle.

— Volontiers.

Elle alla chercher dans le réfrigérateur une bouteille d'eau pétillante aromatisée et remplit deux verres.

— La première chose que j'ai faite en m'installant ici, c'était d'acheter des verres à pied, pour savourer une boisson fraîche comme une dame.

— J'approuve, dit-il. Tu sais où sont tes priorités.

— En parlant de priorités, j'ai réfléchi. J'aimerais savoir… Comment t'es-tu lancé dans le domaine de l'hôtellerie ?

— Mes amis disaient que mon petit logement miteux à Miami Beach était une auberge de jeunesse. C'était là qu'ils pouvaient se poser, dormir ou se doucher. Le réfrigérateur était toujours plein. Après mes études, j'ai postulé dans un hôtel et j'ai été engagé tout de suite. Le propriétaire était gentil. Il m'a appris le métier. Lorsqu'il est tombé malade et qu'il a souhaité vendre, il a fait en sorte que je puisse obtenir un prêt pour racheter son établissement.

Rafael but une gorgée d'eau pétillante et grimaça.

— Il est devenu une figure paternelle pour moi, reprit-il. En fait, il m'a permis de revenir à Royal en ayant réussi. Et avant que tu ne poses la question, la réponse est non. Je n'ai pas demandé un sou à mon père.

Rafael avait les mains tremblantes. Il les appuya sur le plan de travail en bois pour les stabiliser. C'était drôle qu'une simple question puisse le mettre dans un tel état.

— Comment est ta relation avec ton père à présent ? demanda-t-elle.

Il saisit un verre à vin délicat et l'enveloppa dans la page des sports du journal local.

— Nous déjeunons ensemble une fois par semaine. C'est à peu près tout. Nous n'aurons jamais une relation père-fils parfaite. Nous ne jouons pas au catch dans son jardin.

— Personne ne joue au catch avec ses enfants, répliqua-t-elle avec un petit rire.

— Et toi, es-tu proche de tes parents ?

— Quand ils étaient en vie, oui, bien sûr.

Bonté divine… Eve avait traversé tant d'épreuves…

— Je suis navré, Eve.

Elle balaya ses condoléances du revers de la main.

— Ma mère et moi n'avons jamais fait les choses typiques que font les mères et leurs filles. Elle ne m'a pas appris à coudre ou à me maquiller. Elle ne m'a même pas dit grand-chose sur les soutiens-gorge. J'ai dû comprendre beaucoup de choses toute seule. Mais elle m'aimait de manière inconditionnelle. Tu vois où je veux en venir ?

— Ta mère était une personne aimante. Mon père, c'est Tobias Wentworth.

— C'est vrai, concéda-t-elle, et son expression s'adoucit.

Il détourna le regard et prit une gorgée d'eau, qui le fit grimacer à nouveau.

— Tu n'aimes pas, hein ? avança-t-elle.

— Ce truc pétillant ? Je déteste. Tu n'as pas autre chose ? De la bière ?

— Non, désolée. Mais ils en vendent à l'épicerie du coin.

Il saisit ses clés de voiture sur le plan de travail.

— Super. Allons-y !

— Range tes clés. Nous pouvons y aller à pied, ce n'est pas loin. Et puis, c'est compliqué de trouver une place pour se garer.

Elle vida les verres dans l'évier.

— Si nous commandions des pizzas aussi ? suggéra-t-elle. Tu es partant ?

Il était partant pour tout, sauf pour évoquer son passé. Il était derrière lui, et cela n'apporterait rien de bon de déterrer les vieilles histoires.

Après avoir passé commande à la pizzeria, Rafael et Eve marchèrent dans la nuit. En chemin vers le supermarché, ils discutèrent des garnitures de pizza. Alors qu'Eve s'était arrêtée pour renouer ses lacets, un arroseur automatique se déclencha sur une pelouse au bord du trottoir. Un jet d'eau froide puissant éclaboussa son visage. Eve poussa un cri indigné. Le jet tourna et atteignit l'arrière de sa tête. Elle entendit Rafael jurer et, vaguement, le vit lâcher le sac de courses pour la saisir par les épaules et l'éloigner du jet.

— Pourquoi est-ce que je suis toujours mouillée quand je suis avec toi ?

Elle prit conscience du double sens de ses mots et tenta maladroitement de se rattraper.

— Mince ! Je ne voulais pas dire ça comme ça.

— Comme quoi ? répondit Rafael d'un ton distrait.

Pour une raison inconnue, il était en train de se dévêtir, là, sur le trottoir.

— Mais à quoi joues-tu ? questionna-t-elle.

Il déboutonnait sa chemise, révélant peu à peu son torse lisse et sculpté.

— Je te couvre pour éviter que tu sois transie de froid, dit-il, posant la chemise sur ses épaules.

Sa voix grave la réchauffait davantage que la fine étoffe de coton. Il lui releva le menton et inspecta son visage. Du revers de la main, il sécha ses joues. Ces soudaines démonstrations de tendresse la touchaient. Ou peut-être était-ce son torse musclé et doré qui la troublait. Quoi qu'il en soit, Rafael lui faisait de l'effet. Inutile de le nier.

— C'est encore un conseil de ta grand-mère ? demanda-t-elle. Parce qu'elle a tort. Je n'attraperai pas de pneumonie.

— Retire ce que tu viens de dire. *Abuela* Carla n'avait jamais tort.

Elle remarqua qu'il avait employé le passé.

— J'avais une grand-mère au fort caractère, moi aussi, dit-elle. Elle m'aurait préparé une tisane au gingembre et m'aurait ordonné d'aller me coucher.

— Nos grands-mères se seraient bien entendues, on dirait.

Il lui frotta les bras pour la réchauffer. Ce qui était tout à fait inutile. Le parfum de sa chemise suffisait à augmenter la température de son corps.

— Si nos aïeules nous regardent en ce moment, elles se demandent sûrement pourquoi nous nous chamaillons.

— J'en doute, dit-il, ramassant le sac de courses. Elles se demandent plutôt pourquoi nous ne sommes pas en train de faire des bébés.

— Pour la dernière fois, personne n'essaie d'avoir un bébé avec toi ! Ôte-toi ça de l'esprit.

— Tant mieux. Je ne veux même pas d'enfants.

Son ton catégorique la surprit.

— Pourquoi ?

— Je ne suis pas fait pour ça, c'est tout.

Eve se souvenait vaguement qu'il avait dit quelque chose de ce genre pendant son entretien d'embauche peu orthodoxe. Elle n'allait pas lui vanter les joies de la procréation. Elle-même n'était pas sûre de vouloir des enfants. Cependant, le choix d'avoir ou non un bébé ne lui appartenait plus maintenant que Micah était à sa charge.

— Ma famille est dysfonctionnelle, ajouta-t-il. Que la malédiction familiale disparaisse avec moi.

— Si tu es maudit, je préfère être maudite que bénie.

— Ha !

Il lui fit signe d'avancer. Ils n'étaient plus qu'à quelques mètres de chez elle. Elle lui emboîta le pas. L'air du soir était frais, et elle commençait à avoir froid. Devant le studio, il lui prit la clé des mains.

Une fois qu'ils furent à l'intérieur, elle retira ses baskets et les rangea soigneusement près de la porte, essayant de gagner du temps pour se ressaisir. Mais en voyant Rafael à moitié nu dans sa cuisine, en train de déballer leurs achats, elle sentit sa résolution faiblir. Toutes les raisons pour lesquelles elle lui résistait s'écroulèrent.

— Je vais aller te chercher une serviette, dit-il. Où les ranges-tu ?

Elle n'avait pas besoin d'une serviette. Ni de la chemise de Rafael, d'ailleurs. Elle la retira et la posa sur le dossier d'une chaise. Après quoi, elle ôta son T-shirt trempé. Il lui glissa des mains et tomba à ses pieds. Rafael se figea. Elle avait vu cette expression dans son regard, le soir où elle l'avait embrassé dans le hall de l'auberge Belleview.

— Tu crois… ? commença-t-elle, faisant un pas vers lui. Pourrions-nous… juste une fois… peut-être ?

Le silence les enveloppa. Rafael l'étudia, prenant son temps. À chaque seconde qui passait, Eve sentait ses espoirs s'amenuiser. Elle était sur le point de lui dire d'oublier cela quand il répondit d'une voix rauque :

— Nous pouvons tout à fait, juste une fois, peut-être.

Eve se jeta à son cou et pressa son corps trempé contre le sien, lui faisant perdre l'équilibre. Ils atterrirent tous les deux sur le tapis du salon. Il écarta les mèches de ses cheveux, prit son visage en coupe et la contempla comme si elle était un objet d'une beauté rare.

— Ces dernières semaines ont été terribles, avoua-t-elle.

— Pour moi aussi ! J'avais l'impression d'être en enfer.

Elle passa le doigt sur son nez.

— Et moi, j'ai l'impression d'être au paradis.

Plaçant ses mains au-dessus de sa tête, Rafael lui donna un doux baiser. Alors qu'elle s'alanguissait, il recula puis l'embrassa avec plus d'ardeur. Elle lui rendit son baiser, grisée. Ici, dans ce sanctuaire, Rafael était tout à elle.

Au moment où cette pensée lui traversait l'esprit, on frappa à la porte.

— Pizza ! cria une voix.

Eve gémit et Rafael enfouit le visage au creux de son cou.

— Bon sang ! se lamenta-t-il.

Mais le livreur était là, et il ne repartirait pas tant qu'il ne serait pas payé.

— Peut-être qu'il a des préservatifs, plaisanta-t-elle.

— Inutile, j'en ai.

— Ah, tu as fait du stock.

— Après notre dernière nuit, je ne voulais pas prendre de risques.

Le livreur frappa à nouveau contre le battant.

Rafael se releva, et Eve regretta aussitôt la chaleur de son corps.

— Je vais ouvrir, dit-il.

Elle saisit son visage entre ses mains.

— Tu as cinq minutes. Compris ? Et n'oublie pas le pourboire.

— Bien, madame.

Dans la salle de bains, Eve retira son soutien-gorge de sport trempé et le laissa tomber dans le lavabo. Elle observa son reflet dans le miroir. À moitié nue, elle avait les yeux brillants, les lèvres enflées, les joues rosies. Le plus choquant ? Ses cheveux. Ils s'étaient échappés de sa queue-de-cheval. La mère d'Eve ne lui avait peut-être pas appris à se maquiller, mais elle avait toujours été obsédée par les cheveux de ses filles. Elle leur avait seriné qu'ils devaient toujours être lissés et nets. Jamais sauvages, jamais frisés, jamais décoiffés.

Eve saisit une brosse. Étrangement, celle-ci pesait aussi lourd qu'une pierre. Non, c'était au-dessus de ses forces. Elle ne pouvait pas remettre ses mèches égarées en place. Qu'avait-elle gagné à suivre toutes les règles ?

Elle entendit la porte d'entrée claquer. Elle rangea la brosse juste au moment où Rafael la rejoignit. Il croisa son regard dans le miroir.

— Toc, toc, dit-il.

Elle pivota pour lui faire face.

— Soyons clairs, Rafael. Nous sommes sur le point de commettre une grande erreur, n'est-ce pas ?

— Oh ! oui. C'est très clair.

— Si nous passions un marché ? suggéra-t-elle.

— Encore un marché ? Il faut que j'appelle mon avocat ?

Elle s'appuya contre le plan de toilette.

— Inutile. Le contrat est simple. Tu me fais rire, et en échange, je…

— Quoi ?

— Je t'aide à te sentir moins seul dans cette ville.

Rafael ne répondit rien, mais Eve sut qu'elle avait visé juste. Rafael Arias Wentworth était un homme charmant, séduisant, mais seul. Il le cachait sous son charisme, mais elle n'était pas dupe. Les gens semblables se reconnaissaient entre eux.

— Tu as réfléchi en amont ? demanda-t-il. Ce marché me semble inéquitable. Je reçois bien plus que ce que tu me demandes de donner.

— C'est parce que tu ne sais pas à quel point j'ai besoin de rire.

Il appuya la tête contre le chambranle et l'observa.

— Tu as de la chance, j'adore ton rire.

Malgré tous les regards torrides qu'ils avaient échangés, Eve avait l'impression qu'ils se voyaient pour la première fois. Il tendit la main vers l'interrupteur et éteignit la lumière crue du plafonnier. Et il resta immobile, dans la lumière douce provenant de la pièce principale. Il était si beau… Eve lui tendit la main.

— Viens là, dit-elle.

Il ferma la porte, avança vers elle et la hissa sur le plan de toilette. Elle déboutonna la chemise qu'il avait remise pour ouvrir au livreur de pizza. Elle voulait le voir, le toucher, l'explorer.

— Tu as eu ce que tu voulais la dernière fois, rappela-t-elle. À mon tour.

— Eh bien ! J'en ai de la chance…

Elle posa les lèvres sur les reliefs de sa gorge, passa la main sur un téton ferme et le mordilla. Cela suffit à annihiler la retenue de Rafael. Il prit ses seins en coupe, encerclant ses mamelons tendres avec sa langue avant de les titiller avec ses dents. Eve arqua le dos, s'abandonnant à lui. Il passa les mains sous la taille de son legging et fit glisser le vêtement le long de ses jambes.

— Alors comme ça, tu es toujours mouillée avec moi ? Je l'ignorais.

Eve rougit d'embarras.

— Je croyais que tu n'avais pas entendu.

— Sérieusement ?

Rafael baissa son slip sur ses cuisses.

— C'était une plaisanterie, dit-elle.

— Une plaisanterie ?

Il écarta ses genoux pour se caler entre ses jambes. Elle eut le souffle coupé quand il remonta la main vers ses cuisses.

— Je ne te crois pas, dit-il.

Avec son pouce, il lui prouva qu'elle mentait. Elle se pencha pour embrasser ses lèvres entrouvertes puis se cambra, sa peau brûlante touchant le miroir froid. Rafael enfouit la tête entre ses cuisses. Elle frissonna lorsqu'elle sentit sa langue sur elle. Il écarta davantage ses jambes, l'explorant plus avant. Elle se mordilla la lèvre et agrippa ses cheveux, mais elle ne put rien faire pour ralentir la vague de plaisir qui s'abattit sur elle. Rafael se redressa et la serra dans ses bras, caressant ses cheveux jusqu'à ce qu'elle redescende sur terre.

Elle s'accrocha à lui.

— Ça faisait longtemps, avoua-t-elle.

— Là, je te crois.

Elle batailla avec la boucle de sa ceinture, impatiente de passer au stade supérieur.

— Du calme, ma douce, taquina-t-il.

Il acheva de se déshabiller, trouva un préservatif dans son portefeuille et, de ses doigts agiles, le déroula sur lui. Eve fut troublée lorsqu'il lui prit la main et la poussa à l'enrouler autour de son sexe.

— Fais-moi entrer en toi.

— Oh ! bon sang…

Il déposa un baiser sur son front pour la rassurer.

Elle sortit de son inertie et le guida vers ses replis secrets. Rafael appuya une main contre le miroir et, lentement, entra en elle.

— Tu sais ce que je pense ? demanda-t-il.

Elle secoua la tête. Tout ce qu'elle savait, c'était que c'était délicieux de l'avoir en elle.

— Je pense que tu as d'autres besoins que celui de rire.

Elle était entièrement de son avis.

- 13 -

La voie était libre. Audrey n'était pas à son bureau. Eve attendit un instant puis traversa le hall aussi vite qu'elle le put. Elle était presque arrivée devant les ascenseurs quand elle entendit la jeune femme l'appeler.

— Eve ! reviens !

Chaque matin, Audrey et elle commençaient leur journée par un café et un échange de potins inoffensifs. En général, Eve adorait leurs discussions. Mais ce matin, elle craignait qu'Audrey ne devine qu'elle avait passé la nuit avec Rafael. Il n'y avait pas de potin plus croustillant qu'une liaison entre la nouvelle assistante de direction et le patron.

Rafael et elle étaient convenus d'une seule nuit, mais la probabilité qu'ils s'en tiennent à leur accord était mince. Ce matin, ils avaient emballé les affaires d'Eve et s'étaient rendus à la résidence à l'aube. Après avoir apporté les cartons et les sacs dans la suite d'Eve, Rafael l'avait invitée à visiter la sienne, située au bout du couloir. Après cela, ils s'étaient écroulés sur le lit. Eve était certaine que toute personne avec un peu de bon sens remarquerait quelque chose, à plus forte raison quelqu'un d'aussi perspicace qu'Audrey. Il s'avéra qu'Eve s'était inquiétée pour rien. La réceptionniste avait d'autres préoccupations.

— Tu viens ce soir, n'est-ce pas ? demanda Audrey.

— Où ça ?

— Au Cattleman's Club.

Elle n'avait aucune envie d'y retourner, et elle avait une excuse idéale.

— Non ! Je ne suis pas membre.

— Moi non plus. Mais ce soir, c'est le gala de charité de la Saint-Valentin.

— La Saint-Valentin, c'est aujourd'hui ? demanda-t-elle, inquiète.

Avait-elle vraiment commis un péché cardinal, coucher avec quelqu'un la veille du 14 février ? Il lui faudrait dire à Rafael qu'il n'était pas obligé de lui offrir des fleurs.

— Non, c'est demain. Ce soir, c'est le gala. Tout le monde y sera.

Eve se dirigea vers les ascenseurs.

— Pas moi !

— Allons, Eve ! Il faut que tu viennes !

— Je ne suis pas invitée. Je ne savais même pas qu'il y avait un gala.

— Tout le monde est invité, insista Audrey. Nous avons une table pour dix. Ce sera amusant, tu verras !

Avant qu'Eve puisse l'en dissuader, Audrey appela Rafael sur l'Interphone et mit le haut-parleur.

— Bonjour, monsieur Arias Wentworth.

— Bonjour, Audrey.

— Je voulais juste éclaircir un point avec vous. Eve, qui est avec moi, pense qu'elle n'est pas invitée au gala de ce soir.

Après une courte hésitation, Rafael répondit :

— C'est ce soir ?

Audrey sembla sur le point de défaillir.

— Vous n'avez pas oublié, dites ?

— Non ! Bien sûr que non ! s'empressa-t-il de répondre. Pourriez-vous demander à Eve de venir dans mon bureau ?

— Absolument !

Audrey coupa la communication, l'air triomphant.

— Le patron veut te voir.

Bien que la porte du bureau de Rafael soit grande ouverte, Eve frappa malgré tout. Rafael leva les yeux et repoussa sur le côté le dossier qu'il étudiait.

— Mademoiselle Martin.

— Monsieur Arias Wentworth, Audrey m'a dit que vous vouliez me voir ?

— Tout à fait, dit-il, esquissant un sourire. Entrez.

Elle s'assit sur l'une des chaises face au bureau. Hier soir, elle s'était retrouvée nue dans la cuisine de Rafael, à manger de la crème glacée. Il avait léché le sirop au chocolat sur ses doigts et l'avait appelée sa « pomme d'amour ». Elle avait planté un baiser chocolaté dans sa paume. Les images défilèrent devant ses yeux. Elle tenta de les chasser, en vain.

— Je vais être honnête, Eve. J'avais complètement oublié ce fichu gala de charité.

— Tant mieux. Je n'ai aucune envie d'y aller.

Rafael se leva d'un mouvement fluide et vint se placer devant elle. Il était très séduisant lorsqu'il était rasé de frais, les cheveux encore humides. Pourtant, elle le préférait comme elle l'avait laissé une demi-heure plus tôt, les cheveux décoiffés et la mâchoire couverte d'une barbe naissante.

— Le problème, c'est que nous avons le devoir d'y assister.

— Je pense que tu te trompes, avança-t-elle.

— Cammie s'attend à nous voir.

Il avait employé le mot « nous », nota-t-elle avec joie. Mais elle ne changea pas d'avis pour autant.

— Cammie ne s'attend pas à *me* voir, objecta-t-elle.

— J'ai réservé une table il y a longtemps, et tu fais partie de mon personnel. Elle se demandera pourquoi je t'ai exclue.

— Je préférerais rester chez moi.

— Si tu ne le fais pas pour Cammie ou pour les enfants au profit desquels elle récolte des dons, fais-le pour moi. Je me sentirai bien seul dans ce country club, entouré de tous ces gens. Tu avais promis de m'aider à me sentir moins seul, tu te souviens ?

— Oui, je m'en souviens, répliqua-t-elle en le fusillant du regard. Tu ne lâcheras pas le morceau, hein ?

— Aucune chance.

— C'est juste que je ne veux plus retourner là-bas. Tu as oublié ce qui s'est passé la dernière fois ?

— Tu as fait ma rencontre.

Elle poussa un soupir emphatique.

— Retour au country club, alors, céda-t-elle.

— Bienvenue à Royal. Tous les chemins mènent au TCC.

Il prit son smartphone sur le bureau.

— Il te faut une robe, Eve.

— Je ne peux pas porter une tenue ordinaire ?

— Non, tu ne peux pas.

— C'est un gala de charité ou le Met Gala ?

— Trésor, ce n'est pas moi qui fixe les règles, dit-il tout en faisant défiler les pages sur son téléphone.

Quelques secondes plus tard, il était en communication avec sa conseillère shopping et lui passa Eve. Elle communiqua à l'acheteuse professionnelle sa taille et ses préférences en matière de style, et celle-ci lui promit que plusieurs robes seraient livrées chez elle pour 17 heures.

Eve rendit le téléphone à Rafael.

— Merci, mais c'est la dernière fois, d'accord ? Il ne faut pas que ça devienne une habitude.

— Qu'est-ce que tu veux dire ?

— Le fait que tu prennes les choses en main, que tu t'occupes de tout.

— Tu veux dire, que je m'occupe de toi ?

— Exactement.

— Ça ne compte pas, cette fois, dit-il. Les fonds récoltés iront à une cause noble. Je fais ça pour les enfants.

— Je t'en prie ! Tu avais complètement oublié ces gamins.

— J'avais oublié le dîner. Je n'oublie jamais les enfants.

— Contente d'apprendre que tu as un cœur.

— Il y a autre chose. Bien qu'il me tarde de m'empiffrer de crevettes sauce cocktail…

— Je suis sûre qu'ils trouveront quelque chose de plus original que des crevettes.

— Tu les surestimes. Quoi qu'il en soit, je dois faire un rapide détour avant que nous n'allions au club ce soir.

Encore ce « nous ».

— Nous y allons ensemble ?

— Évidemment. Je me sentirais seul sans toi.

— Tu es en verve ce matin ! lança-t-elle en se levant.

— C'est parce que j'ai passé une excellente soirée.

— Justement, à propos d'hier soir… Le gala a pour thème la Saint-Valentin.

Il se percha sur le coin de son bureau.

— Oui, je sais.

— Tu n'es pas obligé de… tu sais… de sortir le grand jeu et de me traiter comme…

— Comme ma Valentine ?

— Oui.

— Ma pomme d'amour ? Mon bonbon au caramel ?

Eve s'empourpra. Elle ferait mieux de quitter cette pièce.

— Arrête. J'ai du travail, affirma-t-elle.

— Je ne voudrais pas te retarder, dit-il en souriant.

Le problème, pensa-t-elle tandis qu'elle regagnait son bureau, c'était qu'elle aimerait qu'il la retarde… indéfiniment.

- 14 -

En début de soirée, Rafael se gara devant le garage de Manny Suarez. Eve regarda par la vitre côté passager, observant la façade quelconque.

— Alors, c'est ici que tu étais, le soir de notre rencontre ?

Le soir de notre rencontre… Cela sonnait bien.

— Exact.

— Et où sommes-nous ?

— Tu verras.

Il sortit de la voiture puis l'aida à descendre. Pas seulement par galanterie : les sièges de sa voiture sportive étaient bas. Eve avait fait des progrès grâce à sa rééducation, mais elle avait peut-être besoin d'aide malgré tout.

— C'est ton rituel pré-TCC ? demanda-t-elle. Une virée dans les quartiers populaires ?

Il l'escorta jusqu'à l'entrée du garage.

— Non, c'est juste un hasard.

Il était venu choisir un cuir pour les sièges de la Camaro. Manny ouvrit la porte à la volée.

— Salut, Rafael ! Je vois que tu as amené une amie.

Rafael fit les présentations.

— Enchanté, dit Manny. Vous allez au bal de la Saint-Valentin, tous les deux ?

— En effet, répondit Rafael.

— Ce n'est pas un rendez-vous galant, précisa Eve. Nous ne sommes pas un couple.

— Un beau râteau ! plaisanta Manny.

Quand Rafael se retourna vers elle pour protester, il eut le souffle coupé. En contraste avec les murs de béton, Eve était renversante dans sa robe rouge moulante.

— Nous assistons au gala de bienfaisance en tant que représentants de ton entreprise, lui rappela-t-elle.

— C'est vrai, concéda-t-il.

Manny lui tendit un livre d'échantillons

— Voilà les cuirs que je voulais te montrer. Je dois passer commande demain, pour que les fournisseurs en Italie puissent me l'envoyer à temps.

Rafael parcourut le livre d'échantillons de cuir. La palette de nuances s'étendait du beige au marron foncé. Eve approcha.

— C'est splendide, commenta-t-elle.

— Tu trouves ? Choisis une couleur.

Elle montra un carré de cuir à la nuance caramel.

— Bon choix, approuva-t-il. Nous prenons celui-ci, Manny.

— Que vas-tu en faire ? demanda-t-elle.

— Vous n'êtes pas au courant ? intervint Manny. Vous allez être surprise.

— Vraiment ? fit-elle, interrogeant Rafael du regard.

Il se sentit nerveux, tout à coup. Qu'allait-elle penser ? Il consacrait une très grosse somme à ce projet. Cet argent aurait pu aisément changer la vie d'Eve ou aider des gens dans le besoin.

— Nous n'avons pas le temps, esquiva Rafael.

— Mais nous avons fait la route jusqu'ici ! protesta-t-elle.

Et elle suivit Manny vers le fond du garage. Il débâcha la voiture de Rafael d'un geste théâtral. Rafael ne l'avait pas vue depuis plusieurs jours. L'ossature du véhicule était plus évidente maintenant que l'ancienne peinture avait été décapée.

— Vous… réparez une voiture ancienne ?

— Je la restaure, rectifia Manny. C'est une Camaro de 1969.

Il prit son téléphone et montra une photo à Eve.

— C'est à ça qu'elle ressemblera quand j'aurai fini.

Eve étudia l'image.

— Attendez. Vous allez faire ressembler cette carcasse à ce bijou ?

— C'est mon métier.

— Comment faites-vous ? Est-ce de la magie ?

— Il n'y a pas de magie là-dedans ! Juste des compétences.

Elle lança un regard à Rafael. Il se prépara à affronter le souffle de sa désapprobation. Mais elle semblait amusée.

— Impossible de te raisonner sur cette dépense, n'est-ce pas ?

Il sourit, soulagé.

— Je crains que non !

— J'ai peur de demander le prix que cela va coûter, avoua-t-elle.

— N'ayez pas peur, répondit Manny. Je vais vous le dire. Notre enfant du pays est sur le point de débourser…

— Regardez l'heure ! Eve, il faut qu'on y aille.

Elle parut surprise.

— Règle du TCC numéro 110 : ne pas être en retard aux galas de charité, dit-il.

— Je suis presque sûre que c'est la règle numéro 1.

— Non, ce serait plutôt payer ses cotisations.

— Naturellement.

Manny les raccompagna vers la sortie.

— Au revoir, les amis ! Amusez-vous bien au bal !

Ils arrivèrent en retard malgré tout. L'heure de l'apéritif était passée et les convives étaient déjà installés. Les tables étaient dressées dans la grande salle de bal. Chacune était ornée d'un centre de table de fleurs rouges, en accord avec le thème de la soirée. Toutefois, et c'était heureux, personne n'avait construit de fontaine à champagne. Rafael s'arrêta à l'entrée et ajusta ses boutons de manchettes, se préparant à la bataille. Ce soir, il devait aussi protéger Eve. Il l'avait conduite dans l'antre du lion, mais il ne laisserait personne lui faire de mal.

— Prête ? demanda-t-il.

Elle hocha la tête, mais il vit la peur dans ses yeux.

— Rappelle-toi cette règle d'or : n'échanger que des banalités. Contente-toi de brèves discussions.

— Compris, dit-elle.

— Tu es à croquer dans cette robe.

— Merci, monsieur Arias Wentworth.

— Je veux que tu saches que je ne penserai qu'à ça toute la soirée. Compris ?

— Compris.

— Ce n'est pas eux que tu dois craindre, prévint-il, désignant d'un signe de tête la salle pleine de convives. C'est moi.

Elle caressa son bras très discrètement.

— Je suis multitâche. Je peux les craindre et te craindre.

Rafael se fendit d'un petit rire. Il passa en revue la salle et vit que Tobias était à la tête de la table principale avec Cammie et Drake. Dans son smoking noir classique, Tobias avait fière allure, mais il n'était plus l'homme redoutable qui l'avait terrorisé quand il était adolescent. Pourtant, Rafael sentit une pression monter en lui. Un regard de son père suffisait à le faire douter de sa valeur. Chaque fois qu'ils se voyaient, Rafael devait se rappeler qu'il n'était plus le jeune garçon perdu d'autrefois. Il était indépendant, il avait du succès, et il ne vivait plus dans l'ombre de son père.

Eve posa une main sur son épaule.

— Prêt ? demanda-t-elle.

Il se noya dans les profondeurs de ses yeux noisette. Une douce chaleur envahit son cœur. *Je t'aiderai à te sentir un peu moins seul dans cette ville.* Il n'avait pas pris cette promesse au sérieux. Après tout, comment Eve pourrait-elle la tenir ? Se sentir seul, à part, indésirable, cela faisait partie de son identité. Cela avait contribué à faire de lui l'homme qu'il était aujourd'hui, et il n'avait pas envie de changer. Mais la main d'Eve sur son épaule le poussait à reconsidérer la question.

— Si tu es prête, nous devrions commencer par présenter nos hommages au roi Tobias.

— Allons-y.

Tobias se leva pour les saluer. Il serra la main de Rafael et déclara :

— C'est bon de te voir, mon fils.

— Tobias, répondit Rafael. As-tu déjà rencontré Eve Martin ?

Le regard bleu clair de Tobias se posa sur elle.

— J'ai entendu parler d'elle.

Rafael sentit Eve se raidir à côté de lui.

— Eve est ma nouvelle assistante. J'ai de la chance de l'avoir.

— C'est un plaisir de vous rencontrer, Eve.

— Tout le plaisir est pour moi, monsieur Wentworth.

— Appelez-moi Tobias, dit-il chaleureusement.

L'enthousiasme de son père était, d'une certaine manière, assez touchant.

Eve discuta avec Cammie. Elles échangèrent des histoires au sujet de Micah. Cela aussi, c'était touchant. Rafael aurait besoin d'un alcool fort pour tempérer toutes ces émotions.

Il repéra sa table dans la salle. Elle était loin de celle de Tobias, heureusement. Audrey croisa son regard et lui fit signe de les rejoindre.

— Je crois qu'ils se sentent négligés à notre table, dit-il à Eve

— D'accord, allons-y. À tout à l'heure, Cammie.

Cammie le dévisageait, intriguée.

— Je te vois plus tard, Rafe, dit-elle.

— Entendu.

Dans un geste sans doute machinal, Eve le prit par le bras et le conduisit à leur table. Rafael remarqua les regards qui les suivirent et les murmures qui s'élevèrent. Peu lui importait. Les gens pouvaient dire ce qu'ils voulaient sur lui. Mais si Eve n'appréciait pas cette attention, alors lui non plus.

Audrey, Dan et son fiancé, Robert, son contremaître Bill et sa femme Sandy ainsi que Lucas étaient assis à table. Aucun d'eux n'était membre du TCC. Tous avaient été ravis lorsque Rafael avait distribué les invitations. Lucas était très élégant dans un costume couleur aubergine que l'acheteuse personnelle de Rafael avait choisi pour lui.

Des coupes en cristal délicat contenaient des crevettes décortiquées.

— Qu'est-ce que je t'avais dit ? chuchota-t-il à Eve lorsqu'ils furent assis.

— Quelle importance ? répondit-elle. Ça a l'air délicieux.

Fasciné, Rafael la regarda croquer dans une crevette rose charnue. Hier soir, sous la douche, ses jolies lèvres s'étaient refermées autour de lui, et il avait dû se mordre les joues pour ne pas crier.

— Au fait, dit Eve, je ne déteste pas ta nouvelle voiture. Quand elle sera restaurée, elle sera jolie.

— Avoue-le, tu l'adores.

Elle roula des yeux.

— On est loin de l'adoration, pour l'instant. Nous verrons comment cela évolue.

Ayant soudain besoin de se distraire, il sortit son téléphone et vérifia les alertes. Dieu merci, parmi les nombreux messages se trouvait un mail de Mary Richardson.

> Objet : Vente
>
> Nous sommes prêts à vendre. Nous tenons à ce que ce soit rapide et sans douleur. Pas de négociations. Pas d'intermédiaires. Nous voulons 1,5 million, pas moins, en espèces. Si vous êtes sérieusement intéressé, faites-le nous savoir d'ici à demain.

Rafael émit un petit sifflement. À cet instant, le serveur vint prendre les commandes de boissons. Lucas réclama une bière, qui lui fut refusée. Eve demanda une eau pétillante et Rafael, un whisky. Il reporta son attention sur son téléphone et murmura :

— D'accord, bébé.

Eve se pencha vers lui et chuchota :

— Pardon ?

— Pas toi, trésor, dit-il avec un petit rire. Mais regarde ça.

Il lui montra le mail de Mary Richardson.

— Génial, fit-elle en souriant. Que vas-tu faire ?

— Je vais leur montrer à quel point je suis sérieux.

Il commença à écrire une réponse. Eve posa discrètement la main sur la sienne. Le contact le fit frissonner.

— Attends. Je suis sûre que Mary Richardson a envoyé le même mail à au moins cinq autres acheteurs potentiels. Elle tâte le terrain.

— Et moi qui croyais que tu étais tombée dans le panneau.

— Mary est une femme d'affaires rusée.

— Pas plus rusée que toi.

— Réfléchissons. Pourquoi te choisirait-elle ?

— Tu ne penses pas que mon charme l'a conquise ?

— Non, mon cher, répondit-elle en lui tapotant la main.

— Ne la faisons pas attendre, alors.

Rafael tapa sa réponse : il offrait vingt-cinq mille dollars de plus que le prix demandé, à condition que la vente soit conclue rapidement.

— Ça te semble correct ? demanda-t-il à Eve.

— Oui.

— Tape sur Envoi.

Elle tapa sur la touche puis lui offrit un sourire qui le fit fondre.

Il avait envie de blottir son visage au creux de son cou, de respirer son parfum léger et floral. Il voulait simplement l'aimer.

Ces derniers mots le stupéfièrent. Eve, sa douce pomme d'amour… Oui, il l'*aimait*.

Le serveur apporta leurs boissons juste à temps pour le distraire de ses pensées. Rafael prit une bonne gorgée de whisky puis posa le téléphone sur la table, car il comptait surveiller sa boîte mail au cours de la soirée. Il n'eut pas à attendre, une réponse arriva aussitôt.

Marché conclu.

Il donna un coup de coude à Eve.

— Nous avons réussi, dit-il.

Eve tapa des mains.

— Félicitations !

De l'autre côté de la table, Audrey agita sa serviette pour attirer leur attention.

— Que se passe-t-il ? Qu'est-ce que j'ai manqué ?

— Nous sommes les heureux propriétaires du motel South Point ! annonça Rafael.

— Bravo ! s'exclama Audrey.

— Beau travail ! renchérit Dan.

— Que comptez-vous en faire ? demanda Audrey.

— Un spa, répondit Rafael. Et c'est vous qui le dirigerez.

Audrey parut sidérée.

— Vous voulez dire que je vais avoir une promotion ?

— En effet, assura Rafael. Il faut vous préparer.

Audrey obtiendrait son diplôme en gestion au mois de mai. Elle était dévouée, loyale et intelligente. Elle ferait une excellente directrice.

— Oh ! je suis prête ! Croyez-moi.

— Mince, alors ! fit Lucas. Je peux avoir son poste ?

— Dans dix-huit mois, répondit Rafael.

— C'est une promesse ? Je peux avoir une trace écrite ?

— Si tu obtiens ton diplôme, tu auras un travail. Promis.

— C'est la meilleure soirée du monde ! s'extasia Lucas.

— Eh bien, intervint Dan, tant qu'on y est, je peux avoir une augmentation ?

Les rires fusèrent autour de la table et la conversation s'anima. Mais Rafael n'entendit rien, obnubilé par les mots qui tournaient en boucle dans sa tête : il aimait Eve.

- 15 -

Peut-être était-ce l'excitation d'avoir conclu la vente Richardson, la lumière des bougies, ou le parfum enivrant des fleurs. Ou la musique country jouée par le quatuor à cordes. Ou encore, la main de Rafael sur son genou. Quoi qu'il en soit, Eve était aux anges.

Il n'y avait pas si longtemps, elle s'était incrustée à une fête au TCC. Ce soir, elle était l'invitée de Rafael Arias Wentworth, et elle s'amusait beaucoup. Comment tout cela était-il arrivé ? Eh bien, elle avait fait acte de foi. Elle songea à Arielle. Sa petite sœur avait eu une vie hélas trop courte, mais bien remplie. Ce n'était peut-être pas une mauvaise idée de suivre son exemple.

Après le dîner, Eve alla se rafraîchir. Elle mit une couche de gloss sur ses lèvres et se recoiffa. Bien qu'elle passe une très bonne soirée, elle était impatiente de se retrouver seule avec Rafael. Ils n'avaient conclu aucun accord, mais il était évident qu'ils passeraient la nuit ensemble.

Alors qu'elle retournait à sa table, elle bouscula malgré elle la journaliste Sierra Morgan.

— Eve ! C'est bien vous ?

— C'est moi !

La plupart de leurs rencontres ayant eu lieu dans la chambre d'hôpital d'Eve, la réaction de Sierra était compréhensible.

— J'ai failli ne pas vous reconnaître ! s'exclama la jeune femme.

— C'est une bonne ou une mauvaise chose ? demanda-t-elle en riant.

— Une excellente chose ! Vous avez l'air en forme, et vous êtes éblouissante.

Eve aurait pu en dire autant de Sierra. La jolie blonde portait une robe noire classique qui flattait sa silhouette fine.

— Je voulais justement vous contacter, dit Sierra.

— Oh ? À quel sujet ? demanda-t-elle, bien qu'elle connaisse parfaitement la réponse.

Sierra était bien décidée à résoudre le mystère de l'identité du père de Micah. Elle continuait à enquêter alors que la presse était passée à d'autres scandales depuis longtemps.

La journaliste entraîna Eve dans un coin tranquille.

— Mon enquête n'a pas beaucoup progressé, je suis navrée de vous le dire. J'ai pourtant passé au peigne fin le journal intime d'Arielle et j'ai suivi toutes les pistes.

— Je vous suis reconnaissante pour vos efforts, assura Eve.

— Je sais que j'ai manqué un élément. Je n'arrive pas à mettre le doigt dessus. Accepteriez-vous de m'aider ? J'ai besoin d'un autre regard.

— Quand vous voulez. Mais je ne suis pas sûre que cela change quelque chose. J'ai lu ce journal des centaines de fois. J'ai repéré quelques indices qui m'ont poussée à croire que le père de Micah se trouvait à Royal, mais c'est à peu près tout.

Dans quelques passages mystérieux, Arielle évoquait un grand amour. Il fallait dire que sa sœur avait un don pour embellir la réalité. De plus, personne en ville ne l'avait vue en compagnie d'un homme.

— Deux esprits valent mieux qu'un, plaida Sierra.

— Il paraît.

Eve était impatiente de mettre un terme à cette conversation. Avec toute l'élite de Royal à portée de voix, ce gala n'était ni le lieu ni l'endroit pour une telle discussion.

— Je vous appelle bientôt, promit Sierra. Bonne soirée.

— Merci, à vous aussi.

Sierra retourna à sa table. Eve, en revanche, éprouva le besoin de prendre l'air. Elle sortit de la salle par les portes vitrées. Sur la terrasse, quelques hommes fumaient des cigares. Pour ce qu'elle en savait, le père de Micah était peut-être l'un d'entre eux. Selon le journal intime d'Arielle, il était membre du TCC.

Elle descendit lentement les marches menant au jardin. Les escaliers étaient encore son point faible, malgré de nombreuses heures de rééducation. Quand retrouverait-elle toutes ses capacités physiques ? Être en bonne santé et retrouver ses forces, telle était sa priorité.

Contrairement à Sierra, Eve n'était plus obsédée par le père de Micah. S'il ne souhaitait pas être retrouvé, peut-être ne valait-il pas la peine qu'on le recherche. Cependant, Micah allait grandir. Dans quelques années, il poserait des questions sur ses parents, s'interrogerait sur son père. Eve voulait pouvoir le regarder dans les yeux et lui dire qu'elle avait exploré toutes les pistes. Par conséquent, elle aiderait Sierra de son mieux. Mais elle avait la conscience tranquille. Une journaliste d'investigation et des policiers cherchaient activement cet homme. Il ne souhaitait pas être identifié. Quelle autre explication pouvait-il y avoir ?

Elle longea le chemin et s'arrêta devant le banc sous le magnolia, où Rafael et elle avaient discuté le soir de leur rencontre. Elle s'assit et prit sa tête entre ses mains. La musique et les conversations parvenaient jusqu'à elle. Elle n'avait rien en commun avec ces gens, songea-t-elle.

Elle se massa les tempes pour se détendre. Elle avait besoin d'avoir les idées claires pour réfléchir. Une liste se formait déjà dans son esprit.

Économiser de l'argent.

Louer un appartement adapté à un bébé.

Trouver une place en crèche.

Obtenir l'accord du médecin pour récupérer la garde de Micah.

Quand Eve était arrivée à Royal, elle était bien décidée à réunir Micah et son père. À l'époque, elle avait redouté une condamnation judiciaire et n'avait pas vu d'autre moyen de mettre Micah à l'abri. À présent, la situation avait changé. Eve avait été blanchie par la justice. Si le père de Micah se montrait un jour, parfait ! Eve espérait que les tribunaux accorderaient un simple droit de visite à cet homme. Car elle n'était guère pressée de confier son seul neveu à un étranger qui avait abandonné Arielle alors qu'elle était enceinte.

Rafael rejoignit Cammie à sa table et s'assit sur une chaise libre à côté d'elle.

— *Hermanita, que bella estas*, dit-il.

— Bonsoir, Rafael. Toi aussi, tu es très beau ce soir.

Rafael releva légèrement son pantalon pour montrer ses bottes de cuir noir.

— Tu aimes ? demanda-t-il.

— Comme on dit, cow-boy un jour, cow-boy toujours.

— Apparemment. Où est Drake ?

— Je l'ai envoyé me chercher une boisson.

— Envoie-lui un SMS. Dis-lui de me rapporter un whisky.

Elle lui donna une tape dans le bras.

— Certainement pas !

— Aïe ! fit Rafael en frottant son bras.

— Tu as manqué notre rendez-vous cette semaine.

— Arrête de me traiter comme tu viens de le faire et je ne manquerai plus d'autre rendez-vous.

— Eve et toi avez l'air de bien vous entendre, nota-t-elle, changeant de sujet. Vous passez beaucoup de temps ensemble, on dirait.

— Tu sais bien qu'elle travaille pour moi.

— Je sais qu'elle s'est installée dans ta résidence.

— Tu sais qu'elle avait besoin d'un logement.

— Je sais que tu couches avec elle. Voilà ce que je sais.

Rafael serra la mâchoire. À en juger par le ton accusateur de Cammie, on aurait dit qu'il profitait d'Eve. Pourtant, ce n'était pas le cas. Pour une fois dans sa vie, il faisait passer les intérêts d'une autre personne avant les siens.

— Eve a vécu beaucoup de choses difficiles, souligna Cammie. Et elle n'a pas retrouvé toutes ses forces. Alors, je vais être très claire, dit-elle, serrant sa main. Si tu la fais souffrir, tu auras affaire à moi.

— Tu me fais déjà souffrir.

Elle était en train d'enfoncer ses ongles dans sa paume.

— Il y a un tas de belles femmes à Royal, renchérit-elle. Qui seraient ravies que tu les courtises. Je le sais parce qu'elles n'arrêtent pas de m'envoyer des messages. Certaines sont présentes ce soir.

— Eve et moi sommes amis.

C'était une petite partie de la vérité. Elle était peut-être la seule amie qu'il ait à Royal, mais elle était aussi la femme avec laquelle il rentrerait chez lui ce soir.

— Je ne lui ferais jamais de mal intentionnellement.

— Elle est fragile, et tu pourrais la blesser sans le vouloir.

— Eve est plus forte que tu ne le penses.

— Rafe, dit-elle d'un ton radouci, Eve a perdu sa sœur, elle a été accusée de détournement de fonds, et elle s'est retrouvée dans un hôpital à des centaines de kilomètres de chez elle.

— J'aimerais savoir. Pourquoi était-elle à l'hôpital ?

— C'est évident, non ? Elle a une pathologie cardiaque, comme sa sœur, qui, au cas où tu l'aurais oublié, est *décédée*.

Drake apporta sa boisson à Cammie. Rafael resta encore un peu pour discuter, puis les laissa pour aller retrouver Eve.

Elle n'était pas à leur table, constata-t-il. Il la repéra dans la salle, en pleine conversation avec Sierra, journaliste d'investigation du magazine *America*. Il les observa et vit Eve se rembrunir.

Quand elle s'éloigna de Sierra et quitta la salle, il se leva pour la suivre. La voyant descendre l'escalier menant au jardin, il hâta le pas pour la rattraper. Il la retrouva assise sous le magnolia, la tête entre les mains.

— Hé ! fit-il, la faisant sursauter. Qu'est-ce que tu fais ici, toute seule ?

— J'avais juste besoin de prendre l'air.

— Tout va bien ? demanda-t-il, prenant place à côté d'elle.

— Non. J'ai l'impression de jouer le rôle de la fille qui a repris sa vie en main. Et quand la réalité me rattrape, toute cette façade s'effondre.

— Tu *as* repris ta vie en main.

— Tout est en suspens. Micah n'a toujours pas de père ni de foyer permanent. Et moi, je suis ici, dans cette robe de soirée. Je veux dire… qu'est-ce que je suis en train de faire ?

— Eve, tu fais de ton mieux. L'enquête pour retrouver le père de Micah n'a pas progressé ?

— Non. Et ce n'est pas à la police de le retrouver. C'est à moi de le faire.

— Tu ne peux pas t'occuper de tout, Eve.

— De toute façon, je doute qu'il ait envie d'être identifié. Qu'est-ce qui l'empêche de me contacter ?

— Il n'est peut-être pas au courant.

— Quand il a appris la mort d'Arielle, il aurait au moins pu envoyer des fleurs.

— Peut-être qu'il n'a pas entendu parler de son décès. Eve, tu ne peux pas faire ce genre de suppositions. Attends de connaître tous les faits.

— J'attends depuis longtemps.

— Je sais que ce n'est pas facile, trésor. Mais rien ne reste secret très longtemps, en tout cas pas dans cette ville. Cet homme finira par être identifié, et je serai là pour te soutenir.

— Ce n'est pas comme cela que cela devrait se passer, protesta Eve. Tu m'as engagée pour effectuer un travail. Tu n'as pas signé pour être mon ange gardien.

— Je tiens à toi, je ne vais pas le nier. Laisse-moi t'aider.

S'il lui avouait qu'il voulait désespérément la protéger et changer son monde, elle prendrait peur et fuirait.

Elle serra sa main.

— Merci, mais il n'y a rien que tu puisses faire.

Il réprima un rire. Excepté retrouver le père de Micah, il pouvait faire beaucoup pour elle. Il avait l'argent, le réseau et l'influence nécessaires pour obtenir ce qu'il voulait. Et le savoir-faire.

— Tu veux rentrer ? demanda-t-il. Si cette soirée est trop fatigante pour toi, je peux te raccompagner pour que tu puisses te coucher tôt.

— Ne fais pas ça.

— Je te demande pardon ?

— Ne me couve pas.

— J'essaie juste de prendre soin de toi.

— En m'envoyant au lit avec une tisane ?

Elle se leva et lui fit face. La peur et la frustration dans son regard avaient laissé place à de la colère.

— Tu es mon amant. Tu ne peux pas trouver mieux ?

Rafael sentit tous ses muscles se tendre. Il se leva lentement. Puis, il l'attira vers le magnolia et la plaqua contre le tronc.

— Qu'est-ce que tu fais ? demanda-t-elle.

— Je vais te prendre contre cet arbre.

Elle ouvrit de grands yeux. Bien vite, la surprise fit place à l'excitation. Eve l'intrépide était de retour.

— D'accord. Mais rappelle-toi que je n'appartiens pas à ce club. Si on nous surprend, ils te donneront un cigare et une bière, mais moi, ils me jetteront dehors et me banniront à vie.

Il prit son visage en coupe.

— Je mettrai le feu à ce club si quelqu'un ose toucher à un seul de tes cheveux.

Eve noua les mains autour de son cou et l'embrassa avec vigueur. Les parfums enivrants des fleurs de magnolia et de sa peau sucrée l'enveloppèrent. *Il voulait simplement l'aimer.*

Il interrompit le baiser, l'émotion lui montant à la tête. Eve plongea la main dans ses cheveux.

— Un incendie criminel, hein ? Qui l'eût cru ? plaisanta-t-elle.

Rafael appuya le font contre le sien. Un frisson les parcourut tous les deux. Ce moment était plus important qu'ils ne voulaient le reconnaître. Elle l'embrassa encore, plus tendrement cette fois. Il la porta, remonta sa robe, et tint sa promesse.

- 16 -

Eve prit ses factures dans le premier tiroir de son bureau et empoigna un coupe-papier. Aujourd'hui, c'était son jour de paie. Elle se réjouissait d'avoir gagné suffisamment d'argent pour commencer à rembourser ses dettes. Elle n'avait pas de prêt étudiant et aucun crédit en cours, toutefois, elle devait de l'argent à son avocat de Miami et à l'hôpital de Royal. Elle serait sans doute dans le rouge pour le restant de ses jours, mais elle pourrait faire en sorte que ses créanciers ne la harcèlent plus. C'était un pas dans la bonne direction.

Audrey passa la tête par l'embrasure de la porte.

— Je m'en vais, dit-elle. Tu as des projets pour ce soir ?

— Oui, rééducation. Au programme, amplitude des mouvements.

— Ça a l'air sérieux, plaisanta Audrey. Ne force pas trop.

— Ne t'inquiète pas. Bonne soirée !

Audrey ferma la porte en partant. Eve ouvrit d'abord la facture de son avocat. Elle savait qu'elle lui devait cinq mille dollars, mais selon le document, elle ne lui devait plus rien. Zéro dollar et zéro cent. Elle saisit son téléphone et appela aussitôt l'agence de facturation. C'était le genre d'erreurs qui finirait par lui coûter plus cher au bout du compte. Un employé énonça d'une voix plate :

— Il n'y a pas d'erreur. Votre solde débiteur a été effacé il y a cinq jours.

— Pour quelle raison ?

— Je ne dispose pas de cette information.

Eve raccrocha. Elle pourrait téléphoner à son avocat et lui poser la question. Mais lui facturerait-il sa réponse ? Distraitement, elle saisit l'une des factures médicales. Sa nouvelle assurance santé couvrirait ses frais dorénavant, mais elle ne rembourserait pas les traitements antérieurs à son adhésion. Eve devait au système hospitalier public des dizaines de milliers de dollars. Et pourtant… selon la dernière facture, elle ne devait plus rien. Sa dette avait été annulée.

Elle se leva, tremblante. Il était inutile qu'elle appelle une autre agence de facturation. Elle savait où trouver les réponses à ses questions.

Elle traversa le couloir et gagna le bureau de Dan. Il s'apprêtait à partir.

— Salut, Eve ! Quoi de neuf ?

— Je me demandais si vous pouviez m'expliquer ce qui se passe avec ma facture médicale.

— J'en doute. Quel est le problème ?

— Ma dette a été réglée.

Il tapota la surface du bureau, cherchant quelque chose sous les papiers éparpillés.

— Tant mieux pour vous, dit-il distraitement.

— Je ne comprends pas. Mon assurance santé n'est pas rétroactive.

— Vous n'auriez pas vu mes clés ?

— Non, dit-elle d'un ton sec qui le poussa à lever les yeux vers elle.

— Pourquoi êtes-vous contrariée ?

— Je ne suis pas contrariée. Mais il faut que je sache si Rafael a quelque chose à voir là-dedans.

— Pourquoi ne pas me le demander directement ? entendit-elle Rafael dire derrière elle.

Elle ferma les yeux un instant. En essayant d'éviter une confrontation avec Rafael, elle avait obtenu l'effet inverse.

Il se tenait dans le couloir, la cravate desserrée. Ce soir, il était prévu qu'il l'emmène manger des tacos. Une part d'elle souhaitait que rien ne gâche leur soirée. N'était-ce pas la raison pour laquelle elle s'était tournée vers Dan afin d'obtenir des réponses ? Pour éviter une dispute avec Rafael ?

— Mes clés étaient dans ma poche ! s'exclama Dan.

Il saisit son sac à dos et se dirigea rapidement vers la porte, comme si le sol était un champ de mines.

— Il faut que je parte avant qu'il y ait trop de circulation. Vous savez ce que c'est.

Rafael lui souhaita un bon week-end, s'écartant pour le laisser passer.

Eve n'avait pas bougé. Elle observa Rafael. Il arborait un air neutre, mais elle n'était pas dupe. Il savait très bien de quoi il retournait. Elle froissa la facture dans son poing.

— Si nous allions dans mon bureau ? suggéra-t-il.

— D'accord.

Dès qu'ils furent enfermés dans la pièce, elle passa à l'attaque.

— Je sais ce que tu as fait.

— On dirait le titre d'un film d'horreur, plaisanta-t-il.

— Je te rembourserai. Dès lundi, je ferai en sorte que l'argent soit déduit de mes salaires, suivant un échéancier. Ce sera une sorte de prêt.

Il se percha sur le coin de son bureau.

— Appelle ça comme tu veux. Mais tu ne me dois rien.

— Tu as réglé mes dettes ! s'exclama-t-elle, posant d'un geste brusque la facture froissée sur le bureau.

— Non. J'ai fait en sorte qu'elles soient effacées.

— Effacées… c'est-à-dire ?

— Mes avocats ont convaincu le tien de passer ton dossier en travail bénévole, puis que les charges ont été abandonnées et que tu as été accusée à tort. Ça me semblait plus juste, d'un point de vue moral.

Soit. C'était honorable de sa part.

— Et la facture de l'hôpital ?

— La ville de Royal détient un trust qui paie chaque année les dépenses médicales de quelques patients méritants. Le conseil s'est réuni cette semaine et mes avocats ont soumis ton dossier afin qu'il soit étudié.

— Alors je te rembourserai tes frais d'avocats. Ils ne travaillent pas gratuitement.

— Ils ne se sont pas tués à la tâche, tu sais. C'était l'affaire de quelques coups de fil.

Eve se laissa tomber sur une chaise.

— C'est comme ça que les gens riches deviennent encore plus riches ? En ne payant rien ?

Rafael passa la main sur sa mâchoire, ombrée par une barbe naissante.

— On appelle ça puiser dans nos ressources.

Elle devrait lui être reconnaissante. Pourtant, elle se sentait humiliée. On ne pouvait remercier la même personne que quelques fois avant que la rancœur n'entre en jeu. La nature humaine était ainsi faite.

— Tu veux que je fasse marche arrière, Eve ?

— J'aurais préféré que nous en discutions d'abord !

— J'allais t'en parler ce week-end. C'était censé être une surprise.

— Tu ne m'as pas consultée car tu savais que je dirais non.

— Ce n'est pas de la charité. Tu n'es *redevable* ni à

moi, ni à personne. Ces ressources existent. Les personnes lambda ignorent qu'elles peuvent y avoir accès, et c'est injuste. Mais en profiter, c'est faire preuve d'intelligence.

Alors maintenant, elle était une personne lambda.

— Soit dit en passant, continua-t-il, j'aurais pu facilement tout payer. J'ai dépensé un quart de million pour restaurer une voiture. L'argent n'est pas un problème.

— Tu ne manques jamais une occasion de me le rappeler.

Il se dirigea vers son bureau et sortit un dossier du dernier tiroir.

— Ce n'est pas comme ça que je voulais procéder, mais autant tout te dire maintenant.

Bon sang, que mijotait-il, cette fois ?

Il lui tendit le dossier. Eve l'ouvrit et découvrit, entre autres choses, un article consacré à Elizabeth Baer, cardiologue. Elle eut le ventre noué.

— Qu'est-ce que c'est ?

— Le Dr Baer est la meilleure dans son domaine. Elle est cardiologue spécialisée en maladies héréditaires, comme celle dont tu souffres.

— Je sais ce que j'ai ! s'exclama-t-elle.

Elle posa le dossier sur la facture froissée. Elle voulait hurler et quitter cette pièce. Au lieu de quoi, elle soutint son regard et garda le silence. Dans son esprit, elle passa un diaporama de toutes les bonnes choses que Rafael avait faites pour elle, de tous les bons moments qu'ils avaient partagés, afin de se souvenir qu'il était, au fond, quelqu'un de bien.

— Tu vas laisser passer une occasion de mieux connaître la maladie dont tu souffres et dont souffre peut-être ton neveu ?

— Voilà que tu es manipulateur, maintenant.

Rafael changea d'expression. Son regard pétillant s'éteignit et sa bouche toujours si prompte à sourire se contracta.

Elle fut envahie par une vague de tristesse.

— Rafael, tu ne peux pas me sauver. Toute ta fortune ne suffirait pas.

Car sa vie était un gouffre. Dès qu'elle réglait un problème ou se remettait d'une tragédie, d'autres surgissaient.

— J'en doute, répondit-il. Quoi qu'il en soit, il ne s'agit pas de moi. Le Dr Baer est l'une des meilleures cardiologues du monde. Elle a un cabinet à West Palm Beach. Elle n'accepte pas de nouveaux patients mais elle fera une exception pour toi. Tout ce que je te demande, c'est d'y réfléchir.

— Ce n'est pas juste de me mettre devant le fait accompli.

— Trésor, je suis de ton côté.

Alors pourquoi se sentait-elle si mal à l'aise ?

— Réfléchis, insista-t-il. Nous prendrons l'avion pour nous rendre à West Palm Beach. Il te suffit de choisir la date.

— Rafael, l'avertit-elle, si tu me réserves un vol ou que tu me paies encore quelque chose, je te taillerai en pièces.

— Alors mets ta tenue de combat parce que je n'abandonnerai pas.

C'en était trop. Elle se leva et se dirigea vers la porte.

— Désolé, dit-il.

Elle se retourna vers lui. Il semblait désolé, en effet, mais pas suffisamment.

— Est-ce que tu sais seulement de quoi tu es désolé ?

— D'être un des derniers membres du patriarcat ?

Oui, c'était un bon résumé.

— Je sais que je ne suis pas facile à convaincre, dit-elle. Mais ce n'est pas une raison pour agir dans mon dos et faire comme si c'était une surprise.

Il hocha la tête, l'air contrit. Elle soupira. Elle se sentait mieux maintenant qu'elle avait vidé son sac.

Elle se remit à marcher.

— Le dîner tient toujours ? lança-t-il.

— Évidemment ! rétorqua-t-elle sans s'arrêter.

Il lui avait promis d'authentiques tacos. S'il pensait pouvoir la faire sortir de ses gonds et la priver de tacos dans la même journée, il allait être déçu.

- 17 -

Cammie remplit deux tasses de café puis Rafael et elle allèrent sur la terrasse. Pieds nus, en jean et T-shirt, sa sœur semblait détendue. Il alluma le cigare que Drake lui avait offert à son arrivée et s'assit sur les marches. Le soleil couchant traçait une belle ligne rouge sur l'horizon. Rafael ne l'avouerait à personne, mais une part de lui était attachée à Royal. Quand il ne démentait pas les rumeurs, qu'il ne critiquait pas le TCC ou qu'il ne se disputait pas avec son père, il se sentait bien plus calme et apaisé ici que dans n'importe quelle autre ville.

Cammie lui raconta les dernières nouvelles. Pendant qu'elle parlait, Rafael fumait et hochait la tête pour faire mine d'écouter. En vérité, depuis sa dispute avec Eve, il n'arrivait pas à se concentrer.

— N'est-ce pas formidable ? demanda Cammie.

— Bien sûr, je vais participer, dit-il machinalement.

— Est-ce que tu m'as écouté, au moins ?

— Désolé, j'étais ailleurs.

Elle descendit de la rambarde sur laquelle elle était perchée et vint s'asseoir à côté de lui.

— Que se passe-t-il, Rafe ? C'est Tobias ?

Il souffla une longue traînée de fumée.

— C'est Eve. Elle est fâchée contre moi.

— Mais vous aviez l'air si heureux au gala !

— Eh bien, elle n'est plus si heureuse.

— Qu'est-ce que tu as fait ?

— J'ai fait effacer ses dettes, envers son avocat et envers l'hôpital.

Cammie but une gorgée de café tout en réfléchissant.

— C'est plutôt gentil, en fait, observa-t-elle.

— C'est ce que je croyais.

— Quel est le problème, alors ?

— J'ai agi sans la consulter.

— C'est une attitude digne de Tobias.

— Je voulais lui faire la surprise.

— Une surprise, c'est un bouquet de fleurs, ou un week-end de rêve. Pas un effacement de dettes.

— D'une certaine manière, c'est ta faute.

— Je t'ai demandé d'être prudent avec elle, pas de prendre le contrôle de sa vie. Tu saisis la différence, n'est-ce pas ?

— Si je lui avais demandé sa permission, elle aurait refusé.

— Tu ressembles peut-être à ta mère, mais il y a beaucoup de Tobias en toi.

— Ne dis pas ça.

— Trop tard !

Elle sirota son café tandis que Rafael tirait sur son cigare.

— Mince… C'est une chose que Tobias aurait pu faire, finit-il par admettre.

— Merci ! s'exclama Cammie. Alors, que s'est-il passé ? Vous vous êtes disputés ?

— Disons que nous avons échangé des mots.

— Elle a rompu avec toi ?

— Non ! Nous allons manger des tacos tout à l'heure.

— Des tacos ? Alors tout va bien.

— Tu n'as pas vu le regard qu'elle m'a lancé.

Et Cammie n'avait pas entendu la voix d'Eve, pleine d'indignation et de douleur. Il était allé trop loin, il le savait.

— Tu veux dire que tout ça, c'est à cause du regard qu'elle t'a lancé ?

— Tout ça ? s'étonna-t-il.

— Ce froncement de sourcils, cet air perdu et dévasté.

— Arrête !

— Non, toi, arrête !

— Elle m'a accusé d'être manipulateur, confessa-t-il.

— Eh bien ! Eve est pugnace. Qui l'eût cru ?

Rafael posa son cigare dans le cendrier et posa la tête contre l'épaule de sa petite sœur.

— J'ai tout gâché.

Cammie lui tapota la joue.

— Oui, en effet.

— Qu'est-ce que je devrais faire ?

— Ce que je vais te dire va te choquer. Prêt ?

— Je t'écoute.

— Tu vas lui présenter tes excuses.

Il eut un mouvement de recul.

— Mais je l'ai déjà fait !

— D'accord. Dans ce cas, tu attends.

— Qu'est-ce que j'attends ?

— Qu'elle revienne vers toi.

— C'est tout ? Il me faut un plan d'action.

— Tu veux un conseil ? Demande-toi ce que ferait Tobias. Et ensuite, fais le contraire.

— C'est un bon conseil.

Pourtant, au fond de lui, il ne pouvait s'empêcher de penser que Cammie et lui étaient durs avec leur père.

— En parlant de Tobias, comment se passent vos déjeuners ? demanda-t-elle.

— Assez bien. Le secret, c'est d'éviter les sujets sensibles. Nous parlons sport, essentiellement.

Cammie lui donna une tape sur le dos.

— Il fait des efforts, tu sais, plaida-t-elle.

— Je sais. Moi aussi, je fais des efforts. Mais parfois, j'ai envie de lui dire d'aller au diable. C'est étrange. Tu me comprends ?

— Oh ! oui, je te comprends. Crois-moi.

Un grésillement fut émis par le babyphone que Cammie emportait partout avec elle. Micah était en train de se réveiller. La voix grave de Drake s'échappa de l'appareil. Cammie baissa le volume et mit le moniteur de côté.

— Qu'est-ce que c'est ? demanda-t-il. Le babyphone dernier cri ?

— C'est fou, la quantité d'équipements dont les bébés ont besoin rien que pour rester en vie.

— Ils ont besoin d'amour aussi, je suppose.

Elle s'illumina.

— D'amour, oui.

— *Hermanita… no quiero verte lastimada.*

« Petite sœur, je ne veux pas te voir souffrir. »

Elle sourit.

— Je ne sais pas ce que ça veut dire.

— Ça veut dire…

— Non, l'interrompit-elle. Je ne veux pas savoir.

Rafael soupira et regarda au loin.

— Nous sommes cabossés, n'est-ce pas ?

Cammie s'appuya contre son épaule.

— Royalement cabossés, approuva-t-elle.

Lundi matin à la première heure, Rafael organisa une conférence téléphonique avec son équipe d'ingénieurs. Le futur ranch fonctionnerait à l'énergie solaire. Ce n'était pas aussi facile que cela en avait l'air. Il y avait des permis à obtenir, et il fallait adapter des panneaux modernes à une construction ancienne. Néanmoins, Rafael était déterminé. Son choix était bon pour l'environnement mais aussi pour les affaires, car il générerait une publicité positive.

— Réduire la dépendance aux énergies fossiles est ma priorité numéro 1, déclara-t-il.

Son smartphone vibra dans sa poche. C'était un appel d'Eve, constata-t-il en consultant l'écran. Étrange. En temps normal, quand ils étaient au travail, elle venait dans son bureau ou utilisait l'Interphone. Néanmoins, depuis leur dispute vendredi soir, plus rien n'était normal entre eux. Ils avaient passé presque tout le week-end ensemble, mais chaque soir, elle était retournée dans sa suite. Cammie lui avait conseillé d'attendre qu'Eve revienne vers lui. Et si elle ne revenait jamais ?

Il coupa son micro sur le téléphone fixe puis accepta l'appel d'Eve.

— Tu es occupé ? demanda-t-elle.

— Oui, mais j'ai toujours le temps pour toi.

— Bien. J'ai besoin d'aide pour tester une théorie.

— Où es-tu ?

— À l'auberge Belleview.

La tournure que prenait la conversation lui plaisait.

— Tu parles de la théorie mondialement connue du sexe dans une auberge ?

— Celle-là même. Je parie que si nous nous y mettons sérieusement, nous pouvons la démentir. Qu'en dis-tu ?

— J'en dis que je serai là dans dix minutes.

Rafael était sur un petit nuage quand il termina son appel avec les ingénieurs. Il avait hâte de retrouver Eve.

Eve avait choisi une suite de luxe, et l'étiquette Ne Pas Déranger accrochée à la poignée était de bon augure. Rafael frappa à la porte. Eve apparut, vêtue d'un coordonné de dentelle rose délicat. La teinte rose bonbon mettait en valeur sa poitrine dorée et généreuse. Ses cheveux ondulés recouvraient ses épaules.

Elle le toisa.

— Tu es trop habillé pour cette expérience, remarqua-t-elle.

— Laisse-moi une seconde. Le temps d'apprécier ce que j'ai devant moi.

Elle sourit.

— Désolée de te presser, mais il y a un courant d'air, et j'ai froid.

La tension du week-end disparut aussitôt. Soulagé, Rafael ferma la porte et plaqua Eve contre lui, espérant cacher le fait qu'il tremblait de tout son corps. Leur brouille avait duré trois nuits. Trois longues nuits durant lesquelles il avait failli devenir fou.

— Je savais que cet argument fonctionnerait, dit-elle en riant. Me réchauffer, c'est une obsession chez toi.

— Mon obsession maintenant, c'est de te rendre brûlante.

Tout en la couvrant de baisers avides, il la guida vers la chambre. Sans attendre, ils s'allongèrent sur le lit. Il voulut suçoter ses tétons sombres à travers la dentelle rose de son soutien-gorge, mais Eve contraria son envie. Glissant les mains dans ses cheveux comme elle adorait le faire, elle amena sa bouche vers la sienne.

Il prit possession de ses lèvres pleines et goûta sa saveur sucrée. Soudain, on frappa à la porte. Rafael gémit et se redressa. Il avait comme une impression de déjà-vu.

— J'ai commandé des fraises au chocolat, expliqua-t-elle. Désolée, je n'ai pas pris de champagne.

— Ça me va.

Il sortit du lit, alla chercher les fraises et régla la note. Une fois l'employé de l'hôtel reparti, Rafael prit un préservatif dans son portefeuille. Quand il revint dans la chambre, Eve était assise dans le lit, les mains jointes derrière la tête.

— Ne te mets pas trop à l'aise, avertit-il.

— D'accord.

Elle rampa sur le lit et s'agenouilla au bord.

Lorsqu'il se fut débarrassé de tous ses vêtements, elle tendit les bras vers lui, réclamant un autre baiser. Il accéda à sa requête puis promena ses lèvres le long du bord festonné de son soutien-gorge.

— Le haut reste, annonça-t-il.

Il glissa une main sous la taille de son slip.

— Le bas, non.

— Vous êtes un homme exigeant, Rafael Arias.

Mais suis-je l'homme que tu aimes ?

Les mots prirent tant de place dans son esprit qu'il faillit les prononcer à voix haute. Pour s'empêcher de parler, il s'étendit sur elle et l'embrassa. Il fit dériver sa bouche le long de son corps, dessinant une ligne droite jusqu'à la chaleur moite de ses replis intimes. Eve serra ses cheveux. À chaque caresse de sa langue, elle se cambrait, mais aucun son ne s'échappait de ses lèvres. Il fallait qu'il remédie à cela. Il lécha, suçota et mordilla son bouton enflé jusqu'à ce qu'elle soit pantelante et qu'elle crie son nom. Alors, seulement, il remonta vers elle, triomphant.

Impatient d'être en elle, il glissa un bras sous son genou Elle plaqua les mains sur ses pectoraux.

— En missionnaire ? Vraiment ? plaisanta-t-elle d'une voix essoufflée.

— Chérie, ce n'est pas moi qui édicte les règles, rétorqua-t-il en riant.

Il enfila le préservatif.

— C'est ce que tu ne cesses de dire, répondit-elle, nouant les mains autour de son cou.

Il cessa de rire, l'anticipation du plaisir raidissant chaque muscle de son corps.

— J'ai envie de toi. Serre-moi fort, ordonna-t-il.

Elle enroula les jambes autour de lui, l'emmenant plus loin en elle. Rafael ferma les yeux. Il ne pouvait décrire ce sentiment, à la fois torride et tendre. Eve l'électrisait à chaque caresse, chaque mot, chaque regard, chaque baiser. Ils ondulèrent ensemble, jusqu'à ce qu'ils s'atomisent de plaisir. Pendant un long moment, ils restèrent immobiles, essoufflés et épuisés. Quand elle blottit le visage au creux de son cou, il murmura contre ses cheveux :

— Chérie, merci d'être revenue vers moi.

Maintenant qu'il avait créé d'aussi merveilleux souvenirs dans cette auberge, ne devrait-il pas la racheter ? se demanda Rafael. Il posa la question à Eve. Elle mordit dans une fraise et secoua la tête.

— Nous ne sommes pas dans une partie de Monopoly. Tu n'es pas obligé d'acheter tous les endroits où tu atterris.

— Mais c'est si bon d'être ici avec toi !

— C'est toujours agréable. Peu importe où nous sommes.

— C'est vrai.

Il l'attira dans ses bras, et après qu'ils eurent regardé le journal télévisé de midi, il lui parla de son enfance et de son adolescence. Il évoqua le décès de sa mère et la façon brutale dont Tobias était revenu dans sa vie.

— Il m'a accueilli chez lui et m'a donné son nom. C'était ce qu'un père devait faire, mais je venais de perdre ma mère et je ne voulais pas perdre le nom qui me liait à elle. Tobias ne m'a pas demandé ce que j'en pensais. Il l'a fait, c'est tout. La mère de Cammie l'a quitté, furieuse. C'était un désastre.

Eve avait coupé le son du téléviseur pour mieux l'écouter. Il venait de gâcher l'ambiance qu'elle avait créée au prix de tant d'efforts. Il le déplorait, et ce n'était pas son seul regret.

— C'est typique de Tobias, poursuivit-il. Agir en pensant faire au mieux sans prendre en compte les sentiments des autres. Je suis désolé d'avoir eu la même attitude avec toi.

— Je t'en veux toujours de la manière dont tu as procédé. Tu ne peux pas simplement me mettre de côté et entreprendre des actions qui me concernent. Je ne peux pas l'accepter.

— Je m'en souviendrai.

Rafael n'avait pas toléré le comportement de Tobias. Il comprenait qu'Eve ne tolère pas le sien.

— Bien, mais je te suis reconnaissante, affirma-t-elle, se lovant contre lui. Je t'ai demandé de venir ici pour te le dire.

— Tu aurais pu m'envoyer des fleurs.

— J'ai hésité entre des pivoines roses et de la lingerie rose.

— Tu as fait le bon choix.

— Et tu m'as déchargée d'un lourd fardeau. Je ne sais pas comment je vais pouvoir…

Rafael posa un doigt contre ses lèvres pour l'interrompre.

— S'il te plaît, ne finis pas ta phrase.

— Il faut que tu comprennes. Je dépends de la gentillesse d'inconnus pour à peu près tout. Ça me donne le sentiment de ne pas être à la hauteur. J'aurais aimé que tu me rencontres avant.

— Quand tu étais au sommet du succès ?

— Oui ! fit-elle en riant.

Elle prit son téléphone sur la table de chevet et lui montra un article issu d'un magazine de Miami. Il évoquait le fait qu'Eve avait créé une base de données pour un organisme à but non lucratif en Floride. Sur la photo qui accompagnait le texte, elle arborait un chignon strict et un air sérieux. Rafael l'embrassa sur le front.

— Je te préfère maintenant, assura-t-il.

Eve agrandit la photo et l'étudia un instant.

— Moi aussi, je crois.

— Tu as réfléchi pour le rendez-vous avec le médecin ?

Cela l'ennuyait d'aborder le sujet, mais la santé d'Eve était en jeu.

— Oui. J'ai décidé que ce ne serait pas malin de rejeter cette opportunité. Bien que je sois fatiguée des visites médicales et des hôpitaux, je dois rester en bonne santé pour Micah. Alors, nous pouvons aller en Floride dès que tu seras libre, conclut-elle.

— Sérieusement ?

— Ça ne peut pas me faire de mal. Et puisque le cabinet est à Palm Beach, ce sera sans doute comme une journée au spa.

N'étant pas du genre à remettre les choses au lendemain, Rafael saisit son téléphone sur le chevet et appela le cabinet du Dr Baer. Il obtint un rendez-vous pour vendredi, à 10 heures.

— Nous commencerons par West Palm Beach, dit-il. Après le rendez-vous, nous irons à Fort Lauderdale. J'aimerais que nous passions le week-end dans mon hôtel.

Elle saisit une fraise dans la coupe de cristal, la plongea dans la sauce au chocolat et la porta aux lèvres de Rafael.

— J'en serais ravie.

- 18 -

Eve devrait être ravie de regagner la Floride en jet privé. Mais le bonheur de revenir chez elle était assombri par le but de cette visite. Rafael et elle n'iraient pas dans un complexe hôtelier où elle enfilerait un bikini et lézarderait au bord de la piscine. Cela viendrait plus tard. D'abord, elle devrait se rendre dans le cabinet d'un médecin, où elle mettrait une blouse et s'allongerait sur une table d'examen, pour s'entendre dire qu'il lui restait six mois à vivre. C'était ainsi que le rendez-vous se passerait, elle en était sûre. Les visites médicales ne se terminaient pas par des nouvelles positives et encourageantes – pas selon son expérience, en tout cas.

— Je donnerais cher pour connaître tes pensées, dit Rafael.

Eve poussa un soupir.

— Je suis juste un peu nerveuse.

Assis face à elle, Rafael toucha la pointe de son escarpin avec le bout de sa botte.

— Où est mon Eve intrépide ?

L'Eve intrépide ? Elle ignorait qui était cette personne. En vérité, elle avait l'impression que la peur la maintenait dans une cage mentale et physique. Au début de sa rééducation, son kinésithérapeute lui avait dit que sa guérison serait plus rapide si elle acceptait de repousser ses limites.

— Vous avez peur, avait-il noté. Vous pouvez en faire plus.

À l'époque, elle avait eu peur de perdre l'équilibre, de tomber, de s'évanouir et de finir à l'hôpital à nouveau, ou de perdre la vie, comme Arielle. Ces pensées tournaient en boucle dans son esprit à présent. Elle avait peur d'espérer et d'être amèrement déçue, une fois de plus.

Rafael l'observait intensément. Elle s'agita sur son siège, mal à l'aise. Il tapota sa cuisse et murmura :

— Viens là, Eve.

— Je ne peux pas déboucler ma ceinture. Nous ne sommes pas encore à l'altitude de croisière. Ordres du capitaine.

— Ne t'inquiète pas. Je te protégerai.

Elle se leva, abandonnant le cuir froid du siège pour la chaleur de son giron. Il déposa un baiser sous son oreille.

— Qu'est-ce qui ne va pas ? demanda-t-il.

Rien n'allait. Leur première escapade avait un but médical. Elle posa une main tremblante sur sa gorge et ravala un sanglot. Rafael l'étreignit et la laissa pleurer sans interruption. Elle s'abandonna à ce torrent de larmes trop puissant pour être contrôlé. C'était si bon de se sentir soutenue… Durant toute son épreuve, elle avait reçu de l'aide d'organismes caritatifs, du personnel de l'hôpital de Royal, et même d'inconnues comme Cammie et Sierra. Mais il lui avait manqué une épaule sur laquelle pleurer.

Rafael lui caressa les cheveux.

— Je suis là, murmura-t-il. Tu peux te reposer sur moi.

— Je t'en suis reconnaissante.

— Je ne veux pas que tu me sois reconnaissante. Si je tiens à ce que tu ailles mieux, c'est par égoïsme.

Elle aperçut un éclair d'inquiétude dans ses yeux. Leur liaison était censée être légère et plaisante. À présent, Eve craignait que cette relation soit en train de changer de nature. Elle décida d'aborder le sujet sans détour.

Elle se libéra de son étreinte et se redressa.

— Rafael, je peux te poser une question directe ?

Il appuya la tête contre son siège.

— Je t'écoute.

— Qu'est-ce qui nous arrive ? Est-ce que nous sommes en train de développer des sentiments l'un pour l'autre ?

Il l'observa, les yeux mi-clos.

— J'ai mal entendu. Qu'est-ce que nous développons ?

Rafael était un maître dans l'art de détourner la conversation.

— Des *sentiments*, répéta-t-elle, épelant le mot pour faire bonne mesure.

Il glissa une main sous son chemisier de coton et effleura les creux de son dos.

— Tu sens ça ? C'est un sentiment agréable, non ?

— Je suis sérieuse ! s'exclama-t-elle, bien que sa caresse soit très agréable.

— Tu es trop sérieuse.

Un instant plus tard, quand le steward leur apporta des couvertures en cachemire et leur servit un café, ce fut aussi très agréable.

— Il faut que tu te concentres sur ta guérison, dit Rafael, après un moment. C'est tout ce qui compte pour l'instant.

Eve était tout à fait d'accord. Alors pourquoi avait-elle le cœur serré ? Tout en plongeant une biscotte dans son café, elle passa mentalement en revue sa liste de choses à faire. Celle qu'elle avait dressée le soir du gala de bienfaisance, et qu'elle avait vite abandonnée quand Rafael l'avait plaquée contre le magnolia. Elle la révisa point par point, et en ajouta un :

Ne pas développer de sentiments pour Rafael.

Le Dr Baer était une femme réservée et sérieuse, aux cheveux poivre et sel et aux yeux gris aiguisés. Eve avait passé une série d'examens durant trois heures. Après avoir étudié les résultats, le médecin fit son diagnostic.

— Ce n'est pas un cas sévère. Il n'y a pas de raison que vous ne puissiez pas contrôler vos symptômes maintenant que vous connaissez votre état. Je vais vous prescrire un traitement. Je recommande un exercice modéré et un régime alimentaire à base de végétaux. Nous nous reverrons dans six mois, et nous pourrons alors discuter d'autres traitements possibles.

Eve avait du mal à prendre ces bonnes nouvelles pour argent comptant.

— Ma sœur est décédée de cette maladie, dit-elle. Mettre un bébé au monde a été trop dur pour son cœur, et elle n'a pas pu s'en remettre.

Elle revit Arielle sur son lit d'hôpital, la vie quittant petit à petit son corps.

— Vous n'êtes pas votre sœur, déclara le Dr Baer. Gardez cela à l'esprit.

Quand Eve sortit du cabinet, Rafael était dans la salle d'attente, l'air un peu inquiet. Elle se précipita dans ses bras. Sur le trajet pour Fort Lauderdale, elle répéta les paroles du médecin.

— Il me semble que ce sont de bonnes nouvelles, commenta-t-il. Maintenant nous pouvons nous détendre et fêter ça.

Eve n'avait qu'une envie : dormir. La journée avait été éreintante.

Lorsqu'ils arrivèrent à l'hôtel, Rafael fut accueilli comme un empereur. Son personnel paraissait sincèrement ravi que le patron soit de retour. Tout le monde, depuis le voiturier jusqu'au directeur, voulait lui parler. Il leur fallut un peu de temps pour traverser le hall. Eve crut qu'ils seraient tranquilles quand ils entrèrent dans l'ascenseur. Mais après une seconde, une femme courut vers la cabine, ses talons claquant sur le sol en terrazzo.

— Hé, monsieur ! cria-t-elle. Retenez l'ascenseur !

La jeune femme atterrit sur Rafael, qui ne sembla guère perturbé.

— Claudia ! s'exclama-t-il, serrant la jeune femme brune dans ses bras. Ça fait longtemps.

— Ça fait des siècles ! Je suis heureuse de te voir, mais je t'en veux d'avoir disparu des radars. Où étais-tu passé ?

— Dans ce bon vieux Texas, dit-il avec un accent traînant.

Claudia rejeta une mèche de cheveux en arrière.

— Tu es un Texan de cœur, répliqua-t-elle.

— Peut-être bien. Qu'est-ce que tu fais ici ?

— C'est l'anniversaire de Tatiana. Nous nous retrouvons toutes au bar pour prendre un verre. Viens avec nous ! Ce sera comme au bon vieux temps.

— Eve et moi avons des projets.

Claudia ouvrit de grands yeux et remarqua enfin la présence d'Eve.

— Ah ! fit-elle. C'est Eve ?

Rafael hocha la tête.

— Eve, je te présente Claudia, une vieille amie.

Claudia semblait déçue. Malgré tout, elle parvint à lancer d'un ton joyeux :

— Bonjour, Eve ! Enchantée.

— Enchantée.

Claudia sortit au vingtième étage, laissant dans son sillage des effluves de son parfum capiteux. Rafael et Eve continuèrent jusqu'au dernier étage, réservé aux appartements privés. Rafael expliqua qu'ici, il se sentait chez lui. Bien qu'il adore sa propriété de Miami, il appréciait le calme de son appartement de Fort Lauderdale. L'hôtel fournissait tous types de services et disposait même d'une salle de massage.

Eve n'arrivait pas à chasser Claudia de son esprit. Avec sa fossette au menton et son regard pétillant, la jolie brune était séduisante. Elle semblait pleine de vie et amusante. Si Rafael passait la soirée avec elle, il s'amuserait davantage. Maintenant qu'elle l'avait vu dans son élément, Eve comprenait qu'il y avait peu de chance pour qu'il développe des sentiments pour elle. Avec son histoire familiale, ses problèmes de santé et ses crises de larmes dans les jets privés, elle était très différente de Claudia. Cette pensée l'attrista et l'épuisa.

Rafael lui fit visiter l'appartement, blanc, élégant, et un peu froid. Mais la vue sur l'océan compensait largement le côté aseptisé de la décoration. La chambre peu meublée était apaisante. Eve s'effondra sur le grand lit blanc et enfonça la tête dans la pile d'oreillers. Toutes ses pensées négatives se désintégrèrent dans l'obscurité.

Eve se réveilla quelques heures plus tard dans une pièce sombre. Désorientée, elle sortit du lit et avança à tâtons dans le couloir faiblement éclairé pour gagner le salon. Le silence la perturbait. Rafael l'avait-il déjà abandonnée ? Non… Ce n'était pas son genre. Et pourtant, elle ne fut rassurée que lorsqu'elle aperçut l'extrémité rouge rubis de son cigare. Il était sur la terrasse. Plus précisément, dans le jacuzzi, en train de former des volutes de fumée dans la nuit.

Elle ferma les yeux et inspira. Pourquoi avait-elle pensé qu'il l'avait emmenée jusqu'ici pour l'abandonner ensuite ? Pourquoi s'était-elle mise dans tous ses états durant le voyage ? Rafael et elle étaient loin de Royal, loin des responsabilités qu'elle avait laissées là-bas. Elle pourrait peut-être oublier ses soucis pendant un jour ou deux, non ?

Elle retourna dans la chambre et sortit de sa valise le bikini qu'elle avait commandé en ligne dans l'espoir que ce week-end ait plus à offrir qu'une batterie d'examens médicaux. Puis elle rejoignit Rafael sur la terrasse. Le cigare dans une main, un verre de liquide ambre dans l'autre, il semblait détendu.

— Regardez-moi ça, fit-elle.

— Regarde-toi, répliqua-t-il. Comment te sens-tu ?

— Reposée.

Elle s'arrêta au bord du jacuzzi et plongea un pied, les bulles lui chatouillant les orteils.

— J'ai besoin que tu me rendes un service, dit-elle.

— Tout ce que tu veux.

— Aide-moi à ne pas trop penser, ce week-end. Il faut que je débranche mon cerveau.

— D'accord, chérie. Message reçu.

Eve soupira, évacuant un peu de pression.

— Qu'est-ce que tu bois ? demanda-t-elle.

— Un whisky. Tu le veux ? Viens le chercher.

— Non, merci. Je prendrai un thé glacé.

— Nous faisons d'excellents cocktails sans alcool ici. Ça te dirait, un *nojito* ?

— Ça a l'air délicieux.

— Je vais passer commande. Il faudra que tu ailles ouvrir. Mon état est très visible.

— J'irai ouvrir. Je n'ai pas ces problèmes.

Il tira sur son cigare et la regarda à travers un écran de fumée bleue.

— Mais tu les provoques, repartit-il.

Eve réprima un rire. Elle adorait la façon dont Rafael promenait son regard sur elle.

— C'est un nouveau bikini ? demanda-t-il.

Elle mit les mains sur les hanches.

— Tu aimes ?

— Beaucoup. Tu as laissé l'étiquette.

— Oh !

Comment avait-elle pu ne pas voir le carré de carton qui pendait entre ses seins ? Plutôt que de le détacher, elle retira le haut de bikini et le laissa tomber sur le sol.

Rafael hocha la tête d'un air appréciateur.

— J'allais arracher l'étiquette, dit-il, mais ta solution fonctionne aussi.

Eve ne s'arrêta pas là. Elle glissa les pouces sous la taille de son bas de bikini et le fit glisser jusqu'à ses chevilles.

— Mon Dieu, gronda Rafael. Eve, tu veux que j'aie une crise cardiaque ?

Elle entra dans l'eau.

— J'ai besoin que tu sois en vie pour ce que j'ai en tête.

Il posa le cigare dans un cendrier et tendit les bras pour l'amener vers lui. La force du tourbillon de bulles lui compliqua la tâche. Eve l'aida en dérivant vers lui. Ils échangèrent un baiser avide tandis que Rafael posait les mains partout sur elle.

— Ne pense à rien hormis à ces sensations, murmura-t-il.

Des sensations étonnantes, absolument stupéfiantes. Eve enroula les jambes autour de ses hanches, s'accrochant à son corps et à ses paroles.

— Ne pense à rien, sauf au fait que je te désire très fort, ordonna-t-il. Promis ?

— Promis.

C'était une promesse qu'elle trahit presque aussitôt,

en remarquant les lumières de la ville au loin. Elle avait l'impression de vivre un rêve.

Rafael était trop perspicace pour ne pas remarquer qu'elle était perdue dans ses pensées.

— Où es-tu ? demanda-t-il.

Elle appuya le front contre le sien.

— Je suis ici, avec toi.

— Bien, dit-il, l'embrassant à nouveau.

Eve sentit le cœur de Rafael cogner dans sa poitrine. Un frisson de peur la parcourut, aussi fort que l'eau qui tourbillonnait autour d'eux. Elle ne pouvait pas tomber amoureuse de cet homme, et pourtant, elle était dangereusement près du précipice. Pour se distraire, elle éclaboussa Rafael. Il resserra son emprise autour de sa taille et l'entraîna sous l'eau.

Le *nojito* vint plus tard. Puis le dîner. Après cela, ils restèrent au lit, parlant de tout et de rien. Le lendemain, Eve fit la grasse matinée pendant que Rafael alla voir son personnel. Dans la soirée, ils prirent un bateau et naviguèrent sur les canaux pour rejoindre l'un des restaurants de fruits de mer préférés de Rafael.

Assis à une table en bois branlante, Rafael écrasait des pattes de crabe avec un maillet tout en expliquant qu'une crevette que l'on décortiquait soi-même valait bien mieux que les crevettes sauce cocktail des country clubs.

— Si on l'a décortiquée, on l'a méritée, affirma-t-il d'un air sérieux. C'est aussi simple que ça.

— Vraiment ?

Il recula sur sa chaise et joignit les mains derrière la tête.

— Mais oui. Le secret, c'est la bonne vieille huile de coude.

Il portait un jean ainsi qu'un T-shirt blanc qui offrait

un beau contraste avec sa peau dorée par le soleil. Apparemment, ce voyage l'avait revigoré, lui aussi. Elle lui en fit la remarque, mais il répondit par un sourire triste.

— Je suis tiraillé entre deux villes. Mes racines sont à Royal, ainsi que ma famille. Fort Lauderdale m'a construit et a fait de moi l'homme que je suis aujourd'hui. La plupart des gens pensent que j'ai commencé ma carrière à Miami, mais j'ai débuté ici, à Fort Lauderdale. Maintenant, je ne sais plus où est ma place.

Eve le comprenait. Elle était dans le même bateau, pour ainsi dire. Les faits et les chiffres avaient toujours été sa passion, mais travailler avec Rafael lui offrait une perspective différente. Elle appréciait la nature pratique de son nouvel emploi, et elle aimait voir une idée se développer depuis la conception jusqu'à la réalisation.

Elle décortiqua une crevette rose.

— Je ne sais pas encore quelle sera la prochaine étape de ma vie, dit-elle.

— Tu auras toujours une place au sein du groupe Arias Hospitality, en tout cas.

C'était très rassurant, mais elle ne comptait pas rester l'assistante de Rafael éternellement.

— C'était ton rêve de travailler dans la finance ? demanda-t-il.

— Non. J'ai étudié le commerce dans le but de fonder ma propre entreprise. Je voulais gagner mon premier million avant d'avoir trente ans. Fonder une société est le moyen le plus rapide d'y parvenir.

Il prit une gorgée de bière fraîche.

— Tu sais ce qui se passe quand on atteint l'âge de trente ans ? demanda-t-il.

Elle sourit.

— Je n'y suis pas encore.

— Je vais te le dire. On cesse de se préoccuper des étapes stupides.

Et Eve oublia ses autres préoccupations. Le reste du week-end se passa sans un nuage, à l'image du ciel bleu de la Floride.

- 19 -

Ils arrivèrent à Royal dimanche en début d'après-midi. Rafael, conscient qu'Eve était impatiente de voir Micah, avait proposé qu'ils passent par le ranch de Drake avant de rentrer chez eux.

Drake les accueillit avec un grand sourire.

— Un petit week-end à Miami, hein ?

— Ce n'était pas pour le plaisir. Nous avions une affaire à régler.

— Nous ne sommes jamais arrivés à Miami, renchérit Eve. Nous sommes restés à Fort Lauderdale. Rafael n'a fait que travailler.

— Tout le temps ? demanda Drake, toisant Rafael. C'est comme ça que tu as bronzé ?

— Que veux-tu ? Je suis du genre à siffler en travaillant.

— Je vois ça.

Cammie arriva avec Micah.

— Bonjour, vous deux ! Quelle surprise ! Je ne m'attendais pas à vous voir ce week-end.

— Je ne pouvais pas attendre pour voir Micah, dit Eve.

— Vous tombez bien. Il vient de se réveiller de sa sieste.

Eve se dirigea vers le canapé. Quand elle fut assise, Cammie plaça Micah entre ses bras. Eve le serra contre son cœur. Il poussa un cri de joie puis, aussitôt, se mit à pleurer.

— Il est agité, expliqua Cammie. Je sais ce qu'il lui faut.

Cammie et Drake partirent dans deux directions différentes. Cammie revint avec un biberon de lait chaud. Eve le saisit et glissa la tétine dans la petite bouche rose de Micah. Elle le berça tandis qu'il buvait vigoureusement son lait.

Drake, quant à lui, rapporta un petit ours en peluche jaune.

— Tiens, Rafe, dit-il.

— Qu'est-ce que c'est ? demanda Rafael.

— Ours Jaune.

— Il a un nom ?

— C'est son nom. Ours Jaune.

— Original, murmura-t-il.

— Avec les enfants, la simplicité est primordiale, affirma Drake.

— Ah, parce que tu es un expert maintenant ? lança Rafael, incrédule.

— Rafe, intervint Cammie, cesse de discuter et agite Ours Jaune au-dessus de Micah. Il aime l'attraper pendant qu'il prend son biberon.

Rafael s'assit à côté d'Eve sur le canapé et suivit les instructions de sœur. Il agita la peluche devant les yeux de Micah. Le bébé tendit la main pour le saisir.

Cammie sortit son téléphone.

— Je vous prends en photo. Vous ressemblez à une famille, tous les trois !

— Non, pas du tout, protesta Eve.

— Si, c'est vrai, intervint Drake, s'installant confortablement dans un fauteuil.

Cammie claqua des doigts pour attirer leur attention.

— Regardez-moi tous. Souriez. Bien. C'est fait !

Eve avait souri pour la photo, mais ensuite, elle avait

rapidement baissé la tête. Quel était le problème ? se demanda Rafael.

Cammie étudia la photo qu'elle venait de prendre.

— Une très belle famille ! commenta-t-elle.

Rafael sentit sa mâchoire se tendre. Cammie projetait-elle ses espoirs sur eux ? Elle avait toujours rêvé d'avoir des enfants, de préférence avec Drake. Hélas, sa sœur au grand cœur aimait un homme qui ne voulait pas être père. Mais d'après ce que Rafael avait compris, Drake avait pris un virage à cent quatre-vingts degrés. Tout cela grâce à Micah. Toutefois, ce petit garçon n'était pas un faiseur de miracles. Contrairement à Drake, Rafael n'avait pas changé d'avis sur la paternité.

Il aborda le sujet sur le trajet de retour.

— Eve, je peux te poser une question ?

— Je t'écoute.

— Quels sont tes projets à long terme pour Micah ?

— Oh. Tu me demandes ça parce que Cammie t'a mis sur la sellette. Désolée.

— Je te pose la question parce que j'ai envie de savoir.

Eve était venue à Royal pour retrouver le père de Micah. La police ne l'avait pas encore identifié, mais elle finirait par y parvenir. Et ensuite, quelle sorte d'arrangement Eve trouverait-elle avec cet homme ? Elle était très attachée à son neveu. Rafael ne pouvait imaginer qu'elle confie simplement Micah à son père.

Lorsqu'ils s'arrêtèrent à un feu, il saisit sa main.

— Trésor, parle-moi.

Elle retira lentement sa main. Il savait qu'il l'avait contrariée tout à l'heure, chez Drake et Cammie. Mais il ignorait comment.

Ils finirent le trajet en silence. Rafael déchargea la

voiture et apporta les bagages dans l'ascenseur. Quand ils passèrent devant la porte d'Eve, elle s'arrêta.

— Rafael, attends, dit-elle d'une voix tendue. Je vais bientôt récupérer la garde de Micah. Dès que j'aurai l'accord de mon médecin.

Rafael s'éclaircit la voix.

— Tu as envisagé d'attendre de retrouver son père ? Il n'y a pas d'urgence.

— Je refuse d'attendre. Il peut aller au diable, je m'en moque, lâcha-t-elle, la colère et la rancœur perçant dans sa voix.

— Tu t'inquiètes pour Cammie et Drake ? Tu sais, ils garderont ton neveu aussi longtemps qu'il le faudra. Avoir Micah chez eux leur fait beaucoup de bien.

— Je ne veux pas abuser de leur gentillesse. Ils s'étaient engagés à s'occuper de lui pour une courte période. Je pensais avoir fini ma rééducation à ce stade, mais mon médecin est strict et ne signera rien tant que je n'aurai pas atteint tous les objectifs.

— Cammie n'y voit pas d'inconvénient. Au contraire.

— Je ne peux pas délocaliser mon neveu. Il est sous ma responsabilité.

— Alors, qu'as-tu prévu ? Qu'est-ce que tu entends par « bientôt » ? demanda-t-il, plus sèchement qu'il ne l'aurait voulu.

— Dès que possible.

Eve lui exposa ses projets : elle comptait trouver un autre logement, une place en crèche pour Micah, et ensuite, elle quitterait cette résidence.

— Je croyais que tu étais heureuse ici avec moi.

— Je le suis.

Elle mit les mains autour de son cou.

— Mais j'ai des responsabilités que je ne peux pas fuir. S'il te plaît, comprends-moi.

— Tu n'as pas besoin de déménager pour t'occuper de ton neveu.

— Rafael, il n'y a pas de place dans ta vie pour un enfant ! Tu le sais bien.

— Est-ce que tu es en train de rompre avec moi ?

— Pas vraiment.

— Réponds par oui ou par non, Eve.

— Nous pourrons continuer à nous voir. Mais ce ne sera sans doute plus pareil.

Il ne voulait pas que les choses changent entre eux. Il aimait la situation telle qu'elle était.

— Tu comptais me dire que tu envisageais de déménager ?

— Il n'y a encore rien de défini. Mon kinésithérapeute pense que si mes prochaines sessions se passent bien, il pourra parler au médecin. Peut-être que je demanderai à Cammie de garder Micah une semaine de plus ou deux, jusqu'à ce que tout soit réglé.

— Une semaine ou deux…

— Rafael, je ne peux pas laisser ta sœur élever mon neveu pour que toi et moi puissions vivre sans contraintes.

— Personne ne te demande de…

Elle s'écarta de lui.

— La seule raison pour laquelle j'ai attendu si longtemps, c'est parce que j'avais peur. Je craignais de m'évanouir sur un parking et de laisser Micah sur le capot d'une autre inconnue. De recommencer ce cycle vicieux.

— Je comprends, Eve. Je savais que ce jour arriverait, mais nous aurions pu en discuter.

— Rafael, il ne s'agit pas de toi, souligna-t-elle, exaspérée. Il s'agit de Micah. Tu ne sais pas ce que c'est que de s'occuper d'un enfant. Comme tu l'as dit, tu n'es pas fait pour être père.

— Et je t'ai expliqué pourquoi.

— Ou peut-être que c'est juste un choix de ta part.

— C'est mon choix, affirma-t-il sans honte.

— Exactement. Tu es un loup solitaire, et cela te convient. Mais moi, je n'ai pas le choix. Ma sœur est morte et m'a laissé son fils. Je n'ai pas d'autre famille, et je dois faire mon devoir. Il n'y a pas d'autres options pour moi. Je ne suis pas comme Claudia.

— Claudia ? s'étonna-t-il. Qu'a-t-elle à voir dans cette histoire ?

— Tu serais mieux avec quelqu'un comme elle. Quand je t'ai vu avec elle, j'ai compris.

Voilà qu'Eve divaguait, maintenant !

— Tu l'as vue moins de cinq minutes !

— Tu sais ce que je veux dire.

— Non. Si Claudia et moi sommes si compatibles, pourquoi ne suis-je pas avec elle ?

— Je n'en sais rien. Tu devrais peut-être réfléchir à cela au lieu de dépenser ton temps, ton argent et tes ressources pour essayer de me sauver.

Il prit une grande inspiration.

— Écoute, nous sommes fatigués, dit-il, aussi diplomatiquement que possible. Après une bonne douche et un bon dîner, nous pourrons reparler de tout ça à tête reposée.

— Non. J'ai besoin de calme. Je vais rester chez moi ce soir.

— Tu en es sûre ?

— Oui.

Elle sortit ses clés et ouvrit la porte. Il la suivit dans la suite et déposa sa valise dans l'entrée.

— Je peux revenir te voir tout à l'heure ?

— Je serai endormie.

Rafael ignorait comment il parvenait à rester debout alors qu'il avait l'impression d'être en chute libre. C'était ainsi que leur histoire allait se terminer, il le savait. Eve allait fermer cette porte derrière lui. Et il n'y aurait pas de retour en arrière possible.

- 20 -

Penchée au-dessus du lavabo, le souffle court, Eve était en pleine de crise de panique. Entre Rafael et elle, tout était fini. Elle l'avait compris dès leur retour à Royal.

Elle était redevable à Rafael pour son indépendance durement gagnée. Il lui avait offert un emploi et lui avait même pris rendez-vous chez une grande cardiologue. Maintenant, elle n'avait plus aucune excuse. Chaque fois qu'elle rendait visite à Micah, elle se sentait coupable de ne pas être plus présente. Les commentaires de Drake sur leur escapade à Miami l'avaient ébranlée. Drake n'avait fait que plaisanter, bien sûr, mais elle ne trouvait pas normal de laisser son neveu avec Cammie pendant que Rafael et elle passaient un week-end en Floride.

En général, Eve n'était pas fascinée par les vieilles histoires de Royal et par ses querelles qui se transmettaient de génération en génération. Cependant, elle savait que Tobias Wentworth, le père de Rafael et de Cammie, avait la réputation d'être un homme d'affaires impitoyable, avare et dur. En contraste, ses enfants étaient très généreux, donnant beaucoup sans jamais rien demander en retour. Eve les aimait tous les deux, mais elle ne pouvait pas se reposer sur eux éternellement.

Rafael et elle étaient enfermés dans les rôles respectifs de généreux bienfaiteur et de demoiselle en détresse. Ils ne pouvaient pas continuer ainsi. À un certain point, il lui en voudrait, ou elle lui en voudrait. Il voudrait certainement quelqu'un qui soit à son niveau, et ce quelqu'un ne serait pas elle. Car le déséquilibre de pouvoir et de privilèges était tout simplement trop fort. Ce ne serait peut-être pas Claudia non plus. C'était à Rafael de faire son choix. Lui rendre sa liberté était un acte généreux, elle n'en doutait pas.

Et maintenant, que faire ? Comment rompait-on avec son patron ? Y avait-il une marche à suivre ? Les liaisons au travail étaient les pires. Elles fonctionnaient rarement, et quand tout s'effondrait, on se retrouvait coincé au bureau avec son ex. Rafael était un chic type, il ne compliquerait pas la situation. Très probablement, il étoufferait tous ses sentiments et arborerait un air amical et neutre. Il l'appellerait « Mademoiselle Martin », et pas d'une manière sexy. Il partirait tôt le vendredi, pour qu'il n'y ait pas de rencontres gênantes dans l'ascenseur. Il serait un parfait gentleman. Simplement, il ne serait plus son amant.

Cela commença dès le lendemain. Les bureaux étaient inhabituellement calmes. Eve supposa que Rafael était resté à distance exprès. Bien qu'elle se sente blessée, elle lui était aussi reconnaissante. Ils avaient besoin de répit. Plus tard, ils pourraient reprendre une relation normale. Mais pour l'instant, ils avaient besoin d'espace.

À l'heure du déjeuner, Eve mangea une salade dans son bureau. N'ayant pas d'appétit, elle finit par repousser son assiette. Il y avait un vide dans son cœur que rien ne pouvait combler. Elle aurait pu rester ainsi, déprimée et désespérée, jusqu'à la fin de la journée, si Sierra Morgan ne lui avait pas téléphoné. La jeune femme souhaitait qu'elles prennent un verre ensemble.

— Nous pourrions reparler du journal d'Arielle, comme nous l'avions prévu, suggéra-t-elle.

— Volontiers.

— Si nous nous retrouvions au Colt Room à 17 heures ?

Le Colt Room était un bar à vins du TCC. Eve commençait à penser que toutes les routes à Royal menaient effectivement au country club, comme l'avait dit Rafael.

— Je vous rejoins là-bas, dit-elle.

À 16 h 30 précises, elle quitta son bureau. Toujours aucun signe de Rafael. Elle n'entendit pas sa voix ou ses rires dans le couloir. Pas un son. Rien. Cela la déprima. Était-ce à cela que ressemblerait son avenir ? Être comme une coquille vide, assurer ses tâches quotidiennes tout en sachant qu'il y avait quelqu'un, tout près, qui pouvait illuminer ses journées ? Si seulement elle était libre de saisir la main qu'il lui tendait…

Ce matin-là, Rafael se rendit chez les Richardson. Mary Richardson lui fit faire une visite détaillée. Elle lui montra les tuiles manquantes sur le toit, expliqua les problèmes de plomberie et précisa que les planchers grinçaient. Rafael la suivit, le cœur lourd ; il aurait aimé faire cette inspection avec Eve. Il s'était habitué à l'avoir à ses côtés.

Il savait que leur histoire était finie, mais il ne s'expliquait pas cette rupture. Eve et lui étaient si bien ensemble… Elle pensait qu'il serait mieux avec une femme comme Claudia. Lui ne pouvait l'imaginer avec aucun autre homme que lui. Qui pourrait l'aimer ou la choyer mieux que lui ?

Et en ce qui concerne Micah ?

Il lui avait été facile d'occulter cette question car Micah était en sécurité avec Cammie. Mais il fallait être réaliste, cette situation ne pouvait durer éternellement.

— Est-ce que ça va ? demanda Mary Richardson.

— Oui, tout va bien !

Il accepta le verre de thé glacé qu'elle lui offrit à la fin de la visite.

— Vous n'allez pas changer d'avis ? demanda-t-elle.

— Non, sûrement pas !

— Bien. C'est que nous comptons sur cet argent.

— Je vous promets que je ne vais pas retirer mon offre.

— Contente de l'entendre.

— Qu'avez-vous prévu pour la suite ? demanda-t-il.

Elle s'assit sur une chaise en rotin sous la véranda.

— Nous avons des vues sur une maison au bord d'un lac.

— C'est un beau projet.

— Il est temps pour nous de nous en aller. Nous avons consacré beaucoup d'efforts à cet endroit, et nous pensions que nos enfants allaient le reprendre. Il s'avère qu'ils ont leurs propres rêves. Nous avons tenu aussi longtemps que nous avons pu, en attendant que l'un d'eux change d'avis. Trop longtemps, en fait. À un moment donné, on doit se poser cette question : est-ce qu'on possède une affaire, ou est-ce que c'est l'affaire qui nous possède ?

— C'est une pensée très profonde pour un lundi matin, répondit Rafael. Peut-être trop profonde pour moi.

— Mais non, voyons. Vous êtes intelligent. Réfléchissez. Vous ne mettriez pas tout votre argent dans un projet, non ? Eh bien, c'est ce que nous avons fait. Nous avons mis toute notre énergie dans ce motel et nous prenions rarement des congés. Le but était de sécuriser notre avenir. Et pendant ce temps, notre avenir est passé. Vous comprenez ?

— Je crois, oui.

— Que comptez-vous faire de cet endroit ? Le démolir ?

Ce n'était pas sa nature. Pour quelqu'un qui jurait qu'il ne croyait pas aux retours en arrière, il aimait préserver le passé. Le motel avait été construit à la fin du siècle dernier. Les détails architecturaux faisaient son charme.

Il le restaurerait et lui rendrait sa splendeur d'antan. Il fit cette promesse à Mary, ajoutant qu'il les inviterait, son époux et elle, quand l'établissement transformé en spa ouvrirait.

Mary hocha la tête. Une mèche de cheveux gris s'échappa de sa tresse et capta la lumière du soleil.

— Il semble que nous ayons choisi la bonne personne.

Rafael était resté déjeuner avec Mary. Il était 14 heures quand il quitta le motel. Il n'était toujours pas prêt à retourner au bureau. Il n'était pas prêt à revoir Eve. Heureusement, une autre option survint.

Manny lui téléphona et lui fit écouter le ronronnement d'un moteur de voiture.

— J'imagine que tu veux l'entendre en personne, avança son ami.

— J'arrive.

Rafael emprunta des petites routes pour éviter la circulation. Vingt minutes plus tard, il parvint à destination. Manny dévoila le véhicule. La vieille ruine était maintenant une *Camaro*, avec un nouveau moteur et une peinture bleu électrique comme à l'origine. Rafael passa la main sur les sièges de cuir, songeant avec tristesse que chaque fois qu'il admirerait la teinte caramel, il penserait à Eve.

Manny avait sans doute mal interprété son regard.

— Hé, ne te mets pas dans un état pareil !

— Rassure-toi, ça va, dit Rafael.

— Où est ta Valentine ?

— Au bureau.

— Dommage. Elle aurait sûrement adoré la voir.

— Je crois aussi.

— Viens avec elle, la prochaine fois. C'est une fille bien.

— On verra.

Pour faire diversion, Rafael actionna le klaxon.

Manny s'appuya contre la voiture, les mains dans les poches.

— Qu'est-ce qui s'est passé ? Vous traversez une crise ?

Rafael lui lança un regard.

— Ça se voit tant que ça ?

— Tu as l'air de quelqu'un à qui on a volé son argent de poche, son chiot et son vélo tout neuf.

— À ce point ?

— Oh ! oui !

— Je ne sais pas quoi te répondre. Je ne sais pas vraiment ce qui s'est passé.

Une minute, Eve et lui étaient heureux, et la minute suivant, elle projetait de déménager. Pour être franc, il avait été totalement pris de court.

— Je comprends, dit Manny.

Il alla chercher deux bières dans un miniréfrigérateur et en donna une à Rafael.

— Viens, allons nous asseoir dehors et parler d'autre chose.

— D'accord, approuva Rafael avec un petit rire sec. Ça me va.

- 21 -

Eve s'installa sur la banquette de cuir face à Sierra. Elles avaient décidé de prendre leurs verres à table pour avoir plus d'intimité. Le regard brillant de la journaliste reflétait sa curiosité.

— Si je vous ai demandé de me retrouver dans ce bar, c'est pour une bonne raison, expliqua Sierra.

— Vraiment ? Je croyais que c'était parce que tout le monde aimait se retrouver au TCC.

— C'est vrai, approuva Sierra en souriant. Mais il y a d'autres bars en ville que j'aime fréquenter. Ce bar, le Colt Room, vous évoque-t-il quelque chose en particulier ?

— Non, rien, dit Eve, décontenancée. Pourquoi ?

Sierra sortit le journal d'Arielle et l'ouvrit. Eve observa l'écriture brouillonne de sa sœur. Son cœur se serra, et elle dut détourner les yeux. Étudier le journal intime d'Arielle, parler d'elle, tout cela était douloureux. Mais c'était nécessaire si elle voulait avoir une chance de retrouver le père de Micah. En toute franchise, sa motivation avait disparu. Identifier le père de Micah n'était plus sa priorité. Et plus le temps passait, moins cela comptait. À présent, elle était innocentée par la justice, et aucun juge ne séparerait un enfant de sa seule parente en vie. Elle aurait aimé pouvoir dire à Sierra d'abandonner l'enquête. Elle était maintenant convaincue que le père de Micah ne souhaitait pas être retrouvé, et que la famille qu'elle formerait avec Micah serait complète et parfaite sans lui.

Sierra montra une note en marge d'une page : un mot, COLT, entouré de petits cœurs. Puis elle tourna la page.

— Et revoilà le même mot, souligné.

— Je suis passée à côté, dit Eve.

Malgré sa recherche d'indices acharnée, elle n'avait pas vu certains éléments.

— J'ai pensé que c'était peut-être lié à ce bar, avança Sierra. Il y a un *happy hour* le week-end. Peut-être qu'elle est venue ici, qu'elle a passé un moment agréable et qu'elle a voulu revenir ?

— C'est possible, je suppose.

Elle observa le décor luxueux du Colt Room. Cela ne ressemblait pas au genre d'endroits que sa sœur fréquentait, mais qu'en savait-elle ? Il était manifeste qu'elle ne connaissait pas Arielle aussi bien qu'elle le pensait.

— Tout va bien ? demanda Sierra, refermant le carnet.

— Oui. C'est difficile, mais ça va.

— Vraiment ? insista Sierra en digne journaliste d'investigation. L'autre soir, au gala, vous sembliez très heureuse.

— C'était une soirée divertissante.

Elle but une gorgée de soda au citron pour échapper au regard perspicace de la jolie blonde.

— On dirait que les deux sœurs Martin ont trouvé l'amour à Royal. Rafael Wentworth et vous formez un beau couple.

Eve faillit s'étouffer.

— Comment êtes-vous au courant ? Il vous en a parlé ?

— Eh bien… c'était dans la *Gazette*.

— Dans le *journal* ?

Sierra prit son smartphone, fit quelques recherches

puis lui montra un article du journal local. Sous le titre « Le nouveau couple influent de Royal ? » se trouvait une photo d'Eve et de Rafael à leur table lors du gala de la Saint-Valentin, en train d'échanger un sourire complice. Il n'y avait rien d'indécent dans ce cliché, Dieu merci. Si le photographe les avait surpris sous le magnolia, cela aurait été une tout autre histoire… Eve lut rapidement l'article, qui contenait une citation de Jennifer Carlton : « Ces deux-là sont inséparables ! Bien sûr qu'ils sont en couple. »

Le ventre noué, Eve rendit le téléphone à Sierra. L'image, cependant, était imprimée dans son esprit. Rafael et elle semblaient si heureux… Quelle ironie ! C'était comme si l'univers la narguait avec l'image de la vie qu'elle n'aurait jamais. Elle pianota nerveusement sur la table.

— Génial, murmura-t-elle. Vraiment génial.

— C'est… une belle photo, offrit Sierra.

— Je sais quelle impression elle donne…

— Inutile de vous justifier. Désolée d'avoir abordé le sujet.

Sierra semblait si mal à l'aise qu'Eve se sentit obligée d'apaiser la tension.

— Que disiez-vous à propos du Colt Room ? demanda-t-elle. C'est peut-être une piste sérieuse.

— C'est ce que je pense. Mais avant votre arrivée, j'ai montré une photo d'Arielle au personnel. Ni les barmans ni les serveurs ne se souviennent l'avoir vue.

— Ça ne m'étonne pas. Elle aurait préféré prendre une bière dans le bar d'une université que de boire un chardonnay au Cattleman's Club.

Elle allait ajouter que sa sœur et elle n'étaient pas du genre à fréquenter les country clubs, mais les mots ne franchirent pas ses lèvres. Eve avait rencontré Rafael dans ce club. Aujourd'hui, dans ce bar, elle se sentait à l'aise. Du moins, aussi à l'aise qu'une personne pouvait l'être avec un cœur en morceaux.

— Je n'ai pas arrêté d'y penser, reprit Sierra. C'est un détail, mais j'ai l'impression que c'est quelque chose d'important. Vous voyez ce que je veux dire ?

— Je peux vous poser une question ? demanda Eve.

— Certainement.

— Pourquoi êtes-vous… si dévouée à cette enquête ?

Sierra marqua un temps.

— Je suis venue à Royal pour écrire sur ce club, ses secrets et ses fantômes, finit-elle par répondre. Ensuite, votre petit neveu m'a émue. J'étais là, vous savez. J'étais une des premières personnes arrivées sur les lieux quand Cammie Wentworth a trouvé ce petit bonhomme sur le capot de sa voiture.

Eve se redressa. Elle imagina Cammie et Sierra découvrir Micah, abandonné sur le capot de la Mercedes. Elle fut au bord des larmes à nouveau, mais cette fois, elle se ressaisit. Le temps des larmes était passé. Si Sierra voulait continuer son enquête, Eve l'aiderait.

Elle fouilla dans sa mémoire.

— Il y a autre chose…, commença-t-elle.

Sierra sembla très concentrée.

— Continuez.

— Le deuxième prénom de Micah est l'initiale C. Juste une lettre. Personne dans ma famille ne porte un prénom qui commence par un C.

Eve avait interrogé Arielle à ce sujet, mais sa sœur avait esquivé sa question.

— Je ne pense pas que ce soit l'initiale de Colt. Ce serait… étrange.

— Le serait-ce vraiment ? répondit Sierra, reprenant

son téléphone. Il y a un blog sur le club, qui regorge d'informations… Le voilà. Il est écrit que les membres du TCC se réunissaient dans le Colt Room pour prendre un verre après un vote… Et… Ça alors !

— Qu'y a-t-il ?

— L'un des membres fondateurs s'appelait Colter Black.

— Colter. C'est un prénom peu commun.

— Ce n'est pas tout. C'est Colter Black qui a financé ce bar.

Colter… Micah Colter Martin.

— À moins que Colter Black ait un arrière-petit-fils qui porte le même nom et qui ait croisé Arielle pendant qu'elle était à Royal, je ne vois pas comment exploiter cette information.

— Laissez-moi faire, assura la journaliste. C'est mon métier. S'il y a un jeune Colter Black ici, je le retrouverai et je lui prélèverai un échantillon d'ADN moi-même.

— Peut-être faudra-t-il en arriver là, admit Eve. Ça me révolte toujours qu'il n'ait fait aucun effort pour me contacter.

— Il est possible qu'il ne soit pas au courant.

— Voilà que vous parlez comme Rafael.

— Eh bien, dit Sierra en prenant son verre de vin, il m'a l'air très intelligent.

Malheureusement, Eve se gara sur le parking de la résidence juste quelques moments après Rafael. Il coupa le moteur et descendit de sa voiture. Elle serra son volant et resta immobile. Il semblait négligé. Quand il approcha, elle constata qu'il avait les yeux injectés de sang. Elle était responsable de son état. Elle avait réussi à transformer un homme joyeux et extraverti en un être sombre et triste.

Rafael vint lui ouvrit sa portière et l'aida à descendre.

Ils restèrent face à face un instant. Elle résista à l'envie de passer la main sur ses cheveux noir de jais.

— Nous avons eu droit à un article dans la presse, lança-t-elle. On a publié une photo de nous au gala de charité. Les journalistes se demandent si nous sommes le nouveau couple influent de Royal.

Il haussa les épaules.

— Ça ne me dérangerait pas si c'était vrai, dit-il. Mais nous ne sommes plus un couple, n'est-ce pas ?

Eve se moquait de la légende. Mais elle ne pouvait chasser la photo de son esprit. Le cliché avait capturé un moment intime. L'image montrait une femme choyée, satisfaite, enfin heureuse.

— Trésor, viens par-là, murmura-t-il.

C'était une prière à laquelle elle ne put résister. Elle approcha et passa la main sur ses cheveux. Puis elle lui massa la nuque.

Il la prit par la taille et l'attira plus près.

— Pourrait-on... juste une fois peut-être ? demanda-t-il.

Elle afficha un grand sourire.

— Oui. Peut-être juste une fois.

Rafael lui donna un tendre baiser. Quand il l'emmena dans sa suite un instant plus tard et qu'ils se déshabillèrent, il l'embrassa tout aussi tendrement. Il s'agenouilla devant elle, pressa le visage contre son flanc. Puis la tendresse disparut, laissant place à un désir implacable. Le monde s'effaça autour d'eux et le silence ne fut plus brisé que par leurs souffles, leurs gémissements et enfin par les cris qu'elle laissa échapper. Tandis que les étincelles de leur attraction s'éteignaient, Eve se lova contre lui et écouta les battements de son cœur. Alors, la tendresse réapparut, les enveloppant tous les deux.

Plus tard, Eve se glissa hors du lit et s'habilla rapidement.

— Ne pars pas, dit Rafael.

— Si je reste, je ne voudrai plus jamais partir.

— Reste pour de bon. Installe-toi avec Micah ici. Il y a beaucoup de place.

Elle chercha ses chaussures.

— Peut-être, mais il n'y a pas de place pour un enfant dans ta vie. Un bébé, ce n'est pas un travail à temps partiel. Il faut s'investir complètement. Est-ce que ça te semble attrayant ?

Il s'appuya sur un coude.

— Je n'ai pas besoin de devenir le père de Micah pour être dans ta vie.

— Mais as-tu le désir d'être père ?

Il leva le menton. Dans la pénombre, elle distingua la défiance dans son regard.

— Est-ce qu'une réponse négative est rédhibitoire ?

— Oui, répondit-elle.

Ayant perdu sa famille, elle souhaitait avoir une chance d'en former une nouvelle. Sa vie tournait autour de Micah, et il y avait de la place dans son cœur pour d'autres enfants.

— Je sais que pour la plupart des couples, cette conversation n'arrive pas avant plusieurs mois de relation. Et je suis consciente que ce n'est pas juste de t'imposer tout cela. Mais cela vaut la peine de savoir si nous voulons les mêmes choses. Si ce n'est pas le cas, il vaut peut-être mieux arrêter là, avant de souffrir.

— Je te veux dans ma vie, assura-t-il avec détermination.

— Moi aussi. Rafael, je suis très heureuse de t'avoir rencontré. Tu as transformé mon existence. Je suis désolée de ne pas avoir été plus claire concernant mes projets, mais je ne pensais pas que les choses deviendraient si incontrôlables entre nous. La seule raison de ma présence à Royal, c'est Micah. Si son père ne se montre pas, je vais sans doute retourner en Floride.

Rafael se laissa retomber sur les oreillers et passa la main sur son visage.

— Maintenant, tu veux quitter cet État…

— La Floride, c'est chez moi. Ici, rien ne me retient.

— Rien ?

Elle perçut la douleur et le sentiment de trahison dans sa voix.

— Écoute, dans quelques semaines, tu m'auras oubliée. Je serai de l'histoire ancienne.

— Tu crois que quelques semaines changeront ce que je ressens ?

Il ne le savait pas encore, mais il finirait par l'oublier. Peut-être pas dans quelques semaines, mais cela arriverait.

Il écarta les draps et sortit du lit. L'attirant vers lui, il lui caressa la joue.

— Trésor… rien de ce que tu me dis n'est réel. Pour l'instant, il n'y a que toi et moi – et nous sommes heureux. Pourquoi cherches-tu à fuir ?

— Essaie de comprendre. Je ne suis pas en train de fuir.

Comment pouvait-il penser une chose pareille ?

— Si, tu fuis. Crois-moi, je suis un maître dans l'art de la fuite.

Eve se sentait un peu honteuse quand elle quitta la chambre quelques minutes plus tard, lui donnant presque raison. De retour dans sa suite, elle se servit un verre d'eau et alla s'asseoir devant la fenêtre. Petit à petit, la nuit laissa place au jour. Au loin, l'aurore apparaissait derrière les pins. C'était le premier lever de soleil auquel elle assistait à Royal, et il lui éclaircit l'esprit. Elle ne pouvait pas rester ici. Rafael et elle ne résoudraient jamais leurs différends. Ils ne pouvaient pas continuer à coucher ensemble pour ensuite se disputer. À présent qu'elle n'avait plus de dettes et qu'elle avait un peu d'argent de côté, il était inutile de retarder son déménagement. Dès aujourd'hui, elle appellerait un agent immobilier spécialisé dans les locations de courte durée. Il était temps de mettre son plan en action.

- 22 -

Samedi, Rafael retrouva son père pour déjeuner. Tobias était assis à leur table habituelle, un verre de bière devant lui. Il semblait en forme et en pleine santé. Sa barbe bien taillée et luisante avait une belle couleur argentée. Il étudiait le menu, mais Rafael était sûr qu'il commanderait un faux-filet accompagné de légumes, comme toujours.

C'était au-dessus de ses forces, songea Rafael. Il se sentait incapable de rejoindre Tobias, de commander un burger et parler de sport. Il ne pouvait pas faire comme si tout allait bien alors que ce n'était pas le cas.

Il se dirigea vers la table.

— Partons, décréta-t-il.

Tobias leva les yeux de son menu. Son regard bleu perçant reflétait son étonnement.

— Où allons-nous ?

— Peu importe. Viens avec moi.

Le serveur qui venait d'arriver semblait tout aussi dérouté que Tobias.

— Puis-je vous aider, messieurs ?

— Nous n'allons pas rester, déclara Rafael, sortant de son portefeuille un billet de vingt dollars pour la bière. Nous reviendrons la semaine prochaine, à la même heure.

Tobias le suivit et demanda :

— Mais qu'est-ce qui te prend ?

— Nous allons manger de la vraie cuisine.

— Il y a de la vraie cuisine ici ! objecta Tobias avec véhémence. Ils servent le meilleur steak de Royal, si tu veux mon avis.

— Eh bien, je ne te demande pas ton avis.

Sa voiture était encore devant le stand du voiturier. Il récupéra sa clé.

Un instant plus tard, Tobias se glissa sur le siège passager.

— Tu veux bien me dire où nous allons ?

— Non.

Rafael roula en silence jusqu'à une partie de la ville que Tobias n'avait sans doute pas visitée depuis des années. Plus précisément, depuis l'époque où il courtisait sa mère. Les rues pavées étaient étroites et la plupart des panneaux étaient en espagnol. Les maisons étaient modestes, comme les commerces. Rafael s'arrêta devant un snack, Tobias sur ses talons. Il commanda la spécialité, un *lonche de carnitas*, ainsi que deux bières. Ils emportèrent leur repas et s'installèrent à une table sur la terrasse, cachée derrière des pots en terre cuite remplis de fougères. À la grande surprise de Rafael, Tobias croqua dans son sandwich avec plaisir, le visage rouge de joie.

— C'est bon, n'est-ce pas ? demanda Rafael.

Tobias eut un grondement d'approbation.

— Fichtrement bon.

— Peut-être que, de temps en temps, nous pourrions venir déjeuner ici pour changer.

— Ça me plairait, dit Tobias.

— Bien.

Rafael mordit dans son sandwich et savoura le pain frais, le bœuf grillé et les oignons. Il l'accompagna d'une rasade de bière. C'était une journée fraîche, pourtant il avait l'impression que son cerveau était en ébullition.

Ils finirent leur repas dans un silence agréable. Enfin, Tobias s'essuya la bouche et demanda :

— Tu veux me parler de ce qui te tracasse ?

— Non, dit-il, évitant le regard aiguisé de son père.

— Tu en es sûr ?

Rafael se cala sur sa chaise. Il fallait qu'il se confie, sinon son tourment le rongerait de l'intérieur.

— Eve ne veut plus poursuivre notre relation. Elle pense que j'ai un problème avec son neveu.

— Tu as un problème avec son neveu ?

— Pas du tout. C'est un gentil bébé. Je l'adore.

— Alors que se passe-t-il ?

— Elle pense récupérer sa garde. Très bientôt.

— Ah ! Ce petit bonhomme va manquer à Cammie. Elle s'est beaucoup attachée à lui.

Rafael hocha la tête.

— Je sais.

— J'imagine qu'on ne peut rien y faire, observa Tobias.

— Je crains que non. Eve a des projets dont je ne fais pas partie. Elle pense que je ne suis pas prêt à m'investir.

Tobias but une gorgée de bière.

— Es-tu prêt à t'investir ?

— Tu vas répéter tout ce que je dis ?

— C'est ma stratégie.

— C'est une bonne stratégie, admit Rafael. Ce qui me tracasse, c'est qu'elle a raison. Je ne pense pas être prêt.

— Tu l'aimes ?

— Oui, je l'aime. Mais est-ce que je me vois acheter une maison avec jardin et me ranger comme Cammie et Drake ? Non. Je ne sais même pas dans quelle ville je veux vivre ! Je ne suis pas ce genre d'hommes. Je l'ai prévenue dès le départ. Je ne suis pas fait pour ça. Ce n'est pas dans mes gènes. Sans vouloir te vexer, papa.

Le mot « papa » lui avait échappé, mais il ne pouvait pas le reprendre.

— Je ne veux pas te vexer, reprit-il d'un ton radouci, mais maman et toi m'avez traumatisé.

— Soyons honnêtes, c'était surtout moi.

— Oui ! fit Rafael en riant. Je ne sais pas pourquoi j'ai mis maman dans le même sac. C'était une sainte.

Tobias hocha la tête gravement.

— Oui. J'étais un idiot, j'ai tout gâché.

— Tu étais jeune, répondit Rafael, se surprenant lui-même.

Sa sainte mère avait souvent employé cet argument, espérant diminuer la rancœur de Rafael. Cela n'avait pas marché. Jusqu'à aujourd'hui.

— J'aurais dû agir en homme honorable, confessa Tobias. Maintenant, avec l'âge, je sais à quel point c'est important. Il n'y a pas de retour en arrière possible. Le mieux que tu puisses faire, c'est te racheter. Mais on ne peut pas réparer les dégâts. Je le sais par expérience.

Rafael leva les yeux vers le ciel barré d'un seul nuage

— Je sais que tu fais des efforts, et cela me touche, dit-il. Vraiment. Je ne le montre pas, mais si je suis ici à Royal, c'est pour ma famille. Mes racines sont ici.

Tobias saisit sa serviette. Ses yeux bleus étaient pleins de larmes quand il soutint son regard. Rafael sentit que la douleur et la rancœur desserraient leur emprise sur son cœur. Pour la première fois depuis bien longtemps, il put respirer pleinement.

— Tu veux mon avis ? demanda Tobias.

— Volontiers.

— Si tu l'aimes, tu dois la soutenir. C'est sans doute difficile pour elle. Ce bébé n'est pas son enfant. Elle n'a pas demandé cette responsabilité, mais elle fait son devoir, et c'est admirable. Le fait qu'elle ne veuille pas t'imposer un fardeau est altruiste. La question est : que comptes-tu faire ?

— Tu fais de la méditation ou quelque chose comme ça ? demanda Rafael avec bonhomie. Tu es si profond, tout à coup.

— Ah…, fit Tobias en soupirant. Je suis souvent seul. J'ai tout le temps de réfléchir.

À cet instant, Rafael reçut un message de Manny qui lui remonta aussitôt le moral.

— Tu veux faire une virée ? proposa-t-il à son père.

— Mon fils, qu'est-ce que tu mijotes encore ?

— Tu vas vite le savoir, promit-il en se levant. Alors, tu viens ?

— Évidemment !

Tout en déjeunant seule dans sa cuisine, Eve apprit que le marché de la location à Royal était en pleine expansion. L'agent immobilier avait ri lorsqu'elle avait déroulé sa liste d'exigences. Eve ne faisait pas la difficile. Cela n'avait pas de sens de faire passer Micah d'un palais à une boîte à chaussures. Elle ne pouvait pas égaler le ranch de Drake sur le plan du confort et du style, mais un espace lumineux dans un quartier sûr, ce n'était pas trop demander, non ? Apparemment, si. Ses chances de trouver un logement correct avec un loyer raisonnable étaient minces.

Quand elle eut fini sa conversation avec l'agent, elle remarqua que Cammie lui avait envoyé un SMS pour l'inviter à faire une promenade dans le parc avec Micah. Eve s'empressa d'accepter. En ce samedi après-midi, elle avait besoin d'une excuse pour sortir. Bien que Cammie et Drake l'aient toujours accueillie à bras ouverts, elle n'osait pas se rendre chez eux à n'importe quelle heure de la journée.

Cammie l'attendait près de la fontaine quand Eve arriva dans le parc. Eve embrassa le visage poupin de Micah, qui roucoula en guise de réponse. La vague d'amour qu'elle éprouva était si forte et réconfortante qu'elle fut affermie dans sa décision. Jamais elle n'abandonnerait son neveu, pour rien ni personne.

Eve, Cammie et Micah suivirent tranquillement le chemin qui faisait le tour du parc. Cammie raconta que Micah avait commencé à manger des purées de légumes, essentiellement des pois frais qu'elle achetait au marché. Elle montra à Eve une vidéo du bébé glissant les mains dans un bol de purée verte. D'habitude, Eve adorait écouter ces récits. Parfois, Cammie lui envoyait une courte vidéo tôt le matin, et cela suffisait à égayer sa journée. Mais aujourd'hui, elle se sentait de plus en plus mal à l'aise.

Car elle ne pouvait plus considérer l'aide de Cammie comme de la simple charité. Son attachement à ce petit garçon était bien réel. Non seulement réel, mais aussi profond. C'était de l'amour. Eve était arrivée à Royal sans connaître personne, et Cammie avait été un don du ciel.

Eve s'arrêta à mi-chemin. Cammie ne le remarqua qu'au bout de quelques pas. Elle se retourna et demanda :

— Ça va ?

Eve hocha la tête. Mais son trouble était sans doute visible car Cammie s'exclama :

— Non ! Tu ne vas pas bien.

Cammie revint vers elle. Elle conduisit la poussette d'une main et soutint Eve de l'autre pour la guider vers le banc le plus proche.

— Ça va, assura Eve. C'est juste que… j'ai quelque chose à te dire, et ce n'est pas facile.

Cammie parut surprise mais se reprit rapidement.

— Ne t'inquiète pas. Quoi que tu aies à me dire, je peux le supporter.

— Je voulais simplement te remercier.

— C'est tout ?

— Pour l'instant. Du fond du cœur, je tiens à te remercier. J'ai une dette envers toi et envers ton frère, que je ne pourrai jamais rembourser.

— Oh ! Eve, tu ne nous dois rien. Tu as surgi dans nos vies et tu l'as embellie. C'est moi qui devrais te remercier pour avoir le privilège de m'occuper de Micah. Tu sais à quel point je voulais un enfant dans ma vie. C'était une bénédiction pour moi. Ça m'a fait réfléchir, et grandir. Grâce à ton neveu, j'ai revu mes priorités. Et puis, cela a ouvert le cœur de Drake. Nous comptons maintenant fonder notre propre famille. Je sais que Micah ne sera pas toujours chez nous. Je sais…

Son sourire incertain trahit son émotion.

— Pourrait-on ne pas en parler maintenant ? reprit-elle. C'est une si belle journée.

— Que dirais-tu d'une glace ? proposa Eve. Il y a un camion là-bas.

Elle désigna un groupe de camions de restauration à quelques mètres.

— Bien sûr. Allons-y.

Après avoir pris leurs glaces, elles retournèrent s'asseoir sur le banc. Micah commença à s'agiter. Sans hésiter, Eve le sortit de la poussette et le porta sur ses genoux.

— Eh bien, voilà ! s'exclama Cammie. Je savais que tu pouvais le faire.

— J'imagine que ma rééducation porte ses fruits.

— Cela aide aussi de croire en sa thérapie.

Cammie reçut un message sur son smartphone. Elle l'ouvrit et fut bouche bée.

— Qu'y a-t-il ? s'enquit Eve.

— Je n'en crois pas mes yeux ! Regarde ça !

Entre Micah et le cône de glace en train de fondre, Eve avait les mains occupées. Cammie approcha le téléphone afin qu'elle puisse voir la photo sur l'écran : Rafael et Tobias dans la Camaro restaurée, cheveux au vent et souriants. Cammie commença à taper une réponse puis s'arrêta.

— Envoyons-leur une photo, suggéra-t-elle.

— Je ne suis pas sûre que ce soit une bonne idée.

Eve s'écarta du champ de l'appareil. Cammie la rattrapa d'une main.

— Reste là ! Tu fais partie de la famille.

Eve doutait que ce soit vrai. Rafael avait envoyé une photo uniquement à sa sœur. Elle protesta, mais Cammie ne voulut rien entendre.

— 1 ! 2 ! 3 ! *Cheese* !

Eve porta Micah et se cacha lâchement derrière lui. L'ironie de la situation ne lui échappa pas. Elle se servait de Micah pour se cacher de Rafael, en photo et dans la vraie vie. Cammie prit la photo, l'examina, marmonna qu'il fallait plus de lumière, ajouta un filtre puis l'envoya. Eve frissonna lorsqu'un son confirma que le message avait été transmis. Puis Cammie reporta son attention sur le cliché de son frère et de son père.

— C'est incroyable, commenta-t-elle.

Eve en convenait. Que Rafael ait amené son père chez Manny était réellement étonnant. Ce garage était l'un de ses endroits préférés. Elle s'était sentie très honorée d'avoir pu l'y accompagner.

— J'ai dû faire beaucoup d'efforts pour les réunir, confia Cammie. C'était déjà difficile de faire en sorte qu'ils soient dans le même État. Jamais je n'aurais organisé une virée dans la même voiture, de peur qu'ils s'entre-tuent.

— On dirait qu'ils s'amusent bien, commenta Eve.

— C'est un miracle ! Ils sont à couteaux tirés depuis des années. Voir ça… C'est incroyable. Ma famille était brisée. Tous mes efforts pour la ressouder ont rencontré de la résistance. Rafael est tout aussi obstiné que mon père. Pendant des années, je lui ai envoyé des lettres, sans résultat. Il me répondait qu'il se concentrait sur son avenir et qu'il n'avait aucun intérêt à revenir en arrière.

Bizarrement, Eve était dans le même état d'esprit en ce moment. Elle se concentrait sur son avenir. Elle ne regardait pas en arrière et n'avait pas le temps de penser au passé. Mais cette photo de Rafael en train de sourire avec son père la faisait réfléchir.

— Qu'est-ce qui l'a fait changer d'avis ? questionna-t-elle.

— Une fête au TCC, pour marquer le dixième anniversaire de l'ouverture du club aux membres féminins.

— Sans rire ?

— Pourquoi cela t'étonne-t-il ?

— Eh bien… Il passe son temps à critiquer le TCC.

— Ça ne veut rien dire ! Il vient de Royal. Le club a une place à part dans son cœur. Mon père et moi avons annoncé le lancement officiel de notre organisme caritatif ce soir-là. Nous accordons des bourses universitaires aux enfants des intervenants d'urgence et des personnels hospitaliers. Rafael est venu nous soutenir. J'étais très touchée. Et son amitié avec toi…

— Il t'a parlé de moi ? l'interrompit Eve.

— Disons que je lui ai soutiré des informations. Il tient à toi, c'est sûr. Vous faites un beau couple, tous les deux.

— Nous ne resterons pas ensemble très longtemps.

— Ah bon ?

— Je ne vois pas d'avenir pour nous, alors il est inutile de faire traîner les choses.

Cammie ouvrit de grands yeux.

— Tu ne vois pas d'avenir ? répéta-t-elle.

— Non, affirma Eve. Nous ne voulons pas les mêmes choses dans la vie.

— Crois-moi, je te comprends. Mais c'est dommage. Je rejette entièrement la faute sur mon frère. C'est une tête de mule.

— Ce n'est pas le problème.

Micah mit une poignée de cheveux d'Eve dans sa bouche. Elle libéra doucement les boucles de la main du bébé.

— Il est merveilleux, dit-elle.

— Oui, il peut être merveilleux, mais il peut aussi être trop rigide. Ou surprenant, comme aujourd'hui, dit-elle, montrant à nouveau la photo de Rafael et de Tobias. Étant sa petite sœur indiscrète, je te demande de lui laisser une chance. Il a peut-être besoin de temps. Ne le raye pas de ta vie, il en vaut la peine. Regarde-nous. Notre relation est bien meilleure que j'aurais pu l'espérer. J'ai à nouveau un grand frère !

Cammie s'essuya le coin des yeux avec la couverture de Micah.

— Tu te rends compte ? reprit-elle. J'ai un grand frère qui veut faire partie de ma vie. Et aujourd'hui, mon père et lui font une virée dans une voiture vintage de je ne sais quelle marque.

— C'est une Camaro de 1969.

— Tu en sais, des choses ! s'exclama Cammie. Et regarde ces sièges ! La couleur est superbe.

— C'est vrai, approuva Eve, au bord des larmes. Elle est superbe.

- 23 -

— C'est une sacrée surprise ! s'exclama Cammie. Mon grand frère qui passe me voir à l'improviste. Tu as de la chance de m'avoir trouvée. Je travaille à la maison la plupart du temps, pour pouvoir m'occuper de Micah.

Rafael était arrivé au siège de la fondation vers midi, un quart d'heure après avoir prévenu Cammie de sa visite. Elle était vêtue d'un tailleur strict et avait un sac fourre-tout à la main. Rafael était appuyé contre la Camaro dont il avait baissé la capote. Cammie le saisit par les épaules et le poussa sur le côté.

— La voiture ! s'extasia-t-elle. Je vais pouvoir y monter aussi !

— Rien que le meilleur pour ma petite sœur.

Elle se dirigea vers le côté conducteur.

— Regarde ça ! Quel luxe !

Elle passa les mains sur les sièges de cuir.

— J'adore cette couleur fauve.

— Pas fauve, rectifia-t-il. *Caramelo.*

— Ah, oui ! Elle est splendide.

— Content que ça te plaise.

— Donne-moi les clés. C'est moi qui conduis.

Il n'avait pas prévu cela.

— Sûrement pas !

— Oh ! si ! riposta-t-elle. Je conduis ou je ne vais nulle part.

— Bon, d'accord, céda-t-il en lui lançant les clés.

— Grimpe !

Amusé, Rafael regarda Cammie s'installer au volant.

— Comment puis-je me trouver un de ces bijoux ? demanda-t-elle.

— Il faut faire jouer ses relations.

— Par chance, tu fais partie de mes relations. Quand peut-on passer commande ?

— Le plus tôt sera le mieux, dit-il, s'installant sur le siège passager. Comme ça, tu pourras conduire ta propre voiture.

Cammie prit son téléphone.

— Prenons une photo pour Tobias.

— Oh ! je t'en prie !

— Je tiens à immortaliser ce moment.

Elle leva l'appareil. Rafael se pencha contre elle et forma un V avec sa main. Elle prit la photo et l'envoya aussitôt.

— Peut-on revenir à nos affaires, maintenant ? s'impatienta-t-il.

— Quelles affaires ? Ce n'est qu'un déjeuner, détends-toi.

— Nous n'allons pas déjeuner.

— Quoi ?

— Nous n'allons *pas* déjeuner.

Cammie parut désarçonnée.

— Tu passes me prendre à midi et tu ne comptes pas m'offrir un déjeuner ?

— Nous allons faire des courses.

— Il vaut mieux qu'il y ait de la nourriture prévue dans ces courses car je meurs de faim.

— D'accord, d'accord !

Il n'était pas vraiment pressé, de toute façon. Il avait tout l'après-midi devant lui. Mais il avait peur de se décourager.

— Nous avons une mission importante à remplir, Cammie. Si tu veux déjeuner, ce sera à emporter.

— Je connais une bonne adresse, dit-elle en démarrant. Mais je me sens flouée. Papa m'a dit que tu l'as emmené dans le meilleur snack de la ville, et j'exige le même traitement.

— Je t'y emmènerai une autre fois.

— Où va-t-on ? demanda-t-elle tout en s'insérant avec aisance dans la circulation.

Rafael retarda sa réponse. Lorsqu'ils arrivèrent devant le restaurant de grillades, il suggéra qu'ils s'installent à l'une des tables de pique-nique.

— Avec plaisir ! s'exclama Cammie.

Ils avaient choisi une table à l'ombre. Rafael versa du ketchup sur ses frites pendant que Cammie sirotait son milk-shake.

— Quelle était l'urgence ? demanda-t-elle.

— J'ai besoin de ton aide.

— D'accord.

— C'est un peu délicat. Il s'agit d'Eve et de Micah…

— Oh ! bon sang…

— Tu sais où je veux en venir ?

— Je crois.

— Je veux être prêt au cas où elle amènerait Micah chez moi pour une nuit, un week-end ou plus.

Cammie se redressa.

— Oh ! Continue, lui enjoignit-elle.

— Elle pense qu'il n'y a pas de place pour le bébé dans ma vie. J'ai besoin de quelque chose de concret pour lui prouver le contraire. Tu vois ce que je veux dire ?

— Je vois.

— Je pensais à prendre un de ces paniers pour Micah, pour qu'il puisse y dormir.

— Un panier ? Tu vois Micah comme un petit Moïse qui dérive sur le Nil ?

— De quoi parles-tu ? J'en vois à la télé tout le temps.

— Tu veux dire un couffin. Micah est trop grand pour ces choses-là. Il te faut quelque chose de solide.

— Tu vois ? C'est pour cela que j'ai besoin de ton aide.

— D'abord, j'ai une question.

— Laquelle ?

— As-tu dit à Eve ce que tu ressentais ?

— Elle sait ce que je ressens.

— Ce n'est pas ma question. Lui as-tu dit ce que tu ressentais pour elle ? Est-ce que tu lui as dit : « Je t'aime, Eve » ? « Je ne peux pas vivre sans toi. Tes problèmes sont les miens. Tes fardeaux sont les miens. Tu n'as pas à faire ce chemin toute seule. Tu peux compter sur moi. »

Rafael fixa ses frites.

— Tu as dit quelque chose de ce genre ? insista-t-elle.

Il garda le silence.

— Donc, pour résumer, tu ne lui as pas dit que tu l'aimais.

— Non ! lâcha-t-il enfin.

— Bon sang, Rafe ! Voilà que tu recommences !

— Qu'est-ce que tu veux dire ?

— Tu agis comme Tobias.

Il repoussa son assiette. Il avait la nausée, tout à coup.

— Tu occultes la partie communication et tu passes directement à l'action. Tu ne peux pas continuer ainsi. Tu dois lui avouer tes sentiments, et ensuite agir. Compris ?

— Tu trouves que mon idée est mauvaise ?

— Non ! C'est une merveilleuse idée. Nous allons

acheter tout ce qu'il faut. Tu rangeras tout dans un coin jusqu'à ce qu'Eve et toi ayez une conversation.

Rafael étudia sa sœur. Elle lui offrit un sourire malicieux.

— Tu es bien l'enfant de Tobias, toi aussi.

— Je n'ai jamais prétendu le contraire.

Elle saisit son sac.

— Allez ! En route !

La vendeuse leur proposa des biscuits roses et bleus provenant de la boulangerie de l'autre côté de la rue.

— Non, ça ira, déclina Cammie.

— J'en veux bien un, dit Rafael. Je prendrai le sien aussi.

— Tu es un bec sucré, observa Cammie. Je l'ignorais.

Rafael mordit dans le biscuit bleu et sourit.

— Maintenant, tu le sais.

Ils allèrent au rayon des couches.

— Je me réjouis de ta démarche, Rafael. Tu as tout mon soutien.

— Merci. Ça compte beaucoup pour moi.

Il observa les rayonnages.

— Tu crois que je pourrais avoir besoin de ces choses ?

— On n'a jamais trop de couches. Prends deux tailles différentes. Comme ça, tu auras toujours un temps d'avance.

Rafael suivit ses instructions et remplit le chariot.

— Il nous faut des lingettes, ajouta-t-elle. Beaucoup de lingettes. Et peut-être une poubelle à couches

— Tu es sérieuse ?

— Fais-moi confiance.

— C'est adorable de ta part de m'aider comme tu le fais. Je ne suis pas certain de te mériter.

— Tu ne me mérites sans doute pas.

Cammie saisit une corbeille remplie de mini-girafes.

— Micah adore mâcher ces jouets en caoutchouc.

Rafael saisit la corbeille et la reposa.
— J'essaie de te remercier… pour tout.
Elle lui offrit un sourire radieux.
— Pas de quoi… pour tout.
Il prit sa sœur dans ses bras et l'étreignit.
Elle l'embrassa sur la joue et lui prit un biscuit des mains.
— Je le prends, finalement. Merci !

- 24 -

Un biscuit pouvait-il réparer un cœur brisé ? se demanda Eve, fixant la vitrine pleine de pâtisseries. Peut-être un cupcake ? Elle fut aussitôt attirée par des cupcakes aux trois laits surmontés d'une fraise posée sur un lit de glaçage blanc. Pourquoi trois laits alors que son cupcake préféré était au chocolat ? N'ayant pas la réponse à cette question, elle acheta toute une boîte de cupcakes au lieu d'un seul.

Eve avait réussi à éviter Rafael pendant deux jours d'affilée. Ou était-ce lui qui l'évitait ? Quoi qu'il en soit, cela fonctionnait. Ils communiquaient par mail et trouvaient des moyens d'éviter les réunions ou les rencontres fortuites dans l'ascenseur. Après le travail, elle s'enfermait à clé dans sa suite. C'était très déprimant. Plus vite elle déménagerait, mieux cela vaudrait. Ces derniers temps, ses fréquents appels à l'agent immobilier étaient restés sans réponse. Il s'occupait sans doute de clients plus réalistes.

Aujourd'hui, ayant besoin d'air frais et de soleil, elle avait décidé de sortir pendant sa pause déjeuner et de faire du lèche-vitrines. Lorsqu'elle était passée devant la pâtisserie, les odeurs de beurre et de sucre l'avaient attirée. À présent, alors qu'elle attendait au coin de la rue que le feu tricolore passe au rouge, un sentiment de désespoir l'envahit.

Un cupcake ne remplacerait pas les baisers addictifs de Rafael. Rien ne pourrait les remplacer. Elle aimait Rafael.

Abasourdie par cette prise de conscience, elle avança distraitement sur la route juste au moment où une voiture s'arrêtait dans un crissement de pneus, à quelques centimètres à peine. Le feu n'était pas passé au rouge…

Rafael était au volant d'une décapotable, un grand ours en peluche bleu sur le siège passager. Elle cligna des yeux pour chasser cette image. C'était sans doute une hallucination.

— Mademoiselle ! cria-t-il. Qu'est-ce que vous faites !

Elle fit un pas vers la vision.

— Tu es bien réel ? demanda-t-elle.

— Monte dans cette voiture !

Il n'y avait pas de place. L'ours en peluche occupait le siège avant et la banquette arrière était couverte de cartons. Un berceau, un transat, et des tas des couches pour bébé.

— Tu viens de dévaliser un magasin de puériculture ? Qu'est-ce que c'est que tout ça ?

Seule explication possible : il se rendait à une *baby shower.*

— C'est pour Micah.

Elle en eut le souffle coupé.

— Comment ça ? Il n'a pas besoin de tout ça !

Rafael retira ses lunettes de soleil. Elle sentit son cœur tressauter.

— Je me suis dit que si Micah et toi vouliez passer une nuit ou un week-end chez moi, j'aurais tout ce qu'il faut.

— Aah !

Elle se sentit fondre. Rafael avait-il fait des projets sans la consulter, une fois de plus ? Oui, mais c'étaient des projets magnifiques, et elle voulait en faire partie. Elle avait envie de faire de son rêve une réalité.

— Je veux que notre relation fonctionne, Eve. Je

l'avoue, je n'ai pas de solution magique, mais j'ai envie d'essayer. Qu'en dis-tu ?

— Eh bien… j'en dis que tu es peut-être allé un peu loin. Tu as gardé les tickets ? Nous pouvons rendre certains de ces articles.

— C'est la faute de Cammie. C'est elle qui a rempli le chariot. Et puis, on n'en a jamais trop. Les bébés ont besoin de beaucoup de choses.

— Et cet énorme ours en peluche ?

Rafael haussa les épaules.

— Drake dit que Micah adore les ours en peluche.

— Les petits ours. Tu as acheté ce mastodonte pour faire mieux que Drake ?

— Exactement, avoua-t-il, le sourire malicieux.

Elle roula des yeux.

— Ah, les hommes !

Des klaxons retentissants interrompirent leur échange. Le feu était passé au rouge et maintenant au vert.

— Eve, monte dans la voiture.

— Fais-moi de la place.

Rafael saisit la peluche bleue et la cala à l'arrière. Dès qu'Eve fut installée, il avança. Au feu suivant, il lui prit la main.

— Qu'est-ce que tu as là-dedans ? demanda-t-il, désignant la boîte de pâtisseries.

— Des douceurs.

— Des caramels ?

— Non. Des cupcakes.

— Ah, ma douce. Je t'ai manqué.

Elle rejeta la tête en arrière et rit. Oui, Rafael lui avait manqué, ainsi que la joie qu'il apportait dans sa vie. Il l'attira vers lui.

— Ce rire m'a manqué, murmura-t-il.

Elle se figea. Il fallait qu'elle dise les mots qui lui brûlaient les lèvres. Elle ne pouvait pas les taire plus longtemps.

— Je t'aime, Rafael Arias Wentworth.

Il essuya avec son pouce une larme qui s'était échappée au coin de son œil. Puis il déposa un baiser sur ses lèvres, doux et tendre.

— Je t'aime aussi, chérie, murmura-t-il. Tous tes fardeaux sont mes fardeaux. Tous tes problèmes sont les miens. Tout ce que tu aimes, je l'aime. À partir de maintenant, ce sera comme ça, *mi amor*. Laisse-moi te créer un foyer. Il ne sera peut-être pas conventionnel, mais il sera à nous.

Peu lui importait où ils vivraient. Puisque Micah était le bienvenu, elle n'avait aucune objection.

— S'il te plaît, dis oui, ma douce.

Elle l'embrassa.

— Comme si je pouvais te dire non !

Les klaxons reprirent, plus furieux cette fois. Rafael gronda comme le loup qu'il était et démarra.

— Je crois que nous méritons un après-midi de congé. Tu es d'accord ?

— Absolument ! fit-elle, retirant ses chaussures. Quelle est notre destination ?

— Le soleil couchant.

— Où est-ce ?

Était-ce un restaurant ou un bar ?

— Nous sommes amoureux, dit-il, le regard pétillant. Alors nous roulons vers le soleil couchant.

Retrouvez prochainement,
dans votre collection
PASSIONS

Un chalet pour s'aimer, de Brenda Jackson - N°1025

Persuadée qu'il l'avait trahie, Leslie s'est tenue éloignée de Sloan durant dix longues années. Or maintenant qu'elle connaît son erreur, elle n'a qu'une envie : le revoir ! Alors que, le cœur battant, elle vient le trouver pour lui demander de sauver son entreprise, Sloan laisse éclater sa rancœur : il l'aidera à la condition qu'elle passe une semaine avec lui dans son chalet isolé. Une proximité que Leslie redoute, car elle pourrait raviver entre eux la flamme du désir…

Ce rancher si troublant, de Joanne Rock

Enfin ! Après des mois d'enquête, Sierra a retrouvé le père du bébé abandonné à Royal ! Colt Black, un rancher très séduisant, est le premier surpris par sa paternité. Aussi Sierra accepte-t-elle de lui prêter secours, quand il lui demande d'emménager chez lui pour l'aider à s'occuper de son fils. Mais cette cohabitation se révèle vite dangereuse pour son cœur, en raison des sentiments qu'elle sent naître pour Colt et son enfant…

Irrésistibles retrouvailles, d'Yvonne Lindsay - N°1026

Kristin est sous le choc : le nouvel avocat de sa famille n'est autre que Jackson Jones, son premier amour, l'homme qui lui a brisé le cœur onze ans plus tôt ! Alors qu'elle voudrait pouvoir célébrer l'hiver et Noël en toute sérénité, la voilà contrainte de travailler en bonne entente avec lui, tiraillée entre son envie de l'affronter et celle de succomber au désir qu'il lui inspire encore, contre toute raison…

Une famille pour Merry, de Teresa Southwick

Merry a trouvé l'emploi idéal. Elle est la nourrice de Wren, une adorable petite fille de six ans. Son seul problème : elle est attirée par Hunter, le père de l'enfant. Si elle parvient peu à peu à faire fondre le cœur de cet homme ombrageux en remplissant sa maison de biscuits, de couronnes de gui et de l'esprit de Noël, elle doit se montrer prudente. En effet, bien qu'elle n'ait aucun avenir avec Hunter, elle se prend à rêver d'appartenir à sa famille…

Charmée par son rival, de Cat Schield - N°1027

Nolan Thurston, son pire ennemi, est de retour à Royal... Pour Chelsea, c'est l'occasion de le charmer afin de lui soutirer des informations au sujet du conflit financier qui oppose leurs familles depuis toujours. Ainsi, elle prouvera à son père qu'elle est la digne héritière du ranch familial ! Mais, alors qu'elle se rapproche de Nolan, Chelsea sent naître de tendres sentiments pour lui et s'interroge. Une relation est-elle seulement possible entre elle et son rival ?

Le premier Noël de son fils, de Christine Rimmer

Karin refuse d'épouser Liam uniquement pour le bien de leur bébé à naître ! Elle souhaite une relation amoureuse véritable et durable, pas une union de convenance. Aussi s'est-elle montrée très claire avec Liam : il devra lui prouver qu'il partage les sentiments qu'elle éprouve pour lui, s'il veut une famille pour le premier Noël de leur fils...

Les amants de Catamount, de Joanne Rock - N°1028

Série : De retour à Catamount 2/3

Après sa rupture douloureuse avec Ryder, Jessamyn n'a jamais remis les pieds à Catamount. Pourtant, l'héritage de sa grand-mère la pousse aujourd'hui à y revenir... et à revoir son premier amour. Bouleversée par ces retrouvailles, Jessamyn se laisse rapidement emporter par le désir sans penser aux conséquences. Une folie qui prend toute son ampleur quand elle se découvre enceinte...

Mariés avant minuit, de Fiona Brand

Marié d'ici minuit. C'est la seule manière pour Damon Wyatt de toucher l'héritage de son grand-oncle. Acculé, il propose à la hâte un mariage arrangé à Jenna Beaumont, son ancienne amante qu'il n'a jamais oubliée. Si tout se passe comme prévu, tous deux se sépareront dans deux mois. Mais la vie est pleine de surprises et l'attirance de Damon pour Jenna si incontrôlable qu'il est bientôt prêt à briser toutes les règles de leur contrat...

Prisonniers de la tempête, d'Andrea Laurence - N°1029

SÉRIE : LES MARIÉES DE NASHVILLE 1/4

La règle d'or des associées de From this Moment, agence de *wedding planner*, est simple : rester professionnelles en toute circonstance… même quand le futur époux se trouve être votre ex-petit ami. Briana le sait bien, mais organiser le mariage de Ian lui brise le cœur. En tant que photographe de l'agence, elle s'occupera de la séance photo des fiancés, dans un chalet en montagne ! Hélas, aucun guide n'indique la conduite à tenir lorsque l'on se retrouve piégée par la neige avec l'homme qu'on a toujours aimé…

Un serment inattendu, d'Andrea Laurence

SÉRIE : LES MARIÉES DE NASHVILLE 2/4

Amelia doit bien se l'avouer : le dîner des anciens élèves de son lycée ne s'est pas terminé comme elle l'avait prévu ! Elle qui s'attendait à s'ennuyer, la voilà… mariée à Tyler, son meilleur ami de toujours ! Un mariage express à Las Vegas, sur un coup de folie. Depuis, sa vie est chamboulée. Pourquoi Tyler a-t-il disparu aussi brusquement, le lendemain de leur folle équipée ? Et, surtout, comment lui annoncer que leur nuit d'amour n'a pas été sans conséquence ?

Un héritier pour les Calloway, de Kristi Gold - N°1030

En acceptant de devenir la vétérinaire du ranch Calloway, Georgie savait qu'elle prenait une mauvaise décision : la voilà désormais obligée de côtoyer Austin, le seul homme qu'elle ait jamais vraiment aimé. Austin, qui l'a brutalement abandonnée après une nuit de passion… et qui la plonge aujourd'hui dans une colère noire en affirmant qu'il regrette son geste. Car ce qu'il ignore, c'est que l'étreinte torride qu'ils ont partagée n'a pas été sans conséquence…

Le secret de Wolff Mountain, de Janice Maynard

Lorsque Pierce apprend qu'il n'est pas le fils de son père et que toute sa vie repose sur un tissu de mensonges, il embauche Nikki Parrish, une avocate aussi belle que talentueuse, pour démêler le mystère de ses origines. La jeune femme, il en est sûr, l'aidera à trouver des réponses, si toutefois il parvient à réprimer le désir qu'elle lui inspire. Mais cette quête d'identité prend bientôt un tour inattendu, quand Pierce découvre de quelle illustre famille il est issu…

AZUR

GLAMOUR. INTENSE. IRRÉSISTIBLE.

Poussez les portes d'un monde fait de luxe, de glamour et de passions. Ici, les hommes sont beaux, riches et arrogants ; les femmes impétueuses, fières et flamboyantes. Entre eux, le désir est immédiat… et l'amour impossible.

11 romances à découvrir tous les mois.

DIVERTIR • INSPIRER • ÉMOUVOIR

HARLEQUIN
www.harlequin.fr

RESTEZ CONNECTÉ AVEC HARLEQUIN

Harlequin vous offre un large choix de littérature sentimentale !

Sélectionnez votre style parmi toutes les idées de lecture proposées !

www.harlequin.fr

- **Découvrez** toutes nos actualités, exclusivités, promotions, parutions à venir…
- **Partagez** vos avis sur vos dernières lectures…
- **Lisez** gratuitement en ligne
- **Retrouvez** vos abonnements, vos romans dédicacés, vos livres et vos ebooks en précommande…

L'application Harlequin

- Des **ebooks gratuits** inclus dans l'application
- **50 nouveautés tous les mois** et + de 7 000 ebooks en téléchargement
- Des **petits prix** toute l'année
- Une **facilité de lecture** en un clic hors connexion
- Et plein d'autres avantages…

Téléchargez notre application gratuitement

Télécharger dans l'App Store

DISPONIBLE SUR Google Play

SUIVEZ-NOUS !

facebook.com/HarlequinFrance
twitter.com/harlequinfrance

VOTRE COLLECTION PRÉFÉRÉE DIRECTEMENT CHEZ VOUS

Vous souhaitez découvrir nos collections ? Une fois votre colis de bienvenue reçu, si vous souhaitez continuer à recevoir nos livres, cela se fera automatiquement. Vous n'avez aucune obligation d'achat et cette offre est sans engagement de durée !

Dans votre 1er colis, 2 livres au prix d'un + 1 cadeau

☛ COCHEZ la collection choisie et renvoyez cette page au
Service Lectrices Harlequin – CS 20008 – 59718 Lille Cedex 9 – France

Collections	Prix 1er colis	Réf.	Prix abonnement (frais de port compris)
❑ **AZUR**	4,75€	AZ1406	6 livres par mois 31,49€
❑ **BLANCHE**	7,30€	BL1603	3 livres par mois 24,85€
❑ **HISTORIQUES**	7,30€	LH1202	2 livres par mois 17,49€
❑ **PASSIONS**	7,80€	PS0903	3 livres par mois 26,49€
❑ **BLACK ROSE**	7,90€	BR0013	3 livres par mois 26,79€
❑ **HARMONY***	5,99€	HA0513	3 livres par mois 20,76€
❑ **NORA ROBERTS***	8,90€	NR2403	3 livres tous les 2 mois, prix variable**
❑ **SAGAS***	7,99€	SG2303	3 livres tous les 2 mois 29,46€
❑ **VICTORIA**	7,80€	VI2115	5 livres tous les 2 mois 42,09€
❑ **GENTLEMEN***	7,50€	GT2022	2 livres tous les 2 mois 17,95€
❑ **HORS-SÉRIE***	7,70€	HS2812	2 livres tous les 2 mois 18,45€

*livres réédités / **entre 28,79€ et 31,39€ suivant le prix des livres

F22PDFM

N° d'abonnée Harlequin (si vous en avez un) ⌊_⌋⌊_|_|_|_|_|_|_|_⌋

Mme ❑ Mlle ❑ Nom : ____________________

Prénom : ____________________ Adresse : ____________________

____

Code Postal : ⌊_|_|_|_|_⌋ Ville : ____________________

Pays : ____________________ Tél. : ⌊_|_⌋⌊_|_⌋⌊_|_⌋⌊_|_⌋⌊_|_⌋

E-mail : ____________________

Date de naissance : ____________________

Date limite : 31 décembre 2022. Vous recevrez votre colis environ 20 jours après réception de ce bon. Offre soumise à acceptation et réservée aux personnes majeures, résidant en France métropolitaine, dans la limite des stocks disponibles. Prix susceptibles de modification en cours d'année. Vous pouvez demander à accéder à vos données personnelles, à les rectifier ou à les effacer. Il vous suffit de nous écrire en nous indiquant vos nom, prénom et adresse à : Service Lectrices Harlequin CS 20008 59718 LILLE Cedex 9. Service Lectrices disponible du lundi au vendredi de 9h à 17h : 01 45 82 47 47.

Harlequin® est une marque déposée du groupe HarperCollins France – 83/85, Bd Vincent Auriol – 75646 Paris cedex 13. SA au capital de 1 149 680€ – R.C. Paris. Siret 31867159100069/APE5811Z.